insel taschenbuch 4696
Erika Pluhar
Gegenüber

AF204754

»Dass es nie zu spät ist, neuen Mut zu schöpfen, davon erzählt dieser Roman.« *ORF III*

Henriette Lauber blickt auf ein schöpferisches und erfülltes Leben zurück: Als Cutterin von Kinofilmen konnte sie an der Seite ihres geliebten Mannes in spannende Welten eintauchen. Heute lebt sie allein in einer kleinen Wohnung in Wien, und all ihre Liebe gilt ihrem Patensohn aus der Westsahara.

Eines Tages macht sie zufällig die Bekanntschaft ihrer jüngeren Nachbarin Linda. Zwischen den beiden Frauen entsteht ein reger Kontakt: Während Linda Henriette im Alltag hilft, erzählt diese ihr von ihrer Vergangenheit, von der Arbeit als Cutterin, den Reisen rund um den Globus und von ihrer großen Liebe. Für Linda eröffnen sich neue Welten, und sie beginnt, ihr eigenes Leben zu hinterfragen ...

Die Geschichte einer generationenübergreifenden Frauenfreundschaft und ein schonungsloser, aber ermutigender Blick auf das Älterwerden.

Erika Pluhar, 1939 in Wien geboren, war seit ihrer Ausbildung am Max-Reinhardt-Seminar bis 1999 Schauspielerin am Burgtheater Wien und Sängerin. Sie textet und interpretiert Lieder, hat Filme gedreht und zahlreiche Bücher veröffentlicht. 2009 erhielt sie den Ehrenpreis des österreichischen Buchhandels für Toleranz in Denken und Handeln.

Im insel taschenbuch sind außerdem erschienen: *Spätes Tagebuch* (it 4091), *PaarWeise* (it 4183), *Im Schatten der Zeit* (it 4247), *Reich der Verluste* (it 4282), *Die öffentliche Frau. Eine Rückschau* (it 4354), *Matildas Erfindungen* (it 4432), *Marisa* (it 4586) und *Meine Lieder* (it 4688).

Erika Pluhar
Gegenüber

Roman

Insel Verlag

3. Auflage 2019

Erste Auflage 2019
insel taschenbuch 4696
Insel Verlag Berlin 2019
© 2016 Residenz Verlag GmbH Salzburg – Wien 2016
Lizenzausgabe mit freundlicher Genehmigung
Vertrieb durch den Suhrkamp Taschenbuch Verlag
Umschlag: hißmann, heilmann, hamburg
Umschlagfoto: Christina Häusler, Wien
Druck: CPI – Ebner & Spiegel, Ulm
Printed in Germany
ISBN 978-3-458-36396-5

Denn das Vergangen-Sein
ist vielleicht die sicherste Form
von Sein überhaupt.

Viktor E. Frankl

E s war das Schlagen eines Fensters, das ihr ins Bewußtsein drang. Sie öffnete die Augen. Dunkelheit umgab sie. Erst nach einer Weile konnte sie schräg über sich einfallendes Licht wahrnehmen, ein helles Viereck und daneben das Wehen einer dünnen Stoffbahn. Also liege ich auf dem Boden, dachte sie. Warum liege ich hier auf dem Boden. Das dort oben scheint mein Schlafzimmerfenster zu sein, es ist wohl Nacht und der Wind weht. Warum liege ich nicht in meinem Bett.

Sie versuchte, den Kopf zur anderen Seite zu drehen, und es gelang. Ich sollte aufstehen, sagte sie sich. Doch eine schwere Mattigkeit hielt ihren Körper nieder, so, als wäre er ein mit Sand oder Steinen gefüllter Sack, ein fremder Gegenstand, den aufzuheben sie nicht die Kraft besaß. Sie schloß die Augen und blieb regungslos liegen. Wieder schlug ein Fensterflügel im Wind.

Bin ich ohnmächtig geworden? überlegte sie, oder war es ein Schlaganfall? So viele Leute meines Alters erleiden zur Zeit Schlaganfälle. Ihr wurde heiß bei dieser Überlegung, sie bekam plötzlich keine Luft, und ihr Herz begann so heftig zu schlagen, daß sie selbst es hören konnte. Ich habe Angst, dachte sie, vielleicht ist es Todesangst, bitte beruhige dich, Henriette, sonst stirbst du noch an dieser Angst.

Schließlich bewegte sie vorsichtig die Zehen und stellte erleichtert fest, daß diese ihr gehorchten. Ihre Füße waren nackt, also hatte sie wohl das Bewußtsein verloren, als sie dabei war, ins Bett zu steigen.

Oder als sie vom Bett aufgestanden war, um in das Badezimmer zu gehen. Mehrmals pflegt sie ja nachts ins Badezimmer zu gehen, auch wenn es nur ihrer Schlaflosigkeit wegen ist. Ins Bad, in die Küche, sie unternimmt nächtliche Wanderungen, nachdem auch stundenlanges Lesen im Bett sie nicht wieder einschlafen läßt. Eine Nacht durchzuschlafen gelingt ihr seit Jahren nicht mehr.

Aber wie angestrengt Henriette auch zurückdachte, es wollte sich keine Erinnerung einstellen. Was war los gewesen, ehe sie umfiel. Wie spät war es. Wie spät ist es jetzt. Trägt sie schon ihr Nachthemd? Oder noch Tageskleidung? Vielleicht hatte sie sich beim Auskleiden verletzt, war mit dem Kopf irgendwo angerannt. Aber wo. Sie lag in einiger Entfernung zum Bett auf den Holzbohlen ihres Schlafraums, das war ihr mittlerweile klargeworden, links über ihr, in einiger Entfernung, das geöffnete Fenster, der dünne weiße Vorhang noch nicht vorgezogen, die Nacht war warm und der stürmische Wind kündigte vielleicht ein Gewitter an. Ich sollte das Fenster schließen, dachte Henriette.

Mit jetzt weit geöffneten Augen versuchte sie das Halbdunkel des Zimmers zu durchdringen. Dann zwang sie sich, einen Arm hochzuheben. Sie sah, daß auch dieser nackt war, wie ihre Füße. Sie sah es in der spärlichen Beleuchtung, die von den Straßenlampen in das Zimmer fiel. Bin ich etwa zur Gänze nackt? fragte sie sich. Sollte ich jetzt sterben, würde man hier nach einiger Zeit eine nackte, alte, tote Frau vorfinden. Was für ein unangenehmer Gedanke, also besser jetzt nicht sterben.

Henriette hörte sich kichern und erschrak. War sie mittlerweile vielleicht verrückt geworden? Nicht mehr bei Sinnen? Deshalb hier auf dem Fußboden hingestreckt, ohne zu wissen, warum? Alt genug für solche Schübe war sie ja. Eine Frau, die auf die achtzig zugeht, ist alt genug für jede Form von Hinfälligkeit und Verfall. Ohnehin verwunderlich, wie sie sich bisher gehalten hatte.

Jetzt verwende ich auch schon diese idiotische Formulierung, dachte Henriette. Wie gut Sie sich gehalten haben! Als wäre man Dosenfleisch, das glücklicherweise noch nicht schimmelt.

Jetzt waren auch ferne Donnerschläge zu hören, die Windstöße wurden immer heftiger und warfen einen der Fensterflügel knallend hin und her. Das Glas wird zerbrechen, wenn es so weitergeht, dachte Henriette. Aber sie zögerte nach wie vor, ihren Kopf zu heben, etwas beunruhigte sie, ein ferner, dumpfer Schmerz.

Jedoch ließ sie den Arm wandern und wagte ein vorsichtiges Betasten ihres hingestreckten Körpers. Nein, sie war nicht nackt. Ihre Hand fühlte dünne Baumwolle, es war wohl eines der leichten Hemden, die sie bei Hitze daheim zu tragen pflegte. Also hätte man den Leichnam nicht unbekleidet vorgefunden, wenn sie gestorben wäre.

Wer hätte sie eigentlich gefunden? Sicher nicht so bald jemand, denn keinem Menschen wäre sie zunächst abgegangen. Wenn man alt und familiär nicht eingebunden ist, wenn man alleine lebt und bislang den Eindruck machte, es funktioniere klaglos, ohne irgendwelche Scherereien für andere, eine ordentliche Wohnung, keine sichtbaren körperlichen Gebrechen, vernünftiges Grüßen und Gespräch möglich, dann schert sich keiner um einen. Vielleicht wäre es den Nachbarn irgendwann doch aufgefallen, daß man sie schon lang nicht mehr gesehen hätte, im Haus oder auf der Gasse. Aber man sah sie ja normalerweise auch nicht oft, höchstens durch Zufall manchmal am Gang oder vor der Wohnungstür. Das hätte Tage gedauert, bis man sie tot aufgefunden hätte. Nur Maloud. Maloud hätte sich schnell gewundert, wäre schnell beunruhigt gewesen, sie am Handy nicht zu erreichen. Aber trotzdem wäre auch bei ihm viel Zeit vergangen, bis er jemanden zu ihr in die Wohnung hätte schicken können, so etwas ist nicht so leicht von einem anderen Kontinent aus zu organisieren. Und sie hatten außerdem nie besprochen, wen er in so einem Fall kontaktieren solle, ein Fehler.

Eine neuerliche Sturmböe warf sich gegen das offene Fenster und ließ es wild schlagen, Ausläufer wehten bis zum Fußboden herab. Henriette fühlte den warmen Wind über ihren Körper streichen. Ich sollte nicht über Tod und Verwesung nachdenken, schalt sie sich, schließlich lebe ich noch und sollte unbedingt aufstehen, bevor alle Fensterscheiben zu Bruch gehen. Warum nur fürchte ich mich davor, den Kopf zu heben. Los.

Grell zuckte ein Blitz auf, erleuchtete kurz das Zimmer, und gleich darauf krachte in großer Nähe ein gewaltiger Donnerschlag herab, der das Haus leicht erzittern ließ. Erschrocken hob Henriette jetzt den Kopf, aber nichts geschah. Weder fiel sie nochmals in Ohnmacht, noch verstärkte sich der Schmerz. Also richtete sie sich weiter auf. In sitzender Stellung konnte sie sehen, wie es draußen zu regnen begann. Vorerst waren es nur einige harte Tropfen, die auf das Fensterbrett schlugen, aber in Windeseile wurde daraus ein wild herabprasselnder Gewitterregen. Da rappelte Henriette sich hoch. Es gelang ihr, indem sie vorerst auf allen vieren zum Bett kroch, sich dort mit einiger Mühe abstützte, und schließlich aufstand. Alle Knochen taten ihr weh, aber daran war sie gewöhnt. Sie taumelte vorwärts, erfaßte die im Sturm schwingenden Fensterflügel, und es gelang ihr, das Fenster zu schließen. Danach glitt sie wieder zu Boden. Über ihr, hinter dem jetzt geschlossenen Fenster, tobte der Gewitterregen weiter, auch Hagelkörner knallten gegen die Scheiben. Durchnäßt, mit geschlossenen Augen und in unsäglicher Erschöpfung blieb Henriette sitzen, unterhalb des Fensters gegen die Wand gelehnt, ihr war egal, wie lange noch.

Sie saß da und lauschte. Schon als Kind hatte sie Gewitter mehr geliebt als gefürchtet. Sie hatte alles geliebt, was die Natur ihr bot, auch so ein Sommergewitter wie dieses heute Nacht. Vielleicht wurde ich deshalb bewußtlos, dachte Henriette, weil das Gewitter sich atmosphärisch angekündigt hat, vielleicht fiel ich deshalb um. Oder ist es einfach nur mein alter Körper, der langsam aufgibt.

Es läutete an der Tür. Mehrmals.

Was soll das, dachte Henriette, meine Klingel ist doch laut genug, um auch bei Gewitter nicht überhört zu werden. Sie öffnete die Augen und sah vor sich hin. Wer meinte da, sie mitten in der Nacht und bei Blitz und Donner aus dem Schlaf wecken zu müssen. Nie läutete jemand bei ihr, höchstens ab und zu der Briefträger, für eine Unterschrift, wenn Maloud ihr ein Päckchen schickte. Und jetzt plötzlich dieses Geklingel. Einfach nicht melden, dachte Henriette, sicher ist es ein Versehen.

Aber die Klingel schrillte weiter.

»Mist«, brummte Henriette. Dann kroch sie quer durch das Zimmer, richtete sich in der Nähe des Lichtschalters auf und drehte die Deckenlampe an. Das Licht fiel auf den Korridor hinaus, an dessen Wänden sie sich abstützte, während sie zur Wohnungstür schwankte. Ich bin noch nicht ganz in Ordnung, dachte sie, vielleicht war das vorhin wirklich was Ernsteres, mir schwindelt, als wäre ich seekrank.

Als Henriette öffnete, stand die junge Frau aus der Nachbarwohnung hoch aufgerichtet vor ihr. Sie war barfuß, trug ein geblümtes Nachthemd, und die langen Haare hingen ihr in Strähnen über die Schultern. Sie sah aus wie jemand, den man aus dem Schlaf gerissen hatte.

»Was ist denn mit Ihrem Fenster los?« rief sie, »es hat unaufhörlich im Wind geschlagen, ein Geknalle bis zu uns herüber, ich wollte einfach nachsehen, ob bei Ihnen alles in Ordnung ist, sind Sie in Ordnung?«

»Aber ja«, Henriette hielt sich am Türstock fest, »ich hab das Fenster schon zugemacht, entschuldigen Sie.«

»Aber Sie sehen blaß aus, Frau Lauber, gar nicht gut sehen Sie aus.«

Die junge Frau starrte sie an, und nicht nur mit Besorgnis. Klar, dachte Henriette, sie sieht mich hier in einem durchnäßten Hemdchen stehen, mein alter Körper dürftig verhüllt, die Beine nackt, wer schaut sich schon gern eine alte, halbnackte Frau an. Noch dazu, wenn man so jung ist, sie ist so um die dreißig, denke ich, da muß dieser Anblick sie ja abstoßen. Ich glaube, sie heißt Krutisch, Linda Krutisch, an der Wohnungstür steht ›Linda und Helmut Krutisch‹, jeden Tag gehe ich daran vorbei.

»Es geht mir gut, danke«, sagte Henriette, »nochmals, tut mir leid wegen der Störung, ich hoffe, Sie können jetzt weiterschlafen, gute Nacht.«

Henriette wollte die Tür schließen, ihr war plötzlich übel, nichts wie ins Bett, dachte sie. Aber die junge Frau blieb ungerührt vor ihr stehen, sie schien das Gespräch noch nicht beenden zu wollen.

»Wer kann bei diesem Gewitter schon schlafen«, sagte sie, »vorhin hat es auch noch gehagelt wie verrückt, was für ein Lärm. Nein, nein, eigentlich habe ich mir Sorgen gemacht um Sie. Mein Mann ist aufgewacht und hat sich gewundert, ob da drüben nicht was los ist? Da bin ich schließlich aufgestanden und hab bei Ihnen zu läuten begonnen, aber Sie haben sich lange nicht gemeldet. Fühlen Sie sich wirklich gut? Ganz grün sind Sie im Gesicht, soll ich Ihnen nicht vielleicht irgend etwas –«

»Entschuldigung«, konnte Henriette nur noch stammeln.

Sie hielt sich die Hand vor den Mund und wankte zurück in ihre Wohnung. Die Badezimmertür aufzureißen gelang ihr, alles um sie herum drehte sich, einige taumelnde Schritte, auf ihren Knien landete sie vor der Kloschüssel und erbrach dort. Es schien ihren ganzen Körper zu zerreißen und wollte nicht enden, sie hörte zwischendurch ihr Aufstöhnen. Danach ließ sie sich auf den gekachelten Boden gleiten, blieb hingestreckt liegen und schloß die Augen. Gott ist mir schlecht, dachte sie, hätte eine Ohnmacht nicht genügt, warum denn heute auch das noch.

Henriette fühlte eine Hand an ihrer Schulter.

»Frau Lauber«, hörte sie flüstern. Als sie die Augen öffnete, hing über ihr das Gesicht von Linda Krutisch, jetzt mit dem Ausdruck echter Besorgnis.

»Es ist nichts«, Henriette versuchte zu lächeln und mit fester Stimme zu sprechen, »ich kenne das, gehen Sie ruhig wieder hinüber.«

»Soll ich einen Arzt rufen?«

»Nein, nein, ich bleibe hier nur noch ein bißchen liegen, bitte gehen Sie wieder ins Bett, Frau Krutisch.«

Da setzte sich die junge Frau neben Henriette auf den Boden.

»Nein, wer jetzt unbedingt ins Bett gehört, sind Sie«, sagte sie mit Entschlossenheit, »und nennen Sie mich bitte Linda.«

»Nicht böse sein, Linda, aber ich kann jetzt noch nicht aufstehen«, murmelte Henriette. Sie wußte, daß jede Drehung des Kopfes neuerlichen Brechreiz hervorrufen würde. In jungen Jahren hatte so ein Drehschwindel sie mehrmals heimgesucht, danach gab es eine ganze Reihe von Untersuchungen, es fand sich aber nichts, kommt von den Nerven, hatte man ihr gesagt.

»Ich helfe Ihnen«, sagte Linda.

»Nein bitte. Bitte lassen Sie mich.«

Wenn die Frau nur ginge, dachte Henriette, ich kenne sie nicht, sie ist mir zu nah, meinem ungeschützten Körper viel zu nah, ich möchte allein sein, auch im Elend allein sein, wie ich es mein Leben lang war. Ich möchte hier in meinem Badezimmer liegenbleiben und sterben, vielleicht gelänge mir zu sterben, ohnehin taugt alles andere nicht mehr.

Da Henriette ihre Augen wieder fest geschlossen hielt, um weder den mitfühlenden Blick der jungen Frau noch die um sie kreisende Welt wahrzunehmen, hatte sie nicht bemerkt, daß Linda Krutisch aufgestanden und hinter sie getreten war. Plötzlich fühlte sie zwei kräftige Arme, die sie unter den Schultern packten und mit sich zogen. Henriette stöhnte auf, »bitte nicht, was soll das«, aber sie wurde von der jungen Frau weitergeschleppt. »Ich glaube – wenn ich Sie nicht umdrehe –«, hörte sie Lindas Stimme über sich, sie sprach zwischen angestrengten Atemzügen, »ja, genau – wenn wir das so machen – müssen Sie nicht kotzen –« Und sie schleifte Henriettes Körper behutsam aus dem Badezimmer, durch den Korridor und bis hin zu ihrem Bett. Henriette hatte sich schließlich ergeben, Kacheln und Holzbohlen unter sich gefühlt, gut, daß sie Teppiche nicht mochte und die Böden genügend glatt waren. Und geradewegs am Rücken dahinzugleiten, ohne den Kopf drehen zu müssen, verhinderte tatsächlich ein neuerliches Erbrechen.

»So.« Linda stand aufgerichtet über ihr, als Henriette schließlich vor dem Bett lag. »Jetzt mache ich oben alles bereit, schlage die Decke zurück, und dann stütze ich Sie, Sie stehen ganz kurz auf, und flugs liegen Sie wieder – nur in Ihrem Bett, wo Sie hingehören, ja?«

Henriette murmelte eine schwache Zustimmung. Dann vernahm sie, wie Laken, Kissen, Bettdecke mit schnellen Griffen angeordnet wurden. Und ehe sie es sich versah, zerrte die kräftige junge Frau sie mit einem Ruck hoch und bettete sie auf das Lager, so unvermutet und rasch, daß Henriettes Körper keine Zeit fand, zu revoltieren. Kerzengerade am Rücken liegend fand Henriette sich wieder, das vertraute Bett um sich und ohne drängende Übelkeit. »Sie sollten lieber Ihr Hemd ausziehen«, sagte Linda, die Decke in der Hand und mit prüfendem Blick.

»Das jetzt nicht. Das mache ich später, bitte!« stammelte Henriette erschrocken. Du lieber Himmel, jetzt nicht auch noch völlig nackt vor dieser jungen Frau daliegen müssen! Ihre Bitte schien so flehentlich geklungen zu haben, daß

Linda ohne zu widersprechen die Decke über sie breitete. Endlich wieder umhüllt und geschützt, fühlte Henriette, daß ihr Körper entspannte. »Danke«, sagte sie.

»Es regnet nicht mehr«, sagte Linda, »soll ich vielleicht das Fenster doch wieder aufmachen? Es ist sehr warm und stickig im Zimmer, unter der Decke wird Ihnen heiß werden.«

»Wie Sie wollen«, murmelte Henriette mit geschlossenen Augen, sie fühlte, daß sie dabei war, einzuschlafen. Als das Fenster geöffnet wurde, wehte regenfeuchte, kühle Luft bis zu ihr her, sie spürte es auf ihren Wangen, auf ihrer Stirn, hütete sich jedoch, den Kopf zu bewegen. Mich nicht mehr rühren, schlafen, nur schlafen, und so liegenbleiben bis ans Ende meiner Tage, was gäbe es Schöneres, dachte Henriette.

Da schrillte die Klingel. Und wieder mehrmals hintereinander.

Henriette öffnete mit Anstrengung ihre Augen und sah Linda, mit einer begütigenden Geste zu ihr her, vom offenen Fenster aus zur Wohnungstür eilen. »Ach was, das ist sicher der Helmut!« rief sie, »keine Aufregung, Frau Lauber, ich sage ihm, was los ist.«

Eine laute Männerstimme war zu hören, in der Ungeduld und Verärgerung schwang, die Entgegnungen der Frau obsiegten jedoch rasch, sie berichtete und beschwichtigte, die Tür schloß sich, und Linda kehrte an Henriettes Bett zurück.

»Bis Männer etwas kapieren, das dauert«, sagte sie.

Dann trat sie zum kleinen Tisch neben dem Bett und drehte die Lampe an. Es war eine alte Bürolampe, ein Ungetüm aus Messing, über der ein gelbes Tuch hing, das dem Licht eine milde Tönung gab. Danach durchquerte Linda mit schnellem Schritt das Zimmer und schaltete die Deckenbeleuchtung aus. Zurückgekehrt, setzte sie sich an das Fußende des Bettes.

»So ist es besser, nicht wahr?« sagte sie.

Henriette vermied es zu nicken und gab einen zustimmenden Laut von sich, ohne den Kopf zu bewegen. Was ist jetzt, dachte sie, bleibt diese Frau jetzt bei mir? Sie war mir wirklich sehr hilfreich, aber jetzt bliebe ich gern wieder allein, ich kann mit menschlicher Zuwendung mittlerweile nur schlecht umgehen, wenn man zu viel alleine ist, kann einem das Alleinsein gar nicht mehr zuviel werden. Maloud schilt mich immer, wenn ich ihm etwas in der Art sage oder schreibe, aber es ist so. Die junge Frau sollte jetzt wirklich gehen.

»Ich danke Ihnen sehr, Linda«, Henriette zwang sich, möglichst unbekümmert zu sprechen, »aber bitte gehen Sie jetzt zu Ihrem Mann und in Ihr Bett zurück, ich komme jetzt wirklich wieder alleine zurecht.«

Linda Krutisch blieb ungerührt sitzen.

»Was ist, wenn Sie sich nochmals übergeben müssen?« fragte sie.

»Muß ich nicht«, sagte Henriette.

»Sind Sie eigentlich immer allein?«

»Meist.«

»Wie alt sind Sie denn, wenn ich fragen darf?«

»Ich werde achtzig.«

»Ist nicht wahr«, sagte Linda.

»Ist sehr wahr«, antwortete Henriette.

Sie schwiegen jetzt beide. Linda betrachtete Henriette, als sähe sie etwas vor sich, das sie zuvor noch nie gesehen hatte, ihr Blick war grüblerisch. Auf der nächtlichen Straße fielen nach dem Gewitterregen immer noch Tropfen von den Dächern, und wenn ab und zu ein Auto vorbeifuhr, rauschte Nässe auf.

»Meine Großmutter wäre jetzt so alt wie Sie«, sagte Linda, »aber sie lebt nicht mehr.«

»Viele Menschen meines Alters leben nicht mehr«, antwortete Henriette.

»Sind Sie deshalb immer alleine?«

»Nicht nur. Aber auch.«

Diese Linda beginnt mich auszufragen, dachte Henriette. Ich will nicht von den Menschen meines Lebens erzählen, die gegangen sind, ich bin todmüde und fühle mich schlecht, sie soll jetzt bitte gehen.

»Gibt es jemanden, der sich um Sie kümmert?« fragte Linda.

»Niemand soll sich um mich kümmern!« Henriette wurde plötzlich laut. »Auch Sie nicht, liebe Linda, Ihr Mann wartet, gehen Sie jetzt bitte in

Ihre Wohnung hinüber! Nicht böse sein, aber ich –«

Sie mußte unterbrechen, da ihr übel wurde, vielleicht hatte sie in der Erregung doch den Kopf ein wenig zur Seite gedreht. Mit geschlossenen Augen blieb sie regungslos liegen, um den Brechreiz wieder abklingen zu lassen.

»Ich bin nicht böse«, sagte Linda ruhig, »und ich gehe dann auch gleich. Aber trotzdem wüßte ich gern jemanden, den ich anrufen oder holen könnte für Sie, es geht Ihnen nämlich wirklich schlecht, und ich hätte keine Ruhe, wenn ich Sie einfach allein daliegen lasse, und Sie müßten wieder ins Bad, alles das. Irgendwen muß es doch geben in Ihrem Leben.«

»Maloud«, murmelte Henriette.

»Wie bitte?«

»Maloud, meinen Sohn –«

»Ihr Sohn? Ja dann! Wo erreiche ich ihn?!«

Als Henriette ihre Augen öffnete, sah sie in Lindas erwartungsvolles Gesicht.

»Maloud ist mein Patensohn und er kann heute sicher nicht zu mir kommen, er lebt in Afrika. Aber es gibt ihn in meinem Leben.«

»Ach so«, sagte Linda.

»Ich verspreche Ihnen, daß ich allein zurechtkomme, wenn Sie mir jetzt nur noch den Plastikeimer aus dem Badezimmer bringen, er steht bei der Waschmaschine, und ihn neben mein Bett stellen.«

»Mach ich«, sagte Linda und blieb am Bettrand sitzen.

»Schauen Sie nicht so«, sagte Henriette, »ich kenne mich aus mit so einem Drehschwindel, glauben Sie mir. Morgen bin ich wieder in Ordnung, Sie können unbesorgt nach Hause gehen. Wirklich, ein Kübel neben meinem Bett genügt.«

Linda stand auf, ging durch den Korridor zum Badezimmer, kam mit einem gelben Plastikeimer zurück und stellte ihn neben dem Bett ab. Dann blickte sie auf Henriette hinunter.

»Danke«, sagte Henriette.

»Darf ich morgen nach Ihnen sehen?« fragte Linda.

»Jetzt schlafen Sie mal, langsam wird es hell draußen«, antwortete Henriette.

»Soll ich Ihre Lampe abdrehen?« fragte Linda.

»Ja, bitte.«

Linda knipste das Licht neben dem Bett aus. Der erste fahle Schein des Morgens erfüllte das Zimmer.

»Ich hoffe, Sie können schlafen«, sagte Linda.

»Gute Nacht«, sagte Henriette.

»Lieber guten Morgen«, sagte Linda, »aber ich geh jetzt auch noch ins Bett.«

»Gut so.«

»Also bis dann.«

Henriette hörte die Schritte der jungen Frau sich entfernen, das Öffnen und Schließen der Wohnungstür, draußen am Gang einen Wortwechsel, der sich verlor, und dann herrschte Stille. Wenige Autos fuhren vorbei, die Stadt schlief noch.

Henriette lag mit weit offenen Augen regungslos da. Ihr Hemd war immer noch ein wenig klamm vom Regen und sie fröstelte unter der Decke. Nur nicht bewegen, dachte sie. Einschlafen. Hinwegschlafen. Verschwinden. Ich habe heute mein Bewußtsein verloren, warum mußte ich es wiederfinden? Um von einer jungen Frau aufgestört zu werden, vor ihr mit meinem alten Körper und halbnackt an der Kloschüssel zu hängen und zu kotzen, mich von ihr ins Bett schleppen zu lassen, und jetzt bewegungsunfähig, frierend und schlaflos den Tag zu erwarten? Lohnte sich das? Lohnt sich für mich dieses Leben denn noch?

Unten auf der Straße wurde lärmend ein Rollladen hochgezogen, Henriette kannte dieses Geräusch, das täglich zur selben Zeit die Stille der Morgendämmerung zerriß. Der Besitzer des Gemüseladens hatte diese frühe Öffnungszeit wohl sein Leben lang praktiziert und ließ davon nicht ab. Auch war er der letzte weit und breit, der sein kleines, düsteres Geschäft mit einem schweren, eisernen Rolladen verschloß. Herr Watussil hieß er. Vom Alter gebeugt und ohnehin bereits dünn wie ein Skelett, trug er dennoch stets einen ehemals eleganten, jetzt jedoch fleckiggrauen Herrenhut tief in die Stirn gedrückt, und woher er sein bißchen Gemüse bezog, blieb Henriette ein Rätsel. Trotzdem kaufte sie bei ihm ab und zu einen Salatkopf oder ein Bündel Karotten, obwohl beides so ermattet wirkte wie der alte Mann selbst. Sie verspeiste nie, was sie bei ihm erstand, aber es fiel ihr schwer, vorbeizugehen, wenn Herr Watussil ihr aus dem Dunkel des Ladens zunickte. Immer saß er alleine zwischen den armseligen Verkaufstischen, niemand schien ihm je behilflich zu sein, es gab kaum Kundschaft, mühsam erhob er sich von seinem schäbigen Holzsessel und füllte das Gewünschte mit zitternden, alten Händen in unsaubere Plastiksäcke, strich das wenige Geld ein, »danke, Frau Lauber«, und mit einem leisen Aufstöhnen setzte er sich wieder.

Ja, der Herr Watussil und ich, dachte Henriette. Er lebt ja auch nur noch, um sein nahes Ende zu finden, genau wie ich. Er sitzt jetzt im Morgengrauen unten in seinem elenden Laden zwischen halbverdorbenem Gemüse und sortiert es aus, während ich mich bemühe, nicht in einen Plastikkübel neben meinem Bett zu kotzen, und deshalb daliege, als wäre ich bereits aufgebahrt. Wenn Maloud mich so sehen könnte. Gottlob kann er das nicht. Er hat mich ja schon länger nicht mehr gesehen, und als er letztes Mal hier war, fehlte mir eigentlich nichts. Maloud. Vielleicht würde er lachen, wenn er mich so sähe, sein stets bereites, alles erhellendes Lachen. Vielleicht sollte ich ihn morgen anrufen.

Die frühe Dämmerung wurde plötzlich von einem hellroten Schein durchdrungen. Irgendwo geht jetzt die Sonne auf, dachte Henriette, steigt aus Hügeln oder Seeflächen hoch und ist vom erwachenden Himmel umgeben, hier über der Stadt sind es nur Ausläufer, die uns zwischen Betontürmen und Dächern erreichen, aber trotzdem sieht mein Zimmer jetzt aus, als würde es erröten.

Ohne sich zu regen ließ Henriette ihren Blick schweifen. Außer einem Wandschrank gab es in dem weißgetünchten Raum kaum Mobiliar. Nur in einer Ecke der uralte Korbstuhl, ein Relikt aus dem Haus ihrer Eltern. Auf ihm lag Kleidung, locker hingeworfen. Aha, das trug ich also gestern, dachte Henriette, und ausgezogen habe ich mich wie immer, die Sachen auf dem Stuhl gelassen wie immer, bin in ein Hemd geschlüpft wie immer, ein Hemd, das jetzt auf meinem Körper, unter der Decke, langsam trocken wird, und ich weiß von all dem nichts mehr. Hoffentlich bin ich wenigstens bei Verstand geblieben, wenn ich schon nicht sterben konnte.

Henriette schloß die Augen und fühlte, daß endlich doch der Schlaf nach ihr griff.

Eine Hand strich über ihre Wange und Henriette riß die Augen auf.

»Erschrecken Sie nicht«, sagte Linda Krutisch. Sie stand neben dem Bett.

»Ich bin schon erschrocken«, sagte Henriette, »wie kommen Sie in meine Wohnung?«

»Ich habe nachts den Schlüssel mitgenommen, er ist innen gesteckt, und ich dachte, Sie sollten vielleicht heute nicht aufstehen müssen, um mir aufzumachen, Ihnen war doch so schlecht bei jeder Bewegung.«

Henriette schwieg, obwohl sie gern aufgeschrien hätte. Was für eine Unverschämtheit, einfach den Schlüssel an sich zu nehmen. In ihrer Wohnung ein Kommen und Gehen, als sei sie selbst nicht bei Sinnen, was sollte das. Sie lag immer noch so im Bett, wie sie eingeschlafen war, hatte weder den Kopf zur Seite gedreht noch ihren Körper bewegt. Es war taghell im Zimmer.

Die junge Frau beugte sich über sie und kam ihr viel zu nah, Henriette schwitzte mittlerweile unter der Decke, sie spürte ihre eigene Ausdünstung, ihr Mund war trocken.

»Geht es Ihnen besser?« fragte Linda.

»Weiß ich nicht«, sagte Henriette.

»Waren Sie schon auf?«

»Nein.«

»Wollen wir versuchen, wie es geht, wenn Sie aufstehen?«

Sie soll mich nicht anfassen, dachte Henriette. Sie soll wieder gehen, ich will es allein ausprobieren.

»Also – wollen wir, Frau Lauber?«

Als die junge Frau mit Entschiedenheit zur Bettdecke griff, um sie von ihrem Körper wegzuziehen, bewegte Henriette zum ersten Mal wieder ihre Arme, hielt die Decke mit beiden Händen umklammert und rief: »Nein!«

Linda sah sie erstaunt an.

»Was ist denn? Sie sollten wirklich versuchen, aufzustehen, und das geht doch nur ohne die Decke!«

»Ich mache es alleine«, sagte Henriette, »gehen Sie bitte wieder.«

Jetzt schwieg Linda, sie schien zu überlegen. Dann setzte sie sich an den Bettrand. Henriette hatte die Decke bis unter das Kinn hochgezogen, hielt sie eisern fest und schloß die Augen.

»Ich verstehe Sie gut, Frau Lauber, glauben Sie mir«, sagte Linda, »aber ich kann nicht gehen und Sie allein weitermachen lassen, verstehen Sie bitte auch mich. Die ganze Nacht habe ich nicht mehr geschlafen, weil ich Sorge um Sie hatte. Sie sollten jetzt wirklich nicht alleine aufstehen, ich weiß doch, wie es Ihnen ergangen ist.«

Henriette antwortete nicht, sie blieb mit geschlossenen Augen starr und unbeweglich unter der Bettdecke liegen. Vielleicht zwingt das die Frau, zu gehen, dachte sie. Bitte, sie soll gehen, ich muß mich hochrappeln, ich muß auf die Toilette, ich habe noch immer alles alleine geschafft.

»Wir sind doch beide Frauen«, sagte Linda, »Sie müssen sich vor mir doch nicht genieren.«

Irrtum, dachte Henriette grimmig, ich bin keine Frau mehr. Ich bin nur noch ein sehr alter Mensch, der Diskretion benötigt. Gehen Sie, junge Frau, gehen Sie endlich.

Linda Krutisch seufzte auf. Dann schwieg auch sie und es wurde still im Zimmer. Unter dem geöffneten Fenster hörte man ab und zu die Schritte von Passanten oder das Surren gemächlich vorbeifahrender Autos, das Haus lag zum Glück an einer einspurigen Nebenstraße, die zwei Hauptverkehrsadern der Stadt zwar verband, aber selbst von Autokolonnen verschont blieb. Seit Henriette hier wohnte, und das schon seit einigen Jahren, hatte die relative Ruhe vor ihren Fenstern sich nicht verändert. Mitten in der Stadt und doch wenig Verkehrslärm, das bewog sie damals, diese bescheidene Wohnung in einem bescheidenen Mietshaus als ihre wohl letzte Behausung zu wählen. Um hier alleine und ungestört den Rest ihrer Lebenszeit zu verbringen.

Und jetzt saß da eine junge Person an ihrem Bett, wachte über sie, und war nicht abzuschütteln. Der Tag schien wieder sehr heiß zu werden, Henriette jedenfalls schwitzte. Ihr Körper verkrampfte sich mehr und mehr, verlangte aber andererseits quälend danach, seine Notdurft zu verrichten. Irgend etwas mußte geschehen, sie war dabei, zu kollabieren. Henriette öffnete die Augen. Linda saß unverändert am Bettrand und schaute sie forschend an.

»Gehen Sie wenigstens aus dem Zimmer«, sagte Henriette, »ich stehe auf, und wenn ich umfalle, hören Sie es ja.«

»Also gut«, sagte Linda, »so können wir's machen, ich warte hinter der Schlafzimmertür, bis –«

»Nein!« Henriette unterbrach sie mit einer Stimme, in der jetzt Panik schwang, »warten Sie bitte nebenan – ich meine – im anderen Zimmer – oder in der Küche – warten Sie einfach irgendwo, bis ich im Bad bin – ich –«

Jetzt schien Linda verstanden zu haben. »Nur die Ruhe, Frau Lauber, ja, ich mache das!« rief sie, »ich schau nicht zu Ihnen hin, ich höre nur, wenn Sie mich rufen, ja?« Sie erhob sich und ging rasch aus dem Zimmer.

Henriette war nicht mehr fähig, sich zu überzeugen, ob Linda wirklich in einem Nebenraum verschwunden war, sie richtete sich sogleich im Bett auf. Als die Welt um sie herum nicht wieder zu kreisen begann, schob sie die Decke zur Seite, ließ ihre Beine über den Bettrand gleiten und suchte mit den Füßen Halt. Auch jetzt blieben Schwindelgefühl und Brechreiz aus. Also stand sie auf und tappte mit schnellen Schritten ins Badezimmer, ihre Vorsicht wich der notwendigen Eile, gerade noch rechtzeitig die Toilette zu erreichen.

Danach stand Henriette vor der Waschmuschel und sah in den Spiegel. Sie sah ein fremdes Gesicht, das bleich wie Papier war und kaum noch Konturen besaß. Wo sind meine Augen, mein Mund, dachte sie, alles hat sich aufgelöst zwischen den Furchen des Alters, die Haut ist auch nicht mehr Haut, wurde zu einer trüben Hülle, um alles nur noch ein wenig zusammenzuhalten. Henriette streifte das durchgeschwitzte Hemd ab, drehte den Hahn auf und spülte Wasser und Seife über ihren Körper, gleich hier am Waschbecken, unter die Dusche getraute sie sich noch nicht. Dann griff sie nach einem Frottiertuch, rieb sich trocken, und zog den Bademantel an, der an seinem Haken innen an der Tür hing. Nachdem sie auch noch mit dem Kamm durch ihr feuchtes Haar gefahren war, trat sie auf den Korridor hinaus. Niemand war zu sehen.

»Frau Krutisch?«

Da trat Linda schnell aus dem anderen Raum der Wohnung.

»Toll!« rief sie, »ist also gelungen! Wie gut Sie aussehen, gottlob!«

»Übertreiben Sie nicht.«

»Und kein Drehschwindel mehr? Keine Übelkeit?«

»Wie Sie sehen.«

»Kann ich Ihnen noch irgendwie helfen?«

»Nein, Linda, Sie können jetzt unbesorgt gehen, ich danke Ihnen.«

»Wie wäre es mit Kaffee? Mit einem Frühstück?«

»Bitte, Linda.« Diese Frau ist eine Klette, dachte Henriette, werde ich sie denn je wieder los? »Nebenan wartet mit Sicherheit Ihr Mann auf Sie und will frühstücken, nochmals vielen Dank, aber ich möchte jetzt wirklich wieder für mich bleiben.«

»Mein Mann ist längst zur Arbeit gegangen, die fangen früh an in seinem Betrieb. Er ist Kraftfahrzeugmechaniker.«

»Ach ja.«

Ein Gefühl der Schwäche durchdrang Henriettes Körper, die Schrecknisse dieser Nacht und ihr völlig entleerter Magen machten sich bemerkbar. Plötzlich fehlte ihr die Kraft, weiterhin darauf zu bestehen, daß Linda Krutisch sie verließ. Sie stolperte an der jungen Frau vorbei und sank auf den Sessel vor ihrem Schreibtisch. Dort stützte sie ihre Arme auf und starrte in die müden Blätter des Baumes hinaus, dem es gelungen war, zwischen den Hauswänden hochzuwachsen. Der Schreibtisch befand sich direkt am Fenster, das auf diesen Innenhof hinausführte. Sie nannte den zweiten, noch stilleren Raum ihrer Wohnung aus alter Gewohnheit ihr Arbeitszimmer, obwohl sie hier alles andere tat als zu arbeiten. Hier standen der Fernsehapparat, ein Sofa, ein wandfüllendes

Bücherregal, ein kleiner Eßtisch mit zwei Stühlen, hier verbrachte sie ihr Leben, wenn sie nicht schlief.

Linda trat hinter sie.

»Klar, daß Sie müde sind«, sagte sie, »ich mache jetzt Kaffee, bleiben Sie ruhig sitzen.«

»Aber Sie –«, Henriette versuchte zu widersprechen.

»Keine Sorge, ich finde mich sicher zurecht«, unterbrach Linda sie sofort, drückte sanft ihre Schulter und begab sich in die Küche. Henriette hörte Lindas lebhafte Schritte, das Öffnen und Schließen der Küchenschränke, den Wasserstrahl im Kessel, das Klirren von Geschirr. Schließlich bedeckte Henriette ihr Gesicht aufseufzend mit beiden Händen. So dunkel sollte es sein, dachte sie, nur noch dunkel und still. Der Eifer dieser jungen Frau belästigt mich, aber sie scheint das nicht zu bemerken.

Wäre ich jetzt allein, würde ich mich auf das Sofa legen und den Fernseher aufdrehen. Höchstwahrscheinlich wäre ich auf diese Weise rasch nochmals eingeschlafen und hätte mich dann später selbst um mein leibliches Wohl kümmern können. Im Moment bin ich einfach nur geschwächt und todmüde, man sollte mich in Ruhe lassen.

»So!«

Mit diesem Ausruf stellte Linda ein Tablett auf den Eßtisch. Henriette schrak hoch, löste die

Hände von ihrem Gesicht, und wandte sich um. Da dampfte Kaffee, da gab es Milch und Zucker, Brot, Butter, Honig, die junge Frau hatte in der spärlich ausgerüsteten Küche sichtlich alles entdeckt, was es zu entdecken gab.

»Wie Sie sehen, Frau Lauber, habe ich ein echtes Frühstück zusammengebracht«, sagte Linda fröhlich, »kommen Sie doch an den Tisch! Ich trinke jetzt übrigens auch gern Kaffee mit Ihnen, heute habe ich ja noch nichts im Magen!«

Das darf nicht wahr sein, dachte Henriette, jetzt bleibt diese Linda auch noch und frühstückt mit mir. Da – sie schiebt den Sessel zu sich her und setzt sich. Gern würde ich sie mit Entschiedenheit ersuchen, mich alleine zu lassen, aber ich habe jetzt nicht die Kraft dazu. Außerdem wirkt die junge Frau so zufrieden, nahezu beglückt, wenn nichts weiter als unser gemeinsames Frühstück Ursache dafür sein sollte, meinetwegen. Aber danach muß wieder Ruhe einkehren. Ruhe und Alleinsein.

Henriette mußte sich am Schreibtisch abstützen, als sie aufstand, band den Bademantel fester um ihre Taille, ging vorsichtig und langsam die wenigen Schritte zum Tisch hin und setzte sich.

»Gleich geht es Ihnen besser«, sagte Linda. Sie teilte Tassen und Teller aus und goß dann Henriette und sich selbst Kaffee ein. »Milch? Zucker?« Henriette nickte wortlos und Linda gab ihr von beidem. »Ein Honigbrot?« Wieder wort-

loses Nicken. Linda bestrich eine Scheibe Voll-
kornbrot mit Butter und Honig und ließ sie mit
einem liebenswürdigen »Bitte!« auf Henriettes
Teller gleiten. Alles tat sie lächelnd und mit Leb-
haftigkeit, sie wirkte, als mache dieses improvi-
sierte Frühstück ihr selbst unverhofft Freude.

Henriette trank in langsamen Schlucken vom
Kaffee und fühlte seine belebende Wärme und
Süße sich in ihrem geschwächten Körper aus-
breiten. Als sie danach zum Honigbrot griff und
einen Bissen davon nahm, fragte Linda sofort:
»Schmeckt es?«, und Henriette nickte kauend.

Ich benehme mich wie ein Kleinkind, dachte
sie. Oder in meinem Fall eher wie eine hinfällige
Greisin. Das kommt davon, wenn man sich gegen
seinen Willen betreuen läßt, nach diesem Frühstück werde ich mich bei der jungen Frau nochmals bedanken und sie dann mit aller Entschiedenheit und für immer hinauskomplimentieren.
Nachts ging es mir wirklich schlecht, aber noch
bin ich ja nicht hinfällig. Noch möchte und kann
ich mein Leben alleine meistern.

Linda hatte mit Appetit in ein ebenfalls mit
Butter und Honig bestrichenes Brot gebissen.

»Eigentlich ist es schön, gemeinsam zu frühstücken, finden Sie nicht?« sagte sie.

Henriette schwieg. Um Gottes willen nein,
dachte sie.

»Mein Mann hält nichts davon«, fuhr Linda
fort, »wochentags ist er immer ganz früh weg,

und wenn er frei hat, geht er am Morgen lieber allein joggen.«

»Wo joggt er denn da?« fragte Henriette, um irgend etwas zu einem Gespräch beizutragen, »doch sicher nicht hier, nur Asphalt und Autos rundherum –«

»Es gibt doch den Kanal mit einem Uferweg bis hin zu den Flußwiesen, sogar ein paar Bäume und Büsche gibt es dort. Da laufen sie alle, die Jogger. Waren Sie noch nie dort?«

»Ich jogge nicht«, sagte Henriette.

Linda starrte sie an, und lachte dann auf.

»Da staune ich aber, Frau Lauber!«

»Schade, nicht wahr? Wo ich doch dermaßen prädestiniert wäre fürs Joggen!«

Henriette wußte selbst nicht, woher ihr Sarkasmus kam, aber sie schob die Ärmel ihres Bademantels bis über die Ellbogen hoch, wies mit dem Stolz eines Bodybuilders auf ihre alten, dünnen Arme und deren welke Haut.

»Bitte sehr!« rief sie.

Linda stutzte.

Dann begannen beide Frauen zu lachen. Daß eine vergleichsweise geringfügige Ursache dieses Gelächter hervorrief, lag wohl an beider labilem körperlichen Zustand. Schließlich hatten sie eine weitgehend schlaflose Nacht hinter sich.

Henriette verstummte plötzlich. Sie lehnte sich im Sessel zurück und schloß die Augen. War das wieder ein beginnender Drehschwindel oder nur Schwäche? Rote Ringe kreisten hinter ihren Augenlidern, ihr Körper schien ins Unermeßliche hinabzusinken.

»Was ist? Geht es etwa wieder los?«

Auch Linda hatte abrupt aufgehört zu lachen und starrte Henriette über den Tisch hinweg besorgt an.

»Ich glaube nicht«, murmelte Henriette, »hab nur zu heftig gelacht, glaube ich.«

»Ja, blöd waren wir. Blöd war vor allem ich, ich hätte diesen Lachanfall nicht zulassen sollen, verzeihen Sie, Frau Lauber.«

»Lachen ist etwas Schönes, Linda«, sagte Henriette mit immer noch geschlossenen Augen, »ich habe lange nicht mehr gelacht, wissen Sie.«

»Aber Sie sollten sich erst ganz und gar erholen, dann kann ja gern wieder gelacht werden.«

Henriette öffnete die Augen. Sie sah in das Gesicht der jungen Frau, sah ihren wachsamen Blick, sah das leichte Lächeln. Diese Linda schaut mich tatsächlich mit Freundlichkeit an, dachte Henriette, so selten schauen Menschen freundlich. Und sie ist recht hübsch. Hat wunderschönes langes Haar.

»Hab ich was im Gesicht?« fragte Linda, »nur, weil Sie mich so streng anschauen, Frau Lauber.«

»Ich schau doch nicht streng.«

»Doch, ein bißchen. Aber macht nichts.«

»Mir ist aufgefallen, daß du schöne Haare hast.«

»Ha!« rief Linda, »Sie haben du gesagt!«

»Verzeihung«, sagte Henriette, »ist mir so herausgerutscht.«

»Bleiben Sie bitte dabei, es freut mich.«

Henriette schwieg. Wobei soll ich bleiben, dachte sie, jetzt wird's Zeit, daß wir uns trennen, ich muß die junge Frau nach Hause schicken.

»Ist wirklich nichts passiert? Sind Sie okay?« fragte Linda.

»Mir geht es gut«, sagte Henriette, »Sie müssen jetzt gehen.«

»Nur eine Frage – heißen Sie wirklich Henriette, Frau Lauber?«

Linda hatte beide Unterarme auf den Tisch gelegt, sich interessiert vorgebeugt, und schien die Aufforderung, zu gehen, überhört zu haben. Jedenfalls machte sie keinerlei Anstalten, den Tisch zu verlassen.

»Warum soll ich so nicht heißen? Steht doch so an meiner Tür.«

»Ich weiß – nur, weil das so ein komischer Name ist, einer mit vielen Zacken. Nicht so, wie Sie sind.«

»Finden Sie?«

»Nun ja, irgendwie so – ja, gezackt, wie ein Zaun, wirkt der Name für mich. Während Sie –«

»Lassen Sie's gut sein. Und schön ist mein Name ja wirklich nicht.«

»Das meine ich nicht!« rief Linda, »ist ein schöner Name, nur –«

»Ist eben ein altmodischer Name, Linda, und das stört sie wohl. Ich weiß auch nicht genau, warum man mir gerade den gegeben hat. Vielleicht, um mich in einer Zeit, wo alle Heidrun, Sieglinde, Erika, Ingrid und so weiter genannt wurden, völlig unpassend zu benennen. Er paßte ganz und gar nicht ins Nazireich, mein Name, und da meine Eltern auch nicht dorthin gepaßt haben, sondern emigrieren mußten, verstehe ich diese Wahl denn doch irgendwie.«

»Sie sind im Ausland geboren?«

»Nein, noch hier, aber als Kleinkind kam ich nach England und bin dort aufgewachsen.«

»Und warum sind Sie jetzt nicht mehr in England?«

»Weil auch meine Eltern aus London wieder hierher zurückgekommen sind, einige Jahre nach dem Krieg.«

»Wie alt waren Sie da?«

»Fünfzehn.«

»Und haben Sie da nur Englisch gesprochen?«

»Ich bin zweisprachig aufgewachsen. Ich konnte ohne Probleme an einem hiesigen Gymnasium maturieren.«

»Ich habe leider keine Matura machen können«, sagte Linda, »nach der Hauptschule mußte ich gleich Lehrling bei einem Friseur werden.«

Sie sah plötzlich traurig vor sich hin, ein verborgener Kummer schien bei dieser Feststellung wach geworden zu sein.

»Ach ja«, murmelte Henriette. Jetzt bitte nicht weiter unsere Lebensgeschichten ausbreiten, dachte sie, jetzt Schluß machen, es geht mir nicht gut.

»Ich wurde aber prima ausgebildet und hatte sogar eine Zeitlang einen eigenen Frisiersalon.«

»Ist doch toll.«

»War nicht so toll.«

»Ach nein?«

»Nein. Drum hab ich dann den Helmut Krutisch geheiratet.« Jetzt lachte Linda wieder. »Auch nichts Tolles, aber man lebt.«

»Wie alt sind Sie denn?« fragte Henriette.

»Siebenunddreißig«, sagte Linda.

»Schönes Alter«, erwiderte Henriette noch.

Dann aber fühlte sie, wie ein Schauer durch ihren Körper fuhr, es war, als fröre sie trotz der Hitze. Sie rappelte sich hoch und taumelte die wenigen Schritte zum Sofa, auf das sie niedersank und regungslos liegenblieb.

»Was bin ich für ein Trottel!« rief die junge Frau aus, »ich räume nur das Frühstück weg und verschwinde!«

»Bitte – lassen Sie das Frühstück doch ruhig –«, wollte Henriette einwenden, aber mit einem entschiedenen »Kommt nicht in Frage!« begann Linda alles in die Küche zurückzutragen. Der Kühlschrank wurde auf- und zugemacht, das Geschirr unter fließendes Wasser gehalten. Henriette hörte die junge Frau energisch hantieren, die Geräusche taten ihr weh, und sie ersehnte nichts dringlicher als Ruhe und Alleinsein.

»Soll ich Ihnen eine Decke bringen?« erschallte es über ihr.

Henriette riß die Augen auf. Linda war zurückgekommen, stand über sie gebeugt dicht am Sofa und blickte munter auf sie herab.

»Nein!« Henriette schrie fast. »Nichts mehr! Danke!«

»Hoffentlich können Sie sich jetzt wirklich ausruhen und bald wieder ganz okay sein«, sagte Linda.

»Hoffentlich, ja.«

Henriette schloß die Augen.

»Wollen Sie im Bademantel bleiben? Soll ich Ihnen nicht –?«

»Nein, danke!« Jetzt war es ein Schrei. Wann geht sie endlich, dachte Henriette.

»Also, ich gehe jetzt.«

»Ja. Danke.«

»Ich nehme den Schlüssel nicht mehr mit, wenn Ihnen das lieber ist, aber ich werde gegen Abend nochmals nach Ihnen sehen, ja?«

Henriette konnte ein leises Aufstöhnen nicht unterdrücken, aber sie sagte nichts mehr. Ich werde ihr eben einfach nicht öffnen, dachte sie.

»Also bis später, Frau Lauber.«

Henriette antwortete nicht. Sie hörte die Schritte sich entfernen, hörte, wie Linda drüben am Gang die eigene Wohnung aufschloß. Alles hört man in diesen Mietshäusern, dachte Henriette, daran werde ich mich bis zu meinem letzten Tag nicht wirklich gewöhnen können, zu sehr war ich es gewohnt, in meinem Haus zu leben, ein im Garten verborgenes schweigendes Haus allein zu bewohnen. Aber jetzt ist es auch hier endlich still. Dieser Wirbel vorhin, den die junge Frau hereingebracht hat! Nun gut, so ist Jugend eben. Obwohl man mit siebenunddreißig auch nicht mehr blutjung ist. Aber sie meint es, glaube ich, wirklich gut und freundlich mit mir. Eine Greisin bin ich wohl für sie, mit meinen achtzig. Sie scheint sich aber gern um irgend jemanden zu kümmern. Anders kann ich mir ihre Zuwendung, um die ich sie nie gebeten hätte, nicht erklären.

Irgendwo im Hof war plötzlich gellend laut Musik zu hören. Der Einspruch einer wütenden Männerstimme folgte, und das Getöse wurde wieder abgestellt.

Henriette, die kurz aufgeschreckt war, behielt die Augen offen und betrachtete ihren Körper genauer. Er lag irgendwie ungeordnet auf dem Sofa. Sie hob die Arme, glättete den zerwühlten Bademantel auf Brust und Bauch, faltete die Hände darüber und streckte die Beine aus.

Wieder liege ich da wie aufgebahrt, dachte sie, aber jetzt ist es mir angenehm. Hoffentlich werde ich nicht wieder gestört. Diese Linda. Ich habe wohl den Fehler gemacht, ein klein wenig von mir selbst zu erzählen – das hat diese Linda sicher ermutigt – vielleicht hat sie niemanden, um Gespräche zu führen, wer weiß – was für eine Nacht war das – was für ein Morgen – was für eine Mattigkeit – ich bin unendlich müde – müde von Ewigkeit zu Ewigkeit, amen – eigentlich sollte ich aufstehen und auch hier das Rouleau herunterziehen, damit es nicht zu heiß wird im Zimmer – ja, ich sollte das Zimmer abdunkeln – aber es liegt sich gerade jetzt so gut hier auf dem Sofa –

Henriette fühlte, wie eine sanfte Schwere ihren Körper durchdrang, die erlösendem Schlaf voranzugehen pflegt, und die sie ihr Leben lang in so mancher Nacht vergeblich ersehnt hatte.

Sie ließ sich fallen.

Kühles, nächtliches Gras streifte ihre Knöchel, als sie den Weg zum See einschlug. Der Himmel war dunkel und sternenlos, leichter Nachtwind ließ das Schilf aufrauschen. Sie gelangte zum Ufer und sah die glatte, schwarze Seefläche in Nebel und Nacht zerfließen. Langsam streifte sie ihre Kleidung ab. Als sie völlig nackt war, betrat sie das flache, kalte Wasser und fühlte rauhes, scharfgeschliffenes Gestein unter ihren Füßen. Trotzdem setzte sie einen Schritt vor den anderen, war bereit, weiterzugehen, die Tiefe nicht zu scheuen, sich ihr anheimzugeben, in der Kühle des Gewässers zu versinken. Da schrie jemand nach ihr. Eine Männerstimme durchbrach die Stille, sie erschrak und blieb stehen. Aber sie wollte nicht zurückgerufen werden, obwohl nackt und fröstelnd, sie wollte den Weg fortsetzen –

»Wenn du noch einmal wegbleibst, du Fotze!« brüllte jemand und Henriette wurde wach.

Aus einem Fenster im Hof war dieser Satz gedrungen, dann das Aufkreischen einer Frau, das Zuschlagen von Fensterflügeln und fernen Türen, und allmählich verlor sich die lärmende Szenerie irgendwo im Inneren des Hauses.

Henriette lag regungslos da, es dauerte, bis sie wieder weiteratmen konnte. Jetzt erst merkte sie, daß es brütend heiß war im Zimmer, und sie selbst in Schweiß gebadet. Dieser schöne, kühle See im Traum, dachte sie. Da hat das Träumen gewußt, wohin es mich entführt. Wohin wollte ich denn da schwimmen im Traum. Und wollte ich überhaupt schwimmen, nicht lieber ein für alle Mal untergehen?

Henriette rappelte sich hoch, saß dann aufrecht auf dem Sofa und ließ ihren Blick durch das Zimmer gleiten. Sie stellte fest, daß nichts sich um sie her drehte, sie auch keinerlei Schmerzen verspürte. Also erhob sie sich, langsam und vorsichtig, und durchquerte den Raum bis zum Fenster hin. Das Laub des Baumes bewegte sich leicht in einem heißen Windhauch. Henriette zog das Rouleau herab.

Dann ging sie in die Küche und trank ein Glas Wasser. Peinliche Ordnung herrschte hier, das Kaffeegeschirr befand sich zum Trocknen neben der Spüle, säuberlich auf ein frisches Küchenhandtuch gereiht, Brot, Butter, Honig waren sorgsam verstaut. Sogar wenn einmal in der Woche die Haushaltshilfe vorbeikam, sah die Küche danach nicht derart wohlgeordnet aus. Milena, eine Frau um die fünfzig, rotbackig, kräftig, sang bei der Arbeit gern polnische Lieder vor sich hin und beklagte ihr ständiges Heimweh nach Polen, dabei putzte sie in rasanter Geschwindigkeit die ganze Wohnung, trank zum Abschied eine Flasche Bier, nahm ihr Geld, und eilte wieder davon. Henriette ließ Milenas Anwesenheit meist wortlos über sich ergehen, froh, wenn das Nötigste getan und wieder Ruhe eingekehrt war. Maloud hingegen hatte sich bei seinen Besuchen immer gern mit der Frau unterhalten. Magst du Milena nicht? hatte er Henriette einmal gefragt. Aber ja, hat sie geantwortet, nur bin ich keine Plaudertasche wie du. Was ist eine Plaudertasche? fragte er. Ein Mensch, der mit anderen Menschen gern plaudert. Da lachte Maloud. Du bist eindeutig keine Plaudertasche, sagte er.

Henriette stellte das Wasserglas im Spülbecken ab.

Wie lange habe ich wohl auf dem Sofa geschlafen, dachte sie, da die Sonne jetzt senkrecht in den Innenhof knallt, ist sicher Mittag, wenn

nicht schon vorbei. Ich bin ein bißchen hung-
rig, vielleicht gönne ich mir später ein Rührei.
Ein Rührei natürlich, wie ich es zustande bringe,
nicht so eines, wie Maloud es macht, wenn er hier
ist, knusprig angebraten, er kann das vorzüglich.
Gehört zwar nicht zu dem, was seine Leute häufig essen, Eier fehlen dort oft, aber aus nichts
etwas zu machen, darin sind sie Meister. Und er
eben auch. Vielleicht sollte ich versuchen, Maloud heute noch anzurufen. Ja, vielleicht erreiche
ich ihn. Nach allem, was mir nachts passiert ist,
sollte ich das vielleicht tun.

Mit langsamen Schritten begab sich Henriette
zum Badezimmer, sie bewegte sich achtsam und
belauschte ihren Körper. Dieser alte Körper,
dachte sie, bisher ging das ja so einigermaßen mit
ihm, aber heute Nacht hat er mich völlig verun-
sichert, ich traue ihm noch nicht über den Weg.
Eigentlich bewundernswert, wie die junge Frau
mich durch den Korridor schleppen und dann
ins Bett heben konnte, und alles so, daß ich nicht
mehr erbrechen mußte. Habe ich mich ihr gegenüber eigentlich dankbar genug gezeigt? Nach
dem Frühstück wollte ich sie eigentlich nur noch
los sein. Maloud würde mich rügen, du mußt die
Menschen mehr mögen, würde er sagen.

Im Badezimmer lagen feuchte Frottiertücher
am Boden, die Seife schwamm im Waschbecken,
Hitze und Nässe hatten die Atmosphäre eines
Dampfbades erzeugt, hier waren die Spuren

der nächtlichen Turbulenzen noch nicht getilgt. Henriette öffnete das schmale Fenster mit den Milchglasscheiben, um Luft hereinzulassen, und begann dann, Ordnung zu schaffen. Sie räumte die benutzten Tücher weg, wischte den Boden auf und rieb auch die Fliesen an den Wänden trocken. Ihr Leben lang war sie als Hausfrau unbrauchbar gewesen, hatte jedoch im Alter gezwungenermaßen erlernen müssen, sich selbst und ihre Wohnung nicht gänzlich verkommen zu lassen.

Erst als das Bad glänzte und nach Sauberkeit roch, begab sie sich selbst unter die Dusche. Sie wusch auch ihr Haar, Shampoo und Seife dufteten angenehm, lange stand sie unter dem herabströmenden, lauwarmen Wasser, was sie anschließend, trotz der Hitze, sogar leicht frösteln ließ. Sie rieb sich trocken und cremte ihren Körper ein. Nach wie vor tat sie das nach jedem Bad, versuchte ohne Hast, mit sanften Berührungen, ihre seltsam weiche Haut an jeder Stelle des Körpers mit Cremes oder Lotionen ein wenig zum Leben zu erwecken. Heute tat sie es mit besonderer Muße, mit besonders langsam kreisenden Bewegungen. Ich muß ihn mir wieder gefügig machen, meinen Körper, dachte Henriette, ihn wieder an mich heranlassen, ihn nicht mehr beäugen und belauschen wie ein fremdes Tier. Beim Putzen des Badezimmers stand er mir ja ohne gravierende Einwände zur Verfügung, außer ein wenig Atemlosigkeit und Kreuzschmerzen fehlte mir dabei nichts, und an diese bin ich ja gewöhnt.

Henriette wickelte sich in das Badetuch, kämmte vor dem Spiegel ihr nasses Haar und verließ das Bad.

Im Schlafzimmer setzte sie sich auf ihr ungemachtes Bett, aus dem noch der Geruch ihres geängstigten, schweißnassen Körpers drang. Das bringe ich später in Ordnung, dachte Henriette, jetzt noch mit frischem Bettzeug zu hantieren, schaffe ich nicht mehr. Riecht ja schließlich auch nur nach mir selbst.

Sie griff nach ihrem Handy, das meist neben ihrem Bett lag, aber auch meist abgestellt war. Es gab kaum noch Kontakte, die sie nutzte oder erwartete, die Zeiten, in denen das Telefon als ihr ständiger, notwendiger Begleiter fungierte, lagen ewig zurück. Ihr Handy war ein uraltes Modell. Als sie jetzt die PIN-Zahl eingegeben hatte und das Gerät funktionierte, wählte sie Malouds Nummer. Das Freizeichen tönte lange, ehe er sich meldete.

»Mum!« rief er. »Wie schön! Ich bin im Jeep, der rumpelt so laut, deshalb habe ich dich erst jetzt gehört! Wie geht es dir?«

»Es geht«, sagte Henriette, »wohin fährst du denn?«

»Ich war in Smara und bin gerade auf dem Weg nach Dahla. Dieses Camp in der Nähe der Dünen, du weißt.«

»Ja, ich weiß«, sagte Henriette. Sie sah es vor sich, die hohen Sandwellen, den endlos weiten Horizont, das rötliche Licht, wenn die Sonne sinkt.

»Ist etwas passiert?« fragte Maloud, »deine Stimme, Mum, klingt komisch.«

»Es ist sehr heiß bei uns.«

»Bei euch auch? Hier sind an die fünfzig Grad!«

»Geht es dir gut?«

»Aber ja, mir schon. Aber du? Hat die Hitze dir was angetan?«

»Ich war nur – geht aber schon wieder, Maloud.«

»Was warst du nur?«

»Ach was, der Kreislauf. Nein wirklich, ich bin okay. Ich wollte dich nur so gern wieder einmal hören.«

»Ich freu mich auch, deine Stimme zu hören, Mum. So gern wäre ich wieder einmal bei dir, aber leider komme ich zur Zeit von hier schwer weg, die Situation ist kompliziert.«

»Kann ich mir denken, bei allem, was ich aus Mali und Nigeria höre, alles so nah. Paß bitte gut auf dich auf!«

»Du aber auch, Mum –«

Die Verbindung brach ab. Henriette lauschte eine Weile, seufzte auf und wollte gerade das Handy abstellen, als Maloud plötzlich wieder zu hören war.

»Ich bin jetzt zu weit draußen, Mum, auf den Pisten gibt es meist keinen Empfang mehr – aber wenn ich in Dahla bin, kann ich –«

»Laß nur!« rief Henriette, »ruf einfach nur an, wenn's leicht geht, sei umarmt, mein Lieber.«

»Ma'a salam, habibati! Bis bald!«

Henriette legte das Handy auf den Tisch zurück.

Maloud auf einer dieser Pisten durch die Sahara, sie sah ihn vor sich, sein angespanntes, konzentriertes Gesicht, die ruhigen Hände auf dem Steuer. Henriette saß gern neben ihm, die wenigen Male ehemals. Er fährt zwar wie der Teufel, dachte sie, aber mit schlafwandlerischer Sicherheit, kein Grund, mir Sorgen zu machen. Weicht den Gesteinsbrocken aus, als würde er sie erfühlen. Als wäre der robuste, schwere Geländewagen ein Teil seiner Sinne, seines Wesens, ihm untertan wie der eigene Körper, sie beide eine Einheit. Seit seiner frühesten Jugend fährt er ja mit Jeeps und Landrovers durch die Sahara, sei es zwischen Dünen oder über Steinwüste, er kennt alle Straßen und Pisten, orientiert sich auch ohne sie, ist eben ein Wüstensohn. Mehr Sorge muß mir die politische Situation dort machen. Und der anwachsende religiöse Fundamentalismus.

Henriette erhob sich von ihrem Bett, ging zum Schrank, holte ein Gewand aus dünnem, weißem Leinen hervor und zog es über. Das Richtige bei Hitze, dachte sie, auch hier. Diese Darah, eigentlich für Männer gedacht, hatte sie damals erstanden, in einem der stickigen Läden. Im Camp hatte es eine Art Einkaufsstraße gegeben, die sie rührte in ihrer Ärmlichkeit und dem gleichzeitigen Bemühen, mit westlichen T-Shirts und Schirmkappen Weltoffenheit zu zeigen. Wie es jetzt wohl dort aussieht, dachte Henriette.

Sie ging zurück zum Bett, zog jetzt doch auch das Bettzeug ab, trug den Ballen zur Waschmaschine ins Badezimmer und setzte diese in Gang. Auch das hatte sie lernen müssen, sogar einfache Haushaltsgeräte zu bedienen war für sie Neuland gewesen. Mehr als ihr halbes Leben lang waren es von ihr bezahlte hilfreiche Menschen gewesen, die das große Haus und den Garten besorgten, und sie kaum mit so etwas wie Wäschewaschen, Bügeln, Lebensmitteleinkauf, Kochen, eben all den täglichen Mühen eines Hauswesens in Berührung brachten. Anders wäre die Bewältigung ihres Alltags auch schwer möglich gewesen, da sie sich jahrzehntelang wenig zu Hause, sondern berufsbedingt entweder auf Reisen oder Tag und Nacht im Schneideraum befand. Wenn sie zwischendurch Ruhepausen einlegte, war alles entsprechend für sie vorbereitet, ihre Wünsche wurden respektiert, sie konnte entspannen und sich ausruhen, ohne sich um etwas kümmern zu müssen. In der schlichten Wohnung hier hatte sie sich anfangs nicht zurechtgefunden und war zugleich tief beschämt gewesen, weil sie so unsagbar ahnungslos und ungeschickt auch mit den einfachsten häuslichen Tätigkeiten nicht zurechtkam. Wie eine kleine Schülerin hatte sie im Alter erlernen müssen, was normalerweise für erwachsene Frauen selbstverständlich war.

Henriette stand vor der wummernden Waschmaschine und starrte eine Weile selbstvergessen in das Rotieren der Wäsche, es war wie ein Sog. Schließlich zwang sie sich, gewaltsam die Augen davon zu lösen und in den Schlafraum zurückzugehen. Dort holte sie frisches Bettzeug aus dem Wandschrank. Doch als sie mit weit ausholenden Bewegungen das Leintuch über die große Matratze spannen wollte, mußte sie innehalten. Ein leises Schwindelgefühl bewog sie, das Beziehen ihres Bettes zu verschieben, um dieses Gefühl, das sie schreckte, nicht weiter aufkommen zu lassen.

Mit behutsamen Schritten ging sie ins abgedunkelte andere Zimmer hinüber, nahm die Fernbedienung des TV-Gerätes an sich, setzte sich aufrecht hin, den Rücken in die Sofakissen gelehnt, und schaltete ein.

Die Stimmen und Geräusche des Nachmittagsprogramms fluteten zu ihr her. Henriette war egal, was lief. Sie ließ sich wahllos von dem überfallen, was aus dem Bildschirm drang. Aber nie hätte sie in ihrem früheren Leben Bilder in dieser Weise auf sich zustürzen lassen.

Die Bilder, dachte Henriette. Sie waren meiner besonderen Obhut unterworfen. Aus den Bildern erstanden Geschichten, deren Wirksamkeit von meiner Kunstfertigkeit abhing. Oh ja, wenn Mirco es Kunst nannte, wie ich am Schneidetisch seine filmischen Ergebnisse mitgestaltete, hatte ich nach anfänglichem Widerspruch aufgehört, etwas dagegen zu sagen. Ja, ich ergab mich dieser Arbeit als Künstlerin, nicht als technisch versierte Gehilfin. Aber doch nur bei ihm. Nur in der Zusammenarbeit mit ihm. Als die ihr Ende fand, gelangte auch ich bald an das Ende meiner beruflichen Laufbahn. In meinem Fall eine Art Umlaufbahn. Aber alles lange her, Henriette, hör auf, dich daran zu erinnern.

Im abgedunkelten Zimmer war es drückend heiß. Die Luft stand hinter dem herabgezogenen Rouleau, kein Hauch regte sich. Das bunte und laute Treiben einer musikalischen Fernsehshow, live von irgendeinem Badestrand gesendet, verstärkte die Stimmung öder Sommerlichkeit. Die triviale Verlogenheit der in Großaufnahme plärrenden Gesangstars reizte Henriette zum Lachen. Oder auch zum Weinen, sie wußte es nicht genau.

Schließlich erhob sie sich leise stöhnend vom Sofa, um in die Küche zu gehen. Immer dieses Stöhnen, wenn vom Körper eine Veränderung seiner Position verlangt wird, sie hat es sich angewöhnt. Dabei haßt sie es. Man sollte nicht in dieser Weise nachgeben, dachte sie sich immer wieder, nicht aufhören, den alten Gliedmaßen alles an Elastizität oder zumindest ruhigem Funktionieren abzuverlangen. Aber das unentwegte Alleinsein demoralisiert. Sich nie von außen kontrolliert zu wissen, immer nur der eigenen Kontrolle in einem endlosen Selbstgespräch unterworfen zu sein, das macht willensschwach. Warum nicht ein bißchen stöhnen, sagt man sich dann, wenn's einem danach ist? Warum nicht hinken oder schlurfen, mehr als nötig, wenn es dem ermatteten Lebensgefühl entspricht?

Henriette zwang sich, ihren trägen Körper aufzurichten und hocherhobenen Hauptes, mit möglichst kräftigen Schritten die Küche zu betreten. Na bitte, geht doch! dachte sie. Schwungvoll öffnete sie den Kühlschrank, holte ein paar Eier heraus, schlug diese auf, verrührte sie in einer Schale, salzte kräftig, ließ in der Pfanne Butter heiß werden und goß dann den Brei aus Dotter und Eiweiß hinein. Sie starrte auf den Vorgang des Anbratens herab, als gewahrte sie das Brodeln eines Vulkankraters, im Zischen, Spritzen, Blubbern wurde die Masse in der heißen Pfanne zur glühenden Lava, der Zoom fuhr darauf zu, eine nahe Einstellung –

He! rief Henriette sich zur Ordnung, glotze nicht, handle! Du stehst an einem Herd, nicht am Schneidetisch!

Ehe die Unterseite anbrannte, versuchte sie die gestockte Eiermasse mit zwei Kochlöffeln umzuwenden, wie sie es bei Maloud gesehen hatte.

Aber ihr zerfiel auch diesmal alles in einzelne wabbelige Brocken, die sie schließlich resigniert aus der Pfanne in einen Teller gleiten ließ. Nun gut, dachte sie, satt wird es mich jedenfalls machen, mir knurrt bereits der Magen.

Aus dem Zimmer drang weiterhin das Fernsehgeräusch herüber, als Henriette am Küchentisch ihr Omelett verzehrte, mit reichlich Brot dazu und einer noch schmackhaften Gurke, die sie im Gemüsefach gefunden, aufgeschnitten und gesalzen hatte. Sie saß in der weiten, weißen Darah vor ihrem Essen, breitbeinig und mit aufgestützten Armen. Es war heiß in der Küche wie damals in der Wüste. Wenn man zwischen den Lehmwänden der ›Reception‹ oder im Empfangszelt Mahlzeiten zu sich nahm, verhielt man sich ähnlich. Nur dem Körper nicht zu viel Bewegung zumuten, der Hitze möglichst ohne Auflehnung begegnen, sich ihr schweigend ergeben. Henriette kaute langsam, mit abwesendem Blick, trank ab und zu einen Schluck Wasser, und obwohl sie nicht übermäßig darauf achtete, kam sie dennoch zu dem Schluß, das Omelett sei ihr diesmal nicht gänzlich mißlungen. Ich glaube, es schmeckt gar nicht so übel, dachte sie.

Mit einem Stück Brot fischte Henriette die Reste aus dem Teller und schob es sich in den Mund. Dann blieb sie vorgebeugt sitzen, den Kopf in die Hand gestützt, während sie diesen letzten Bissen langsam zu Ende kaute. Alles heute erinnert mich an die Wüste, dachte sie, auch dieses erschöpfte Beenden einer Mahlzeit, es dauert dort, bis man die Kraft gewinnt, die gesättigte Physis samt ihrem beginnenden Verdauungsprozeß wieder der erbarmungslosen Hitze auszusetzen. Deshalb trinken sie ständig schwarzen Tee mit frischer Minze, nach dem Essen, und jederzeit. Gern hätte ich jetzt so ein Gläschen davon, dieser Tee ist so stark, daß er wie Feuer durch den Körper fährt und ihn aufweckt.

Lächeln wir eigentlich immer, wenn wir uns an Nebensächliches erinnern? fragte sich Henriette. Sie hatte erstaunt ihr eigenes, unvermutetes Lächeln wahrgenommen. Denken wir leichten Herzens an das zurück, was nebenher geschah und deshalb dem Erinnern keinerlei Schwere zumutet? Dieser Tee in den kleinen Gläsern, ja. Sie hatte ihn damals so reichlich getrunken, so viele Gläser hintereinander, daß sie Herzrasen und Magenweh davon bekommen hatte. Aber sie konnte nicht widerstehen, wenn er in den blauen Emailkännchen vor ihren Augen zubereitet wurde, sie ihn gereicht bekam, man dabei auf dem Wüstenboden oder auf Teppichen lagerte, und der Duft nach Minze sich ausbreitete. Wenn Maloud sie jetzt besucht, serviert er ihr ebenfalls Tee, er hat ein Säckchen dieser speziellen Teesorte auch auf Reisen immer dabei, und hier besorgt er sich frische Minzebüschel. Aber er läßt sie nie mehr als zwei, drei Gläschen davon trinken, das reicht für dich, Mum! sagt er dann streng. Maloud. Lange war er nicht mehr hier. Die kleinen arabischen Teegläser, die er ihr geschenkt hat, stehen unbenutzt im Geschirrschrank.

Das Lächeln hatte Henriette wieder verlassen. Sie stand mühsam auf, ihre Beine schmerzten. Sie nahm Teller und Besteck, trug es unter fließendes Wasser und wusch alles sauber, auch die Pfanne. Sie hatte sich bewußt keine Geschirrspülmaschine zugelegt, wofür auch, hatte sie beim Einzug in die Wohnung gedacht und sich nicht geirrt. Da sie nie Gäste empfängt und für sich selbst wenig kocht, ist ihr bißchen Geschirr schnell per Hand abgewaschen. So wie jetzt.

Während Henriette abwusch, abtrocknete, zurückräumte, dachte sie wieder an Maloud. Wie oft denn noch heute! schalt sie sich. Aber trotzdem sah sie ihn vor sich, sah ihn ebenfalls in ihrer kleinen Küche wirtschaften, nahm er ihr doch stets alles ab, wenn er hier war.

Aber auch die bunten, in Afrika gebräuchlichen Blechschalen sah sie, sah sie in seinen Händen, wie er sie sorgfältig von Couscous- und Lammfleischresten säuberte, in der mit nur wenig Wasser gefüllten, hellgrünen Plastikschüssel, zwischen den sandfarbenen Zelten, neben der Vorratshütte aus weißgekalktem Lehm, während der heiße Wüstenhimmel sich dem Abend zu rot färbte. Farben sah sie. Sobald Henriette an diese Zeit zurückdachte, sah sie Farben. Jetzt ist das

Bunteste in meinem Leben meist nur das Farb-
fernsehen, dachte sie.

Ehe sie im abgedunkelten, aber dennoch von
Hitze erfüllten Zimmer auf das Sofa zurück-
kehrte, kramte Henriette in den Regalen ihres
Wandschranks und fand ihn schließlich: den chinesischen Fächer aus rotem Pergament, den sie
oft benutzt hatte, wenn sie mit dem Filmteam
unterwegs war und es irgendwo unerträglich
heiß wurde. Was immer wieder der Fall war, und
nicht nur im Westen Afrikas. Auch in Portugal
hatte sie einige Drehtage lang das Gefühl gehabt, an Hitzschlag sterben zu müssen. Mirco
hatte einen Film im Alentejo gedreht, wo som-
mers leicht an die 50 Grad erreicht werden und
die Hügel, eigentlich Weideland, sich in dürre
Graswüsten verwandeln. In Lissabon hatte sie
diesen roten Fächer erstanden, in einem kleinen
chinesischen Laden, die Frauen dort belehrten
sie, daß so ein Fächer Ewigkeitswert besitze, sich
auf diese Weise Luft zuzufächeln übertreffe nach
wie vor jede Aircondition, sagten sie. Auf allen
Reisen hat er sie begleitet, der rote Fächer, und
sie empfand plötzlich helle Freude, ihn heute und
hier, an diesem Tag extremer Sommerhitze, tatsächlich wiedergefunden zu haben. Meine Freude
gleicht der eines Kindes, dachte sie, als sie sich
gleichmäßig fächelnd im Sofa zurücklehnte, und
die Luft ihr Gesicht zu streicheln schien.

Henriette griff zur Fernbedienung, da dem

Geplärre der Musikshow eine belehrende Sendung über Schönheitsfragen gefolgt war und sie nicht sehen wollte, wie einer dicken, halbnackten Frau geraten wurde, sich Fett absaugen zu lassen. Ein Herr im weißen Mantel erklärte, wie er dabei vorgehen würde, und zog mit Filzstift Linien auf ihrer wabbeligen Haut. Henriette suchte eilig ein anderes Programm. Und geriet dort unversehens in einen Film, den sie schon mehrmals gesehen hatte. Sie geriet in den Abschnitt ›Summer‹ und blieb sofort wieder dabei. ›Another Year‹ hieß dieser Film, erzählte vom Leben einer englischen Mittelstandsfamilie mit Schrebergarten, erzählte von einem Jahr mit diesen Menschen, Frühling, Sommer, Herbst und Winter. Henriette liebte diesen Film. Er war einer dieser Filme, wie sie selbst gern Filme gemacht hätte, wenn sie sich je dazu entschlossen hätte, selbst Filme zu machen und nicht nur Cutterin zu bleiben.

Der rote Fächer bewegte sich sanft in Henriettes Hand und sie versank im Geschehen. Versank in anderen Lebensgeschichten, konnte ihre eigene trübe Geschichte verlassen, geriet in den ersehnten Zustand, der sie all ihren eigenen Zuständen enthob. Nahezu dokumentarisch wirkte der Film, da er von den Schauspielern nicht gespielt, sondern gelebt wurde, für Henriette wunderbarstes schauspielerisches Können. Und der letzte Abschnitt ›Winter‹ griff ihr auch heute wieder ans Herz. Vor allem wegen dieser sehnsüchtigen, haltlosen Frau, hübsch gewesen, aber verwahrlost, an der Schwelle ihres einsamen Alters, suchend und gleichzeitig töricht-blind, aber im Tiefsten eine einzige todbringende Verzweiflung. Von einer englischen Schauspielerin grandios gespielt, trieben ihr deren Szenen Tränen in die Augen. Warum wohl, dachte Henriette. Oder besser: warum wohl nicht.

Als der Abspann lief, drehte sie den Fernsehapparat ab. Jetzt kein Glotzen, das der Betäubung dient. Diese Illusion eines Gegenübers, Aufhebens des Alleinseins, wenn wir in unseren stillen Zimmern die TV-Programme laufen lassen, das jetzt nicht, dachte Henriette. Sie hob ihre Beine, streckte sie am Sofa aus, bettete den Kopf auf die gepolsterte Seitenlehne, und blieb so mit geschlossenen Augen liegen.

Bilder des Films liefen nochmals in ihr ab. Auch deren Rhythmus, der bewußt ruhige Schnitt entsprach ihr. Mircos eher seltene Forderung nach rasanteren Schnittabfolgen hatte ihr zwar auf erregende Weise Spaß gemacht, auch weil sie ihr Können herausforderte, aber heimisch war sie im ruhigen Erzählen. Ja, das ist meines gewesen, dachte Henriette, aus der Fülle von Bildmaterial, die beim Drehen entstand und mich ungeordnet heimsuchte, dann in der Stille des Schneideraumes die Erzählung entstehen zu lassen. Schon als Kind, schon als ich die ersten Filme sehen konnte, wollte ich, daß sie mir Geschichten erzählen.

Henriette legte den Fächer am Bauch auf ihrer Darah ab, die Arme sanken ihr zur Seite, sie war bereit, wieder einzuschlafen. Aus dem Hof drangen keine störenden Geräusche, nur den Baum durchwehte ein Lufthauch und sein Laub rauschte leise auf. Wie damals in diesem Garten, der zum Ufer abfiel. Auch damals vernahm man nur ein Raunen in den Blättern, deren Reglosigkeit nach einem ganzen Tag Hitze plötzlich vom abendlichen Wehen berührt und gewiegt wurde. Sie ging den schmalen Pfad abwärts, langsam, mit vorsichtigen, kleinen Schritten den steinigen Grund erfühlend, Laub und Äste streiften sie, und sie kam dem Rauschen des Meeres immer näher. Es war mehr als ein Rauschen, es war ein Dröhnen. Sie wußte es, die Wogen prallen unten gegen den Fels, donnernd, mit Gischt und Wasserfontänen, sie hatte Angst, sich der Steilküste zu nähern, aber dieser wilde, verwilderte Garten endete dort. Ich muß an das Ende des Gartens gelangen, dachte sie, es muß einmal sein, ich muß von dort aus in die Tiefe blicken ohne Furcht. Ich muß diese Furcht ablegen. Dort vorne, hinter den letzten Ginsterbüschen, ist es soweit. Dort tut sich mir der Blick in den Abgrund auf.

Warum aber beginnt das Meer plötzlich so seltsam zu tönen. Das Meer rauscht nicht mehr, es klingelt. Mir ist, als würde es nach mir rufen wie eine Glocke –

Henriette schlug die Augen auf. Im Zimmer herrschte Dämmerung, hinter dem Rouleau schien es Abend zu werden.

Und es war die Türglocke, die tönte, nicht mehr das Meer.

Langsam kehrte Henriette aus dem südlichen Garten und der bedrohlichen Nähe eines Abgrunds auf ihr sicheres Sofa zurück. Sie tastete nach dem Fächer, ihr Gesicht war schweißnaß. Dieser Traum, dachte sie. Der hat wohl Todesfurcht bebildert. Ja, die Furcht davor, dem Tod ins Auge zu sehen. Deshalb der wuchernde Garten und an seinem Ende der Blick in eine beängstigende Tiefe. Ähnliches hatte ich ja bei einem von Mircos Filmen auf dem Schneidetisch gehabt. Da gab es Bilder, die anscheinend jetzt, Jahre danach, in meinen Traum geglitten sind. Üppige Vegetation und plötzlich ein felsiger Absturz zum Meer hin.

An der Wohnungstür wurde nochmals lange und heftig geklingelt.

Du liebe Zeit, dachte Henriette, das ist der angekündigte Besuch von Linda Krutisch, sie wollte ja gegen Abend nochmals vorbeikommen, und ich hatte eigentlich vor, ihr nicht mehr zu öffnen. Was mache ich jetzt? Sowieso müßte ich aufstehen, warum also nicht dieses nervtötende Klingeln beenden, indem ich zur Tür gehe und der besorgten Linda sage, daß mir nichts mehr fehlt.

Ha, daß mir nichts mehr fehlt! dachte Henriette, während sie sich vom Sofa erhob. Was für ein Satz! Alles fehlt. Das Leben fehlt. Aufspringen, Laufen, Umarmungen, Atem, Wärme, ein anderer Körper, eine andere Haut, Ideen, Elan, und vor allem Freude. All das fehlt. Ich tappe jetzt langsam, von den Ängsten eines Traumes gerädert, durch eine einsame Wohnung und werde einer mildtätigen Nachbarin die Tür öffnen.

»Endlich!« rief Linda Krutisch, »ich läute schon so lang! Geht es Ihnen wieder schlecht? Fehlt Ihnen wieder was?«

»Mir fehlt nichts mehr, Linda«, sagte Henriette, »ich bin nur am Sofa eingeschlafen, mein Nachmittagsschlaf.«

»Es ist aber schon Abend – ich hab ehrlich nicht geahnt, daß Sie –«

»Egal, schlafen kann jemand wie ich ja zu jeder Zeit und immer.«

»Darf ich hereinkommen? Ich hab Ihnen nämlich etwas Gutes mitgebracht.«

Bitte nicht, dachte Henriette, nicht hereinkommen und mir nichts Gutes mitbringen. »Was denn?« fragte sie matt.

»Linsensuppe! Darf ich?«

Die junge Frau trug mit beiden Händen einen Kochtopf vor sich her und lächelte Henriette verheißungsvoll an, als sie an ihr vorbei die Wohnung betrat und zielstrebig zur Küche ging.

»Ich habe heute dem Helmut Linsensuppe gemacht«, sprach sie weiter, während Henriette ihr folgte, »die mag er und ich mache sie trotzdem selten, weil es umständlich ist, das Rezept ist nämlich sehr speziell, von seiner Großmutter, man braucht allerhand Kräuter dazu und Gewürze, seltene, die muß ich dann am Markt finden, auch eine besondere Wurst gehört hinein, eine aus Pferdefleisch, aber angeblich weckt die Suppe Tote auf, sagt man –«

Linda stockte und sah Henriette erschrocken an.

»Also, das meine ich jetzt nicht so«, sagte sie.

»Warum nicht? Da Sie mich heute sowieso schon von den Toten erweckt haben, soll Ihre Suppe ruhig weitermachen.«

»So arg war es bei Ihnen wirklich noch nicht!«

»Kann alles noch werden«, sagte Henriette.

»Jetzt hören Sie aber auf!«

Linda stand am Herd und rührte in der Suppe, die langsam heiß wurde. Henriette lehnte am Türstock und sah ihr zu.

»Sie haben ein schönes Gewand an«, sagte Linda, »sieht man selten, so ein schönes, weites Hausgewand, wo haben Sie das gekauft?«

»Die Männer tragen solche Gewänder in Afrika, in der Sahara. Man nennt sie Darah.«

»Dort haben Sie das her?«

»Ja.«

»Waren Sie öfter in Afrika?«

»Mehrmals, ja.«

»Ach ja, Ihr Patensohn ist ja von dort, haben Sie mir gesagt. Jetzt auch? Ist er jetzt auch in Afrika?«

»Ja, jetzt auch.«

»Lebt er dort?«

»Ja.«

»In welchem Land denn? Ich kenne mich zwar nicht aus mit den Ländern in Afrika –«

»Westsahara heißt das Land, aus dem er stammt, aber er arbeitet in Flüchtlingscamps in der algerischen Wüste.«

»Warum in Flüchtlingscamps?«

»Ist alles viel zu kompliziert, Linda, lassen wir's lieber.«

Henriette fühlte, wie die gewisse schwere Müdigkeit sie überkam, die jedes Gespräch über diese vertrackte politische Situation dort bei ihr auslöste. Jetzt kein Wort mehr darüber, dachte sie. Nicht umsonst hatte sie aufgehört, den Konflikt Westsahara–Marokko zu bereden, sogar mit Maloud tat sie es lieber nicht, allzu hoffnungslos erschien ihr die Lage. Und vieles dort machte ihr angst, Malouds wegen.

Henriette setzte sich an den Küchentisch. Linda hatte inzwischen die Suppe in zwei Teller geleert, stellte sie vor Henriette ab, holte Löffel aus der Schublade, setzte sich ebenfalls und zog einen der Teller zu sich her. Sie fragt nicht einmal mehr, ob es mir recht ist, dachte Henriette.

»Es ist Ihnen doch recht, daß ich mit Ihnen

Suppe esse?« fragte Linda. Also doch, dachte Henriette und nickte.

»Aufpassen, noch heiß!« warnte Linda.

Beide begannen vorsichtig zu essen, sie bliesen anfangs auf die vollen Löffel, schlürften sie achtsam aus, aber Henriette merkte bald, daß diese Linsensuppe ihr ausgezeichnet mundete.

»Schmeckt es?« fragte Linda, und wieder nickte Henriette. Beide aßen mit Appetit und schweigend, und beide löffelten den ganzen Teller aus.

»Ich verstehe gut, Linda, daß Ihr Mann diese Suppe mag«, sagte Henriette, als sie sich gesättigt zurücklehnte.

»Ein Bier hätte gut dazugepaßt«, sagte Linda.

»Ich glaube, ich habe noch Bier im Kühlschrank.«

»Wollen Sie ein Glas?«

»Warum eigentlich nicht?«

Linda sprang auf, holte Gläser, eine Dose Bier, und während sie diese mit einem lauten Zischen öffnete, lachte sie auf.

»Das finde ich absolut prima, nach diesem Tag!« rief sie.

»Und nach dieser Nacht, wie erstaunlich«, sagte Henriette.

Linda goß die Gläser voll, reichte eines Henriette und hob das andere hoch. »Prost!« sagte sie.

Beide tranken. Henriette fiel auf, daß sie schon lange nicht mehr Bier getrunken hatte, sie gönnte sich meist nur ein Glas Rotwein. Aber Maloud liebte Bier, und im Gedanken an ihn bewahrte sie immer einen Vorrat Bierdosen im Kühlschrank auf. Und als sie jetzt fast das ganze Glas in einem Zug leerte, fuhr ein belebend kalter Strom durch ihren Körper. Das paßte zu dem immer noch sehr warmen Sommerabend, sie fühlte sich erstaunlich gut dabei.

»Ha!« rief Linda, »so ein erster Schluck Bier, es gibt nichts Besseres auf der Welt!« Und sie rülpste laut. »Verzeihung, geht nicht anders«, fügte sie sachlich hinzu.

»Schon gut«, sagte Henriette.

Dann saßen beide Frauen eine Weile schweigend da und schauten vor sich hin. Wie Tiere nach der Fütterung, dachte Henriette, dieselbe stumpfe Zufriedenheit.

»Darf ich Sie trotzdem noch mal etwas fragen?« begann Linda plötzlich.

»Was denn?« Bitte jetzt nicht nach den Camps, dachte Henriette.

»Die Sache mit den Flüchtlingscamps –«

Henriette seufzte auf. »Muß das sein?«

»Gar nichts muß – nur – wieso ist Ihr Patensohn bei Flüchtlingen in der Wüste und nicht hier bei Ihnen? Das wäre meine Frage gewesen – aber wenn Sie lieber nicht –«

»Schauen Sie, Linda. Ich war vor Jahren mit einem Filmteam in Algerien, in eben diesen Camps, in denen Menschen leben, die während eines Krieges mit Marokko aus dem Nachbarland Westsahara dorthin geflüchtet sind. Ich habe Maloud als kleinen Jungen kennengelernt, als gerade seine Großmutter im Sterben lag.«

»Waren Sie eine Schauspielerin?« fragte Linda.

»Wieso das denn?«

»Weil Sie sagten, mit einem Filmteam in Algerien gewesen zu sein, dachte ich –«

»Nein, ich war dabei, weil ich den Film dann geschnitten habe.«

»Was haben Sie?«

»Ach so – also, ich habe das, was der Regisseur aufgenommen hat, später aneinandergereiht – das nennt man ›cutten‹ – auf Englisch – also einen Film schneiden, sagt man dazu – die Bilder so zueinanderfügen, daß daraus eine Geschichte wird. Verstehen Sie?«

»Ich glaube schon«, sagte Linda.

»Alles, was Sie sich im Fernsehen oder im Kino anschauen, muß geschnitten werden. Heutzutage geht das ja einfacher als früher. Oder vielleicht komplizierter, ich weiß es nicht. Aber die digitale Welt hat alles verändert. Meine Arbeit beim Film liegt lange zurück, ich käme da überhaupt nicht mehr mit.«

»Aha«, sagte Linda.

Was erzähle ich denn der jungen Frau alles, dachte Henriette, sie hat keine blasse Ahnung davon, wie Filme entstehen, und noch weniger, wie sie früher entstanden sind, sie schaut in den

Fernsehapparat, ohne viel darüber nachzudenken, wie die meisten Menschen.

»Mein Mann macht kleine Filme am Computer«, fuhr Linda plötzlich fort, »tut der das dann auch? Cutten?«

»Nun ja«, Henriette zögerte, »von der Idee her – kann man's vielleicht so sagen, ja.«

»Und Sie haben große Filme gemacht?«

»Ich habe bei Filmen mitgearbeitet, die mir wichtig waren, sagen wir so. Einige waren für das Kino, einige fürs Fernsehen.«

»Und dieser Film in Algerien?«

»Wir haben gefilmt, wie es dort zuging, was dort los war. Wie die Menschen, die wegen des Krieges aus ihrer Heimat geflüchtet sind, in der Wüste zu überleben versucht haben. Es ging uns darum, das zu dokumentieren, damit die Welt davon erfährt.«

»Und hat die Welt davon erfahren?«

Henriette lachte auf, es war ein rauhes, bitteres Lachen, sie hörte es selbst und verstummte rasch wieder.

»Gute Frage, Linda«, sagte sie dann. »Die Welt erfährt immer nur, was den Weltmächten nützlich ist. Und dieser Krieg, dieses besetzte Land, diese Menschen in der Wüste, das interessiert auch die Medien nicht, vor allem nicht in unserer Zeit der weltweiten Völkerwanderungen und Flüchtlingsbewegungen. Es bringt niemandem etwas, sich gegen Marokko zu empören, es anzuprangern. Europa will sich's mit dem König dort nicht verderben, und man fährt doch so gern auf Urlaub hin.«

»Sie werden bei dem Thema ja richtig zornig, Frau Lauber!«

Weil ich lange nicht mehr darüber gesprochen habe, dachte Henriette.

»Mir gefällt, wenn Menschen wegen irgendetwas zornig werden«, fuhr Linda fort, »die meisten wollen bei allem nur ihre Ruhe haben. Auch junge Leute. Mein Mann hat jüngere Freunde, die wollen sich möglichst über gar nichts aufregen, die wollen von Politik nichts wissen, von der Welt nichts wissen, die wollen nur zum Urlaub in die Karibik oder Ayurveda machen in Indien, die denken überhaupt nur ans Essen, Trinken und Urlaubmachen. Und dann ärgern sie sich über Fremde bei uns hier, in deren Ländern sie aber gern All-inclusive-Hotels buchen. Und in letzter Zeit lästern sie natürlich vor allem über die Flüchtlinge, wie kommt man dazu, sagen sie. Die vielen Ausländer, ja. Das ist es vielleicht gerade noch, worüber sie sich ab und zu aufregen.«

»Und Sie?« fragte Henriette. »Warum haben Sie diesen kritischen Blick auf Ihre Freunde, und anscheinend ganz andere Ideen?«

»Das frage ich mich auch manchmal«, sagte Linda. »Aber vielleicht wegen meiner ersten Chefin, vielleicht ist die dran schuld. Ich hab in ihrem Salon als Lehrling gearbeitet, ›Salon Annabelle‹

hat der geheißen, und es hat mir gut gefallen dort. Die Chefin hat aber dann den Friseurladen von heute auf morgen ganz plötzlich aufgegeben. Nur weil sie gewisse pingelige Frauen – ›Weiber‹ hat sie immer gesagt – angeblich nicht mehr ausgehalten hat. Was haben die in ihrem kostspieligen Schädel, hat sie geschimpft, nur Müll, ich will mit den Haaren auf solchen Strohköpfen auch nichts mehr zu tun haben. Und sie hat mit mir in der ganzen Zeit viel über Rechtsradikalismus, Konsumzwang und Globalisierung gesprochen, lauter so Themen. Sie war sicher bei allem nicht sehr genau und hat vielleicht auch zuviel geschimpft, aber wir zwei haben stundenlang diskutiert über alles. Das war schade, wie sie zugesperrt hat und ich eine andere Lehrstelle hab suchen müssen.«

Linda griff nach ihrem Glas Bier und trank es aus.

»Darf ich noch eine Dose aus dem Kühlschrank nehmen?« fragte sie dann, »vielleicht wollen Sie auch noch einen Schluck?«

Ja, ich will auch noch einen Schluck, dachte Henriette und nickte. Linda holte das Bier und goß die Gläser voll. Beide Frauen tranken. Sie blieben in Gedanken, es wurde still am Tisch.

»Aber Ihr Patensohn«, begann Linda plötzlich, »warum ist der in den Camps? Entschuldigen Sie, ich will ja nicht neugierig sein –«

»– aber Sie sind es«, sagte Henriette.

»Ja, ich gebe es zu.«

»Also gut. Maloud ist jetzt ein erwachsener Mann. Er arbeitet für die Exilregierung, ist dort so etwas Ähnliches wie – ja, bei uns vielleicht ein Abgeordneter. Er versucht, die Bedingungen seiner Landsleute in den Flüchtlingslagern zu verbessern, und erhofft für die Sahrauis nach wie vor eine diplomatische Lösung, um das Land Westsahara wieder zurückzuerhalten. Er läßt seine Hoffnung einfach nicht sinken, obwohl alles dagegenspricht.«

»Toll«, sagte Linda.

»Was finden Sie toll?«

»Ich finde toll, wenn jemand die Hoffnung nicht sinken läßt.«

»Das sagt sich so leicht, Linda!« rief Henriette. »Die Hoffnung nicht aufgeben, trotzdem weiter zu handeln und zu leben, all das! Aber ich habe durch Jahrzehnte die Situation dort beobachtet, ich habe auch versucht, zu helfen, ich habe mich dieses Kindes angenommen, ich wollte auch hoffen, unermüdlich hoffen, aber jetzt habe ich Angst, ich habe schlicht Angst um Maloud. Der religiöse Fundamentalismus durchsetzt Afrika. Al-Qaida, Boko Haram, ISIS, all diese Schrecklichkeiten. Daß etwas davon auch in die Camps eindringen könnte, wurde bislang erfolgreich verhindert. Terroristisch gegen das Königreich vorzugehen, haben die Sahrauis stets kategorisch abgelehnt, doch die jungen Menschen in den Flüchtlingslagern denken in ihrer Verzweiflung bereits wieder an Krieg mit Marokko. Sie leben ohne jede Zukunftsaussicht, abgeschottet, tatenlos – alles gefährlich, ich –«

Henriette brach ab, sie schloß die Augen und lehnte sich in ihrem Sessel zurück. Sie mußte tief Luft holen.

»Ich höre jetzt lieber auf, Linda«, sagte sie nach einer Weile, »lassen Sie uns nicht mehr davon sprechen, bitte. Es regt mich auf, wie Sie sehen.«

»Tut mir leid«, sagte Linda.

»Ich glaube, es ist ordentlich spät geworden, ich sollte ins Bett«, sagte Henriette.

Linda stand sofort auf. »Und wie!« rief sie aus, »nach diesem Tag! Ich räume hier in der Küche auf, gehen Sie nur.«

»Sie müssen nicht aufräumen, Linda, ich schaffe das schon.«

»Keine Widerrede.«

Linda klang so bestimmt, daß Henriette sich seufzend erhob und die Küche verließ. Außer über dem Küchentisch brannte nirgendwo Licht, sie tappte durch den dunklen Korridor in ihr Schlafzimmer, das von der Straßenbeleuchtung ein wenig erhellt war. Das Bett frisch zu beziehen war ihr zuvor ja nicht mehr gelungen. Henriette seufzte nochmals auf und drehte die Lampe am Nachttisch an. Dann schaffte sie es, das Leintuch straff zu spannen und Kissen und Decke zu überziehen, ohne daß ein Schwindelgefühl oder Luftmangel sie ereilte. Brav, dachte Henriette. Sie trat zum offenen Fenster und zog nur den Vorhang zu, die Nacht war immer noch heiß.

»Gute Nacht, Frau Lauber«, sagte Linda, »ich gehe jetzt.«

Aus der Küche waren ihre Hantierungen zu hören gewesen, jetzt stand sie in der Tür, den blitzblanken Kochtopf unter dem Arm.

»Ja, gute Nacht«, antwortete Henriette, »und danke für die köstliche Suppe. Und auch für das Bier. Ich werde gut schlafen.«

»Das wünsche ich Ihnen, trotz der Hitze.«

»Ich Ihnen auch.«

»Also dann bis morgen«, sagte Linda noch, wandte sich um und verließ das Zimmer.

Henriette setzte sich auf ihr Bett. Hat sie das wirklich in aller Ruhe so gesagt: Also dann bis morgen? Egal. Ist ja eine nette Person, eigentlich. Sie wird es sich schon wieder abgewöhnen, mich umsorgen zu wollen.

Henriette ließ sich auf das Bett zurückgleiten und schloß die Augen. Schnell fühlte sie die Müdigkeit, wie einen Überfall. Ich bleibe so wie ich bin, überlegte sie noch, in meiner Darah läßt es sich bequem schlafen, mein Bett duftet angenehm frisch, die Lampe lösche ich später.

Gegen Morgen hatte der Regen eingesetzt, ein heftig herabrauschender Sommerregen, der die Hitze brach. Endlich, dachte Henriette. Als sie das Bett verlassen und sich ihr Frühstück zubereitet hatte, genoß sie es, wie kühlere Luft durch die Wohnung wehte. Sie hatte alle Fenster geöffnet, hörte Radio, trank Kaffee, und fühlte sich wieder so, wie sie sich vor ihrem seltsamen Zusammenbruch gefühlt hatte. Einfach nur alt und aus der Welt geraten, aber ohne diese beunruhigend tiefgreifenden körperlichen Beschwerden.

Jetzt also wieder der ereignislose Morgen eines ereignislosen Tages, dachte Henriette, es wird sich in dieser Weise aneinanderreihen bis zu meinem letzten Tag. Aber gestern sollte es dieser letzte Tag nicht gewesen sein. Wird noch ein wenig dauern bis dahin.

»Nichts ist so dauerhaft wie das Vorübergehende.«

Henriette sprach diesen Satz plötzlich laut vor sich hin, als hätte man ihr den Befehl dazu gegeben. Woher kam er, dieser Satz? Wer hatte ihr diesen Satz einmal gesagt? War es Mirco gewesen? Würde ihm ähnlichsehen, sie beide hatten immer wieder das Phänomen Zeit diskutiert, da jede filmische Erzählung schließlich darauf aufbaut. Film ist das Einfangen von Ewigkeit, immer wieder das Einfangen von Ewigkeit, das war Mircos Lebensantrieb, seine leidenschaftliche Lebensbehauptung gewesen. Deshalb liebte er Film. Er liebte ihn wie das Leben. Lebte nur, wenn er filmte. Starb, als er nicht mehr filmen konnte.

Henriette erhob sich langsam und trug ihr Frühstückstablett zur Küche. Im Radio war Kammermusik zu hören, ein Streichquartett von Borodin, mit irgendeinem berühmten Russen am Cello, es war zuvor angekündigt worden. Die Musik trieb Henriette unvermutet Tränen in die Augen. Das kann man sich erlauben, dachte sie, wenn man alleine lebt. Einfach jederzeit zu weinen. Obwohl sie es nur noch selten tat. Es erschien ihr manchmal so, als wären alle Tränen ihres Lebens bereits vergossen und jede Form von Traurigkeit von dürrer Vernunft erstickt worden. Es gefiel ihr, wieder einmal weinen zu können.

Immer noch fiel Regen gleichmäßig rauschend vom Himmel. Henriette verließ die Küche, ging ins Bad, kleidete sich an und brachte ihr Bett in Ordnung. Jeder Handgriff war vorgezeichnet, geschah wie von selbst, die tagtäglichen Wiederholungen hatten sich zu strengen Ritualen verfestigt, denen sie nicht mehr zu entrinnen vermochte. Sie handelte wie unter Zwang und haßte es gleichzeitig. Immer war sie erleichtert, wenn die für eine disziplinierte und alleinstehende Frau unerläßlichen Anforderungen des Tagesbeginns hinter ihr lagen. Disziplin ist das halbe Leben, hatte ihr Vater immer gesagt, und sie war gelehrig gewesen, hatte nicht nur das halbe, sondern ihr ganzes Leben der Disziplin untergeordnet. So wie heute wieder, nachdem ihre überraschenden Tränen versiegt waren und der Alltag nach ihr griff.

Ich muß mir jetzt wirklich einiges besorgen, dachte Henriette, ich war gestern nicht draußen, keinerlei Einkauf, der Kühlschrank ist leer. Sie zog die Regenjacke über, steckte ihre Geldbörse ein und griff nach dem Regenschirm, der neben der Eingangstür lehnte. Da läutete es.

»Ja?« rief Henriette, ohne zu öffnen.

»Ich bin es, Linda!«

Darf nicht wahr sein, dachte Henriette. Dann schloß sie die Tür auf.

»Was machen Sie denn so früh schon wieder bei mir?«

Sie hörte selbst, daß ihre Frage unfreundlich klang, aber Linda schien es nicht zu bemerken.

»Es regnet so stark«, sagte sie, »ich könnte für Sie etwas mitbringen, wenn ich jetzt einkaufen gehe, Sie müßten mir nur aufschreiben, was Sie haben wollen.«

»Linda, bitte!« antwortete Henriette, »Sie sehen, ich bin für den Regen gerüstet und dabei, selbst hinauszugehen und meine Besorgungen zu machen. Sicher sehen Sie auch, daß ich heute wohlauf bin und durchaus in der Lage, wieder für mich selber zu sorgen. Ihre Hilfe gestern vergesse ich nicht, und ich bin Ihnen zu Dank verpflichtet deshalb. Aber jetzt muß wieder Schluß sein.«

Die junge Frau trat einen Schritt zurück, wandte sich jedoch nicht ab. Wie sie mich anschaut, dachte Henriette, so, als hätte ich sie geschlagen. Diesmal scheine ich sie wirklich beleidigt zu haben. Sie wollte mir nichts Böses, ich war bös. Eine böse Alte.

»Ich wollte Ihnen nicht lästigfallen, Frau Lauber«, sagte Linda.

»Nein«, sagte Henriette, »Sie fallen mir nicht lästig. Ich bin nur – ich bin ein alter Mensch, und Sie sind jung. Ich bin nicht gesellig, und ich bin vor allem keine Gesellschaft für Sie.«

»Bin ich Ihnen unsympathisch?« fragte Linda.

»Aber nein, was soll das?«

»Oder vielleicht zu ungebildet? Zu dumm?«

»Dumm ist diese Frage, Linda. Nein, ich mag Sie.«

»Ja dann!« rief die junge Frau, »dann ist es doch egal, wie alt Sie sind und wie jung ich bin. Und so wahnsinnig jung bin ich ja auch nicht mehr.« Sie lachte auf. »Mein Mann hat mich unlängst gefragt, wann ich denn eigentlich in den Wechsel komme, und ich hab gesagt, da kannst du noch lang drauf warten.«

»Er hat Sie gefragt, wann Sie in den Wechsel kommen?«

»Die Männer haben doch keine Ahnung, sie haben im Betrieb über so was geredet, ein Kollege hat wohl über seine Frau gejammert, und da hat der Helmut eben mal bei mir nachgefragt.«

»Ihr Helmut hat da aber besonders wenig Ahnung«, sagte Henriette.

»Ich weiß«, sagte Linda, »aber ich glaube, er ist nur typisch.«

»Typisch?«

»Nun ja, typisch für solche Männer, für die Frauen ein Rätsel sind, das sie gar nicht lösen möchten. Die Frau soll einfach nur da sein.«

»Und wie geht es Ihnen dabei, Linda?«

»Er ist ein guter Mann, ich kann mich auf ihn verlassen.«

»Ja dann«, sagte Henriette.

Beide schwiegen. Sie standen einander gegenüber, jede mit einem Regenschirm in der Hand.

»Wollen wir gemeinsam gehen?« fragte Henriette schließlich.

Lindas Gesicht erhellte sich. »Aber gern!« rief sie.

Als Henriette auf den Gang hinaustrat und die Wohnungstür hinter sich schließen wollte, war aus dem Schlafzimmer der Rufton ihres Handys zu hören. Sie hatte es nach dem Erwachen eingeschaltet, um erreichbar zu sein, wenn Maloud sich wieder bei ihr melden würde. »Moment!« rief Henriette, ließ ihren Schirm fallen und eilte zurück, ohne die Eingangstür zu schließen. Bei ihrem Bett angelangt, griff sie hastig nach dem Gerät und drückte auf die Empfangstaste. »Ja?« fragte sie.

»Hallo, Mum«, meldete sich Maloud, »warum so atemlos?«

»Ich wollte nur grade einkaufen gehen.«

»Tu das, ich rufe später nochmals an.«

»Nein, nein, ich will jetzt lieber mit dir sprechen.«

»Es geht wirklich, Mum, ich bin heute in Algier, kann mich also wunderbar in einer Stunde nochmals melden.«

»Ja? In einer Stunde?«

»Okay, Mum, bis dann.«

Ohne auf ihren Abschiedsgruß zu warten, hatte Maloud das Gespräch beendet. Henriette legte das Handy auf den Nachttisch zurück. Sie stand noch ein paar Sekunden tief atmend davor, ehe sie langsam zur Eingangstür ging. Linda trug jetzt zwei Regenschirme und schaute ihr abwartend entgegen.

»Etwas Wichtiges?« fragte sie.

»Mein Patensohn«, antwortete Henriette.

»Oh – aber warum –«

»Er ruft in einer Stunde nochmals an.«

»Da müssen wir uns aber beeilen, bei Regen dauert es überall.«

»Nicht bei Herrn Watussil«, versuchte Henriette zu scherzen.

Linda lachte auf.

»Daß der noch von seinem Geschäft leben kann«, sagte sie, »keiner kauft mehr Gemüse dort.«

»Ich schon«, sagte Henriette, »aber ich esse es nie. Der Mann tut mir nur leid.«

»Ja, er kann einem wirklich leid tun, und lange wird er es wohl nicht mehr machen«, sagte Linda. »Gehen wir?«

Henriette wollte die Wohnungstür hinter sich schließen, aber sie zögerte plötzlich.

»Was ist?« fragte Linda.

»Könnten Sie mir doch – etwas mitnehmen?«

»Aber das habe ich Ihnen doch angeboten!«

»Ja, aber ich war pampig zu Ihnen.«

»Macht doch nichts!« erwiderte Linda fröhlich. Sie übergab Henriette wieder ihren Schirm und drängte sie sanft in die Wohnung zurück.

»Was also soll ich Ihnen bringen, Frau Lauber?« fragte sie.

Es scheint ihr Freude zu machen, dachte Henriette, bei strömendem Regen für mich Einkäufe zu erledigen, scheint ihr Freude zu machen. Eine ungewöhnliche junge Frau. Aber ich nehme ihre Hilfsbereitschaft jetzt an, bleibe plötzlich gern daheim, Malouds nächsten Anruf möchte ich nicht versäumen. Ihn nur so kurz zu hören, seine Stimme so schnell wieder zu verlieren, das hat mich seltsam müde gemacht.

Henriette stellte den Regenschirm wieder neben der Tür ab, ging ins Wohnzimmer an den Schreibtisch, nahm dort Platz und notierte, wofür sie hinaus und zum Supermarkt gegangen wäre. Milch, Eier, Butter, ein halbes Brot, Orangen, ein wenig Salat, Erdäpfel, ein kleines Steak und eine Packung Spaghetti.

»Ist gar nicht so wenig, Linda«, sagte sie, »können Sie das alles schleppen? Zu Ihren eigenen Einkäufen dazu?«

»Ich schaffe das ganz leicht«, antwortete Linda, »also bis dann.«

»Halt!« rief Henriette und holte ihre Geldbörse hervor.

»Machen wir später!«

Die Wohnungstür fiel hinter Linda zu und weg war sie.

Henriette blieb vor dem geöffneten Fenster am Schreibtisch sitzen. Sie schob sich die Regenjacke von den Schultern, ohne aufzustehen, und starrte hinaus. Im Hof rauschte nach wie vor der Regen herab. Ein dichter Vorhang aus Wasser ließ den Baum nur verschwommen sichtbar werden.

Henriette senkte den Blick und besah plötzlich mit dem Interesse einer Fremden, was sie so alles auf der Schreibtischfläche liegen hatte. Nicht viel. Einen Kalender. Den Notizblock, auf dem sie eben ihre Einkaufswünsche notiert hatte. Einige Kugelschreiber. Ein Adreßbuch, ewig nicht mehr geöffnet, auch, weil so viele Namen darin nur noch Toten galten. Einer nach dem anderen waren ihr Freunde und Bekannte hinweggestorben. Das zu erleiden ist bittere Frucht des Altwerdens, dachte Henriette.

Früher hatte sie noch aufgeschrieben, niedergeschrieben, was ihre Gedanken bewegte. Hatte Bildfolgen skizziert, ähnlich wie zu Zeiten des

Filmschnitts, wenn sie und Mirco sich entweder uneinig waren, oder in Gemeinsamkeit etwas festlegen wollten. Beide hatten sie gern gezeichnet. Und immer wieder aufgeschrieben, was schwer zu sagen war. Das Schreiben, auch das Schreiben an ihn, hatte sie hier in dieser Wohnung noch eine Weile beibehalten. Dann hatte sie von einem Tag auf den anderen damit aufgehört. Das heißt, an einem ganz bestimmten Tag hatte sie damit aufgehört. Es war der Tag, an dem sie erfuhr, daß Mirco gestorben sei, Selbstmord begangen hatte. Es war einige Jahre nach seinem letzten Film. Bei dem sie bereits nicht mehr seine Cutterin gewesen war. Längst war ihr selbst klargeworden, daß sie bei den neuen Technologien nicht mehr mitkam, sie hatte ein Leben lang analog gearbeitet, das digitale Arbeiten beim Filmschnitt entzog sich ihr. Mirco hatte es noch einmal versucht und war gescheitert. Sein letzter Film kostete zu viel Geld und wurde zu wenig erfolgreich. Trotz seiner bis dahin unantastbar gewesenen Bedeutung als Filmschaffender gelang es ihm plötzlich nicht mehr, sich bei Institutionen und Geldgebern mit seinen Ideen durchzusetzen. Ich ersticke an meinen Ideen, hatte er am Telefon zu ihr gesagt.

Eigentlich war das sein Lebensende, dachte Henriette. Er hat nur noch eine Weile so getan, als lebe er.

Die Schubladen des Schreibtischs waren unregelmäßig geschlossen worden, nicht nahtlos übereinander, und Henriette schob die oberste Lade seufzend in Position. Meist hatte Milenas Eile beim Saubermachen diese kleinen Unregelmäßigkeiten zur Folge. Das Alter und ihre jetzt nahezu nur auf den Bereich dieser Wohnung begrenzte Welt hatte Henriette seltsam pedantisch werden lassen. Jedes Mal war es so: Milena eilte davon, und sie rückte und schob zurecht. So wie jetzt.

Ja, ich weiß, dachte Henriette, ich bin pingelig geworden zwischen dem wenigen, das mich umgibt, zwischen den paar Möbeln und Gegenständen, mit denen ich mein Leben teile. Pedanterie war etwas, das ich früher bei allen anderen verabscheut habe und das mich selbst, wie ich dachte, nie ereilen würde. Jetzt korrigiere ich zentimetergenau die Schubladen eines Schreibtischs, den ich ohnehin fast nie mehr benutze.

Ein Impuls bewog Henriette, die eben zugeschobene oberste Lade wieder zu öffnen. Was sie sah, waren Büroklammern, Bleistifte, Farbstifte, Radiergummis. Daneben aber, säuberlich übereinandergelegt, einige beschriebene Papierblätter. Wie lange habe ich diese Lade nicht mehr geöffnet, dachte sie. Was habe ich denn da geschrieben und einfach zwischen all dem Krimskrams liegenlassen. Sie nahm die Blätter hoch. *Du wunderst Dich, von mir zu hören, nicht wahr?* las sie.

Draußen regnete es nach wie vor heftig. Henriette legte die Briefbögen vor sich auf den Tisch und schaute auf sie herab wie aus großer Höhe.

Eine Entfernung, wie sie wohl Gestirne zueinander haben, trennte sie von dem, was da vor ihr lag. Jetzt wußte sie es wieder. Es war dies ein letzter Brief an Mirco, den sie ihm nicht mehr hatte schicken können. Weil er ihn nicht mehr erreicht hätte. Weil Mirco da schon tot war, als sie ihn schrieb.

Du wunderst Dich, von mir zu hören, nicht wahr? las sie nochmals. Und dann las sie weiter. *Aber, Mirco, mein Lieber, ich muß mich heute vor dieses Blatt Papier setzen und Dir schreiben. Ich muß mich schreibend an irgend jemanden wenden, wenn ich weiterleben will. Mein Leben zu Ende leben will. Da gibt es einen Menschen, der mir lange Jahre Freund war und noch auf Erden anwesend ist, fiel mir ein.*

Henriette hörte auf zu lesen und sah in den Regen vor dem Fenster hinaus. Ich sollte meine Brille holen, dachte sie, meine Handschrift ist zwar gut leserlich, ich habe immer ausholend geschrieben, aber jetzt verschwimmt mir alles. Vielleicht sind es Tränen, ich will das gar nicht abstreiten. Aber ich will jetzt auch nicht weinen. Vielleicht sollte ich diesen Brief nicht lesen. Nicht weiterlesen. Das alles liegt hinter mir. Wo habe ich eigentlich meine Brille?

Henriette nahm ihre Regenjacke, ging in den Korridor und hängte sie ordentlich am Kleiderständer auf. Dann sah sie im Schlafzimmer nach und fand die Brille. Sie lag am Nachttisch neben den Büchern. Immer muß sich neben dem Bett ein Stapel Bücher in ihrer Reichweite befinden, die sie bei Schlaflosigkeit wild durcheinander zu lesen pflegt. Nie nur eines von der ersten bis zur letzten Seite, sie läßt lesend mehrere Bücher ineinander- und durcheinanderfließen, und irgendwann, trotz dieser wirren nächtlichen Abfolge, gibt es immer wieder ein zu Ende gelesenes Buch. Wie kannst du auf diese Weise je wirklich erfassen, was du liest? meinte Mirco, als er es einmal mitbekam. Ich baue mir eben aus vielen einzelnen Büchern eine ganze Welt, antwortete sie. Da lachte er auf. Cutterin auch dabei! Bücher zerschneiden und nach eigener Auswahl zusammensetzen, du bist mir eine.

Henriette sah sich selbst und Mirco plötzlich vor sich. Im Erinnern wurde es zu einer Filmszene, sie könnte sofort den Schnittablauf skizzieren. Dieser Dialog fand statt, als sie eines Nachts in Rio das Zimmer geteilt hatten, weil alles ausgebucht war und das Team zusammenrücken mußte. Vor dem Balkon die belebte Copacabana und Meeresstrand. Sie hatte, wie immer auch auf Reisen, einen Berg Taschenbücher neben dem Bett liegen und las. Mirco saß ihr gegenüber, kopfschüttelnd. Und zuletzt umarmte er sie.

Ist lange her. Eine Szene aus einem alten Film.

Henriette griff zu ihrer Brille, ging dann wieder ins andere Zimmer hinüber und zum

Schreibtisch zurück. Sie nahm vor den Brief-
blättern Platz. Nur die Ruhe, es ist noch genügend Zeit, bis Maloud dich anrufen wird, sei jetzt
nicht feig, lies ihn, diesen Brief. Meine Schrift-
züge sind schon ein wenig ausgeblichen, warum
habe ich die beschriebenen Seiten in dieser Lade
aufbewahrt und dann vergessen. Wohl, weil ich
damals alles vergessen wollte. Also los, setze jetzt
die Brille auf, Henriette. Lies weiter.

*Wer behauptet, das Altern sei nicht bedrük-
kend, lügt. Mit dieser Bedrückung umzugehen,
mit ihr zu leben, darum geht es. Nicht sich selbst
aufgeben, sich nicht in sein Altern fallenlassen
wie in einen aufgebrauchten, leeren Sack. Voll
des Lebens bleiben, solange man lebt, und den
Tod nicht fürchten, das wär's. Nicht wahr?*

*Aber so ist es nicht. Nicht bei mir, Mirco. Ich
weiß nicht, wie es bei Dir ist, aber ich fürchte ihn.
Nicht so sehr den Tod selbst. Das Sterben vielleicht, Qual und Schmerz, ja, doch. Mehr als alles
aber ist es dieses Aus und Vorbei. Nicht mehr zu
existieren, einfach nicht mehr zu sein. Das fürchte
ich.*

*Mir ist klar, daß alle Religionen und die unzäh-
ligen esoterischen Theorien von dieser Menschen-
furcht erschaffen wurden. Ich aber kann mir die
Klarheit meiner Sichtweise beim besten Willen
nicht vernebeln, ich kann nicht an eine dieser vielen Gottheiten glauben, die auf Erden für Menschen lebensbestimmend wurden. In meinem Fall*

müßte das wohl Jahwe oder vielleicht noch der dreieinige Gott des Christentums sein, bei dem mir seit eh und je nur der »heilige Geist« – also Geist! – irgendwie eingeleuchtet hat. Aber wie selbstsicher jedwede religiöse Ausrichtung sich gebärdet. Wie Christen, Muslime, Juden so genau wissen wollen, was ihr Gott von ihnen will, was er ihnen befiehlt, ihnen verspricht, womit sie ihn ehren oder ihn beleidigen können, was alles er ihnen mitgeteilt und vorhergesagt hat. Daß dies die Welt beherrschen und zu Mord und Krieg führen kann – ich bestaune es immer wieder.

Wie rasch ich in einem Brief an Dich zu solchen Fragen gelange. Das war schon immer so, wenn ich Dir nahekam, vor allem in unseren Anfängen, als wir uns in endlosen Gesprächen austauschten. Gewalt, Krieg, Opportunismus, Mut, Vergänglichkeit, Tod, was ist Kunst, was ist Liebe, was ist Ewigkeit. Kein Thema machte uns angst, jedes erschien uns leicht zu durchschauen und zu begreifen. Wir waren jung damals und mit aller Präpotenz gesegnet, die Jugend ausmacht. Wie schön das war.

Hier endete, was sie geschrieben hatte. Kein formelles Briefende, kein Gruß, keine Unterschrift. Ein Abbruch. Hatte sie nach dem Satz *wie schön das war* aufgehört zu schreiben, weil die Erinnerung sie überwältigte? Oder hatte sie nach diesem Satz von Mircos Tod erfahren? Keine Ahnung mehr. So vieles weiß ich nicht mehr, dachte Henriette, vor allem im zeitlichen Ablauf der Geschehnisse tappe ich herum, mein Erinnern wurde zu einer Landschaft ohne markierten Pfad. Vieles sehe ich übergenau vor mir, es gibt Erlebtes, das in aller Klarheit in mir aufersteht. Anderes jedoch verschwamm oder versank.

Henriette bündelte die Blätter und legte sie zurück, nicht ohne darauf zu achten, alle Laden danach peinlich genau, eine über der anderen, zurechtzuschieben. Dann blieb sie mit aufgestützten Armen am Schreibtisch sitzen und starrte in den Hof hinaus. Der Sommerregen rauschte nicht mehr dröhnend herab, er schien nachzulassen, feucht und warm schlug die Luft herein.

Als das Handy klingelte, schrak Henriette auf. Sie erhob sich, ihr schwindelte ein wenig, trotzdem eilte sie ins Schlafzimmer, griff nach dem Handy, drückte auf den Empfangsknopf und preßte das Gerät dicht an ihr Ohr, während sie sich auf ihr Bett sinken ließ.

»Ja? Du, Maloud?« stieß sie hervor.

»Wieder bist du so außer Atem, Mum! Ich warte doch ab, bis du dich meldest, du mußt nicht immer so zum Handy sausen!«

»Ich war im anderen Zimmer.«

»Ja? Und?«

»Ach was, es ist dieses Ding da, dieses Handy, an das ich mich nicht so richtig gewöhnen kann. Ich habe früher so viel telefoniert, und immer mit diesen alten Apparaten, die man nicht mit sich herumgetragen hat, ich bin eben auch schon ein alter Apparat, Maloud.«

»Mag ich nicht, Mum, wenn du so etwas sagst.«

»Stimmt aber, mein Lieber.«

»Für mich bleibst du immer so wie damals. Genau so, wie du dich damals in Smara zum ersten Mal zu mir herabgebeugt hast, das selbe Gesicht, es verändert sich für mich nicht.«

»Das war vor bald dreißig Jahren, Maloud, mein Lieber.«

»Mum, geht es dir nicht gut?«

»Nein, nein, geht schon.«

»Wirklich?«

»Es gibt im Haus eine junge Nachbarin, die mir seit gestern leider unbedingt Gesellschaft leisten will.«

»Aber das ist doch gut so! Obwohl ich weiß, wie ungern du eine Plaudertasche bist«, Henriette hörte ihn leise auflachen »aber ein bißchen Gesellschaft schadet dir sicher nicht.«

»Und wie ist das bei dir? Mit ein bißchen Gesellschaft? Bleibst du länger in Algier?«

Sie erhielt keine Antwort, hörte aber ein Seufzen.

»Maloud? Ist etwas los?«

»Nein, Mum. Leider eben nicht. Leider ist nichts los, unsere Situation verändert sich nicht. Zwar erwarte ich hier in Algier NGO-Besucher, die in die Camps wollen, und kümmere mich um Hilfssendungen aus Spanien. Aber es geht uns nicht gut, ehrlich gesagt, Engpässe in der Versorgung, vor allem der medizinischen – aber ich will dich damit nicht belasten.«

»Du belastest mich nicht, erzähl doch, bitte.«

»Ach, Mum – es ist vor allem die politische Stagnation, weißt du. Keiner schert sich um die ständigen Menschenrechtsverletzungen, diese ›Wall of Shame‹ –«

Ein heftiger Atemzug Malouds war zu hören, ehe er weitersprach.

»Entlang dieser Mauer gibt es die am stärksten verminte Gegend der Welt! – weißt du das, Mum? Der Welt!! – zweitausendsechshundert Kilometer lang – stell dir das vor – und ständig Minenopfer – es ist nicht zu glauben – auf der Welt toben Kriege, Mord und Totschlag, die von den Medien ausgeschlachtet werden, aber kein Auge schaut zu uns her – ach was, Mum, hören wir auf damit.«

»Ich mach mir Sorgen um dich.«

»Mußt du nicht, mir geht es gut.«

»Und Al-Qaida? Boko Haram? Ebola? All das so nahe bei euch, und ständig sehe ich es im Fernsehen?«

»Wir sind gegen islamistische Übergriffe gewappnet und es gibt bei uns weit und breit keinen Ebola-Fall. Mum, laß dich bitte nicht hysterisch machen.«

»Ich bin nicht hysterisch, nur ängstlich.«

»Weiß ich doch, verzeih. Übrigens möchte man mich demnächst zu einem Afrika-Kongreß nach Berlin schicken, ich werde dich also bald wieder besuchen können.«

»Tatsächlich? Wann denn?«

»Wenn es dabei bleibt, sag ich dir sofort Genaueres.«

»Paß auf dich auf, Maloud.«

»Und du auf dich, Mum. Ma'a salam!«

»Leb wohl, mein Lieber.«

Wie immer lauschte Henriette noch eine Weile, ehe sie das Handy vom Ohr löste und es weglegte. Früher, bei den alten Telefonapparaten mit ihren Hörmuscheln, wurde der Eindruck einer fernen, raunenden Welt zurückgelassen, wenn der Gesprächspartner aufgelegt hatte, dachte sie. Das schürte Sehnsucht und Liebe. Und ein Gefühl für Weite und Ewigkeit. Man blieb nach dem Telefongespräch noch irgendwie im Raum dazwischen hängen, wurde nicht so schnell und endgültig verlassen wie bei diesen kleinen Geräten. Aber ich will jetzt nicht eine greinende Alte sein, die Vergangenem nachtrauert. ›Leben heißt Veränderung.‹

Diese Zeile eines Liedtextes hatte sich ihr damals eingeprägt, als das Verändern noch spannend war. Jetzt ist Veränderung mir zu etwas anderem geworden, dachte Henriette, ein ständiges Bergabgehen wurde daraus, nichts mehr wird

Aufschwung, Belebung, neue Sicht. Jedenfalls bewege ich mich nicht mehr dem Wandel der Zeiten gemäß, ich stehe still. Die Welt draußen wurde mir fremd.

Noch eine Liedzeile fiel Henriette plötzlich ein: ›Denn jede Endgültigkeit ist ein Tod.‹ Die gefiel ihr damals als Kampfparole gegen diese ewige Sehnsucht nach Dauer. Dauer des Liebens und Geliebtwerdens, das ersehnte man, und widersprach dieser Sehnsucht mit dem Schreckensszenario Endgültigkeit. Jetzt ist der Tod die unausweichliche Endgültigkeit geworden.

Henriette saß immer noch auf dem Bett, ihren Gedanken folgend, die Hände im Schoß, und ohne jeden Antrieb, aufzustehen. Ruhig und unangestrengt, ohne ihre Haltung zu verändern, blieb sie einfach so sitzen. Oft geschah das in letzter Zeit. Daß sie aufhörte, sich zu bewegen. Daß sie verharrte.

Vor den geöffneten Fenstern hörte man den Regen nur noch leise herabflüstern, feuchte Schwüle erfüllte die Wohnung.

Henriette begann plötzlich zu singen: »Das Schweben aushalten« – ja, so ging der Text, dachte sie, weiß ich ihn noch weiter? Komisch, ich habe lange nicht mehr gesungen. Im Schneideraum früher habe ich das oft getan, man lachte, ah, wie gut, Henriette ist zufrieden, hieß es, wenn ich sang.

»– die Leichtigkeit ertragen – Anpassung aufhalten – nach inneren Wahrheiten fragen – einander vertrauen – in dem Wissen um Verrat – Körper zu Körper legen – Augenblick zu Augenblick – ohne die Dauer zu hegen – denn jede Endgültigkeit ist ein Tod – –«

Henriette brach ab, denn an der Wohnungstür wurde geläutet. Hatte sie zu laut gesungen? Blödsinn, rügte sie sich sofort, mein Trällern kann doch niemand gehört haben. Und wenn – warum auch nicht. Sicher ist es Linda, die mit den Einkäufen zurückkommt.

Henriette löste sich nur ungern aus der Haltung, die sie längere Zeit auf dem Bett eingenommen hatte, und erhob sich.

Sie ging langsam zur Tür und öffnete.

»Waren Sie das?« fragte Linda.

»Was?« antwortete Henriette.

»Jemand hat gesungen, ich hab es gehört, eine Frauenstimme.«

Linda stand vollbepackt da, trug zwei schwere Plastiksäcke, und den Schirm hatte sie unter ihren Arm geklemmt.

»Kommen Sie erstmal herein«, sagte Henriette.

»Nehmen Sie mir bitte den Schirm ab?« bat Linda.

Henriette gehorchte. Dann folgte sie Linda, die ihre Last in die Küche trug und am Tisch abstellte.

»Ich hab alles durcheinander – warten Sie – ich muß Ihre Einkäufe hervorsuchen«, sagte

Linda. Sie wühlte in den Säcken und zog, jegliches laut bezeichnend, das für Henriette Erstandene daraus hervor. »Das Steak, ja – ist direkt vom Fleischhauer, nicht aus dem Supermarkt! – Brot – das gute Vollkorn von der Bäckerei, Frau Lauber! ja – Butter – Milch – Eier – ich dachte gleich ein Dutzend, gut so? – da, die Orangen – die Erdäpfel – nicht vom Watussil, keine Angst! – auch der Salat nicht – was fehlt noch? – Ach ja, die Spaghetti –«

Henriette lehnte wieder am Türstock und sah Linda schweigend zu. Die Empfindung dabei erinnerte sie plötzlich an ihr Kindsein. Wenn ihre Mutter Einkäufe sortierte, oder kochte, oder einen Kuchenteig rührte, immer war sie gern still danebengestanden. Etwas zutiefst Tröstliches wurde es für sie, diesen einfachen Hantierungen zuzusehen, die Welt schien in Ordnung zu kommen dabei, Krieg, Angst, Unverständnis, Schelte, Haß, alles wich einer sanften Lebensbewältigung. Nie aber kam sie auf die Idee, ihrer Mutter behilflich zu sein, und seltsamerweise wurde sie von dieser auch nie dazu aufgefordert. Schon als Kind brachte man diese Tochter wohl nicht in Verbindung mit häuslicher Tätigkeit.

»Soll ich Ihnen alles einräumen?« fragte Linda.

»Wäre noch schöner, nein, das mache ich schon.«

Henriette trat an Lindas Seite und begann, was ihr gebracht worden war, zu verstauen.

»Aber Sie haben doch gesungen, Frau Lauber, oder?« fragte Linda, während sie ihre eigenen Einkäufe in einen der Plastiksäcke stopfte.

»Sie haben sich verhört«, sagte Henriette.

»Eigentlich verhöre ich mich nie, mein Mann sagt immer, ich hätte Ohren wie ein Hund.«

»Lieb von ihm«, murmelte Henriette.

»Sie singen schön«, fuhr Linda fort, »ich meine, Sie haben eine schöne Stimme.«

Habe ich denn wirklich so laut gesungen, daß man es bis auf den Gang hinaus hören konnte? dachte Henriette.

»Das Lied war auch schön«, sagte Linda.

»Sie haben das Lied gehört?«

»Nicht ganz genau, etwas von ›sich vertrauen‹ oder so – und dann ›Körper zu Körper legen‹, das habe ich gut verstanden – auch ›Augenblick zu Augenblick‹ – und zuletzt ›jede Endgültigkeit ist ein Tod‹ – dann habe ich angeläutet, weil die Säcke mir so schwer geworden sind.«

»Sie haben wirklich gute Ohren«, sagte Henriette.

»Ist das ein bekanntes Lied?« fragte Linda.

»Nein.«

Henriette setzte sich auf einen der Küchenstühle. Nur ein bißchen Bewegen beim Einräumen, dachte sie, und schon bin ich müde. Linda stellte ihren eigenen, prallgefüllten Einkaufssack zur Seite, zog den anderen Stuhl dicht neben Henriette und setzte sich ebenfalls.

»Könnten Sie das Lied nochmals singen?« fragte sie.

»Nein.«

»Aber diese Zeile ›Jede Endgültigkeit ist ein Tod‹, die stimmt«, sagte Linda.

»Finden Sie?«

»Wenn etwas nur dauert und auf einmal endgültig ist, kann man es vergessen«, sagte Linda. »Ich denke mir oft, wenn ich den Helmut anschaue, und uns beide, ob das mein Leben sein wird bis zum Tod? Endgültig mein Leben? Wäre schrecklich.«

»Aber Sie mögen ihn doch.«

»Ja, dieses ›Körper zu Körper legen‹, das schon, und die guten Augenblicke, ja. Aber ich glaube – nicht endgültig.«

»Dann wird es in Ihrem Leben auch eine Veränderung geben«, sagte Henriette, »wenn man sich nicht abfindet mit dem, was ist, geschieht das.«

»Ist das bei Ihnen auch so?« fragte Linda.

»Es war so bei mir, als ich jung war.«

»Und jetzt?«

»Jetzt steht der Tod vor mir, und der ist wirklich endgültig.«

»Was reden Sie da!« rief Linda.

»Schon gut, ist nicht so ernst gemeint«, sagte Henriette.

»Doch, ich glaube, Sie meinen es ernst. Sie sind doch erst achtzig, da stirbt man doch nicht gleich, vor allem, wenn man sich so gut hält wie Sie.«

»Nein, man stirbt vielleicht nicht gleich, Linda, aber diese Zukunft, die man hat, wenn man jung ist, die gibt es eben nicht mehr.«

»Viele junge Leute haben auch keine Zukunft«, sagte Linda, »wenn sie keine Arbeit finden, keinen Job, wenn sie öd herumlungern müssen, wo bleibt da die Zukunft? Sie, Frau Lauber, Sie haben doch eine Vergangenheit, die es wert war, Sie waren in Afrika, Sie haben einen Patensohn in der Sahara, Sie haben richtige, große Filme geschnitten, das war doch ein schöner Beruf, denke ich – zählt das alles nicht genauso wie eine Zukunft haben?«

Die beiden Frauen sahen einander in die Augen. Es war still, draußen schien der Regen gänzlich verklungen zu sein.

»Du hast recht«, sagte Henriette schließlich, »jemand wie ich sollte dankbarer sein. Vielleicht ist Zukunft auch nicht das richtige Wort. Vielleicht geht es um die Zeit, die man noch vor sich hat.«

»Niemand weiß, wieviel Zeit er noch vor sich hat«, sagte Linda.

Und wieder hat sie recht, dachte Henriette.

»Du gibst es mir heute aber«, sagte sie.

»Und Sie sagen endlich wieder du zu mir«, antwortete Linda.

»Du kannst es ruhig auch tun.«

»Was? Sie duzen?«

»Wenn dir daran liegt, ja.«

»Oh ja, freut mich sehr – Henriette! Wissen Sie – weißt du – unsere Freunde, also die vom Helmut, und ich mit den Kolleginnen von früher, wir sagen eigentlich nie mehr zu irgendwem Sie.«

»Ihr seid mit allen Menschen sofort per du?«

»Mit fast allen, ja.«

»Das war früher, als ich jung war, ein großer Vertrauensbeweis, wenn man einander das Du angeboten hat, es war in keiner Weise selbstverständlich. Außer beim Arbeiten, im Team, da gab es kein Sie, keine Umständlichkeit, da gehörte man zusammen. Nur wenn der große Star erschien und das Set betrat –«

»Das was?«

»Nun ja, den Platz, an dem der Film gedreht wurde, entweder in einem Studio oder irgendwo im Freien, den nennt man so. Und wenn berühmte Filmstars mitspielten und dort zum ersten Mal aufgetaucht sind, hat man sie anfangs aus lauter Respekt nicht gleich geduzt. Aber wenn sie nett waren, dann auch ganz bald. Und die wirklich großen Stars waren meist nett.«

Ich bin ja doch eine Plaudertasche, dachte Henriette, wenn Maloud mich jetzt hören könnte. Ich duze eine junge Nachbarin und erzähle ihr belehrend, als wäre sie ein kleines Kind, vom Filmen. Erzähle es ihr hörbar gern, weil ich eben gern an diese Zeit zurückdenke.

»Schade, daß Sie – ha! Bei dir muß ich mich ja doch erst ans Du gewöhnen! – also daß du das nicht mehr machst beim Film – schade, da hätte ich gern einmal zugeschaut!«

»Ich war selbst auch nicht oft am Set, sondern meist im Schneideraum, habe also auch eher selten beim Drehen zugesehen. Aber es gab einen Regisseur, der immer gewünscht hat, daß ich ihn begleite, wenn er in anderen Ländern gearbeitet hat. Man erfährt beim Filmen immer viel mehr vom Land, von den Leuten, als ein Tourist es je erfahren kann, ich habe diese Ausflüge geliebt.«

Henriette brach ab und schwieg. Ja, ich habe sie geliebt, die Reisen mit Mirco, dachte sie. Es waren Reisen, die der Filmarbeit unterworfen waren, kein ödes Urlaubsgefühl kam je dabei auf, im Gegenteil, sie konnten mit Strapazen und Erschöpfung verbunden sein. Aber dadurch geriet man nie in diese Erwartungshaltung, die eine untätige, der erholsamen Langeweile gewidmete Zweisamkeit in fernen Landen Liebenden bescheren kann. Es war für uns beide immer aufregend, so unterwegs zu sein. Und so zu zweit zu sein.

»Erinnerst du dich jetzt gerade an so eine Reise?« fragte Linda. Sie hatte die schweigende Henriette aufmerksam beobachtet.

»Nicht so sehr an eine bestimmte«, sagte Henriette, »ich dachte an die Lebenszeit zurück, die mit diesen Reisen verbunden war.«

»Und die mit diesem Regisseur verbunden war?«

»Wie kommst du denn darauf?«

»Du hast nur von einem Regisseur gesprochen.«

»Bei jedem Film gibt es nur einen Regisseur!«

»Entschuldige«, sagte Linda.

»Ist schon in Ordnung«, sagte Henriette, »du hast nicht unrecht, Linda, wieder einmal. Ja, ich habe fast immer mit ein- und demselben Regisseur zusammengearbeitet, und der war auch durch Jahre mein Freund.«

»Ist er jetzt nicht mehr dein Freund?«

»Jetzt ist er tot.«

»Tut mir leid.«

»Konntest es ja nicht wissen. Ist schon lange her, daß er gestorben ist.«

Beide Frauen schwiegen. Es war warm geworden in der kleinen Küche.

»Der Regen hat wenig Abkühlung gebracht«, sagte Linda, »ich dachte, jetzt ist es vorbei mit der Hitze, aber schaut nicht so aus.«

»Schwül ist es, ja«, antwortete Henriette und erhob sich, »ich werde lieber wieder die Rouleaus herunterziehen.«

»Mache ich auch bei mir drüben, die Sonne knallt sicher bald herein.« Auch Linda stand auf, schob den Küchenstuhl unter den Tisch und hob ihren schweren Einkaufssack hoch. »Heute muß ich für den Helmut und zwei Freunde aufkochen, sie spielen abends bei uns Karten. Drum habe ich so viel eingekauft, viel Bier vor allem. Jeden zweiten Donnerstag machen die das.«

»Spielst du da mit?«

»Nein, um Gottes willen. Oft gehe ich ins Kino.«

»Heute auch?«

»Ich stelle ihnen das Paprikahuhn hin, einen riesigen Topf voll, und einen Korb Weißbrot, und mache mich davon, ja.«

»Wann ist denn das?«

»Für dich zu spät, Frau Lauber, erst nach sieben.«

»Komm doch zu mir herüber«, sagte Henriette.

Dann starrte sie Linda fassungslos an. Habe ich das wirklich gesagt? dachte sie.

»Tu ich gern«, sagte Linda, »aber wenn ich läute und du bist zu müde, geh ich einfach weiter, ja?«

Henriette nickte wortlos.

»Bis dann«, sagte Linda. Sie griff im Flur nach ihrem Regenschirm, und da sie mit der anderen Hand den schweren Einkaufssack schleppte, benützte sie ihren Ellenbogen, um die Wohnungstür hinter sich zuzuschlagen. Und weg war sie.

Henriette stand an der gleichen Stelle, in ihrer Küche, dicht neben dem Küchentisch, aufrecht und bewegungslos da. War sie es gewesen, die eben eine Einladung ausgesprochen hatte? Die sich jetzt, mitten am Tage, unnötigerweise für den Abend verabredet hatte? Dabei geht es ihr an den Abenden doch meist am besten, sehr oft genießt sie abends ihr Alleinsein sogar. Wenn sie vor dem Fernsehen sitzt, sich in seltsamer Zufriedenheit von der Last des eigenen Lebens befreit fühlt, und nur noch Zuschauer ist. Ein Schinkensandwich kauend, ein Glas Rotwein in Reichweite, scheint ihr Leben dann eine Weile lang in Ordnung zu sein. Sogar die erschütterndsten und grauenvollsten Bilder in den Weltnachrichten, die Berichte von Krieg, Mord und Gewalt, dringen ihr nicht tiefer ins Gemüt als gestaltete Krimis, alles ist nur noch Krimi, ob Politik oder Abendfilm, sie läßt sich mitnehmen und auslöschen an diesen einsamen Fernsehabenden.

Und heute hatte sie sich also Lindas Besuch aufgehalst. Am besten nicht weiter darüber nachdenken, beschloß Henriette. Sie löste sich aus ihrer Erstarrung und verließ die Küche. Tatsächlich war es bereits wieder sonnig und heiß geworden, sie zog alle Rouleaus herab und ließ die Fenster geöffnet.

Als die Zimmer abgedunkelt waren, legte Henriette sich im Schlafraum auf das Bett. Sie fühlte sich erschöpft wie früher nach einem langen Arbeitstag. Dabei war erst Mittag vorbei. Eigentlich sollte ich etwas essen, dachte Henriette, aber erstmal ruhe ich mich ein wenig aus. Sie lag kerzengerade, die Arme neben sich hingebreitet.

Daß man so rasch so müde werden kann, hätte sie früher nie gedacht. Meist mußte sie sich vom Schneidetisch losreißen, nachdem Stunden verflogen waren und sie jedes Zeitgefühl verloren hatte. Auch wenn es mühevoll wurde, die Bilder sich der Geschichte nicht ergeben wollten und um rettende Schnitte gerungen werden mußte, immer hielt eine lustvolle innere Spannung sie aufrecht. Ab und zu eine Zigarette, Kaffee, erregte Dispute, wilde Auseinandersetzungen, technische Probleme oder Jubel, wenn etwas wie von selbst gelang. Ja, manches gelang, als geschähe es ohne Dazutun, ganz aus sich selbst heraus. Und bei alledem, ob es nun Plage war oder Beglückung, hatte sie stets dieses Empfinden gehabt, innerhalb ihrer eigenen Existenz den absolut richtigen Platz einzunehmen, ganz und gar am Leben zu sein, dieser Welt und dieser Zeit ganz und gar anzugehören.

Wenn man früh stirbt, dachte Henriette, muß man nicht miterleben, wie man langsam aus seinem Leben und aus der Welt verschwindet.

Als Henriette erwachte, lag sie genauso da, wie sie sich hingestreckt hatte. Dabei hatte sie tief und gut geschlafen. Sie hob den Kopf und spähte auf die Uhr am Nachttisch. Es war später Nachmittag. Auf der Straße unten fuhren in Abständen Autos vorbei, aber das schien Henriettes Schlaf nicht gestört zu haben. Auch die Hitze war erträglich gewesen, denn ihr Körper fühlte sich gut an, nicht in Schweiß gebadet, sondern trocken und warm.

Nachdem sie ihren Kopf wieder zurückgebettet hatte, blieb Henriette liegen. Es war zur Zeit selten der Fall, daß eine so sanfte körperliche Entspannung sie erfüllte, sie wollte diese noch nicht auflösen. Ein wenig glich ihr Zustand dem des Ausruhens dazumal, nachdem sie ›Liebe gemacht‹ hatten, nachdem das Begehren Erfüllung gefunden, der Körper Sättigung erfahren hatte. Sie und Mirco hatten sich auf diesen Ausdruck geeinigt, sie fanden zueinander, um ›Liebe zu machen‹. Nicht sehr häufig. Und nur, wenn die Sehnsucht danach sie beide in gleicher Weise erfüllte. Mit Mirco war es nie zu diesen zwanghaften Verrenkungen, dieser wilden Inbesitznahme gekommen, wie sie es davor in Liebesbeziehungen so überaus lieblos erfahren hatte. Nie waren sie beide übereinander hergefallen, immer entdeckten sie einander.

Aber wie ewig lange das zurückliegt, dachte Henriette, nur noch wie aus weiter Ferne erinnere ich mich an unser ›Liebe machen‹ zurück. Und vor allem ist es mein Körper, der sich kaum noch daran erinnert, der vor Jahren beschlossen hat, zu schweigen.

Ein Motorrad schoß aufheulend durch die Straße, störte kurz deren sommerliche Trägheit, aber gleich danach waren wieder nur die gemächlich vorbeirollenden Autos zu hören. Auch dieser plötzliche akustische Überfall hatte Henriette nicht dazu gebracht, ihre sanfte, körperliche Entrücktheit, dieses sinnliche Wohlgefühl aufzugeben, und auch ihre Gedanken blieben seltsam beharrlich beim Thema. Wann hatte sie denn eigentlich zum letzten Mal mit einem Mann geschlafen?

Sicher tat sie es mit Mirco. Er war der letzte Mann in ihrem Leben. Wann genau sie beide sich jedoch ein letztes Mal zueinandergelegt hatten, wußte sie nicht mehr. Sie mußte damals etwa sechzig Jahre alt gewesen sein, vielleicht ein, zwei Jahre darüber. Nur weiß man das ja nie, wann etwas zum unwiderruflich letzten Mal geschieht. So vieles im Leben erfährt man, ohne zu wissen, daß es sich nie wieder ereignen wird. Mehr noch: Alles im Leben, das Geringfügigste und das Bedeutungsvollste, geschieht schließlich irgendwann sein letztes Mal. Ein letztes Mal putzt du dir die Zähne. Ein letztes Mal hörst du Beethoven. Ein letztes Mal siehst du eine Amsel fliegen. Ein letztes Mal erlebst du Regen. Ein letztes Mal hast du nachts geträumt und weißt es am Morgen. Und ein letztes Mal öffnet sich dein Schoß einem Mann.

Henriette lächelte. Wie rührend hochtrabend hatten ihre Gedanken da formuliert, ›öffnet sich

dein Schoß einem Mann‹. Liebe machen, miteinander schlafen, ficken, bumsen, so wurde das
benannt. Mirco hatte aufgelacht, als sie einmal
fand, ›einander beiwohnen‹ sei doch eine so würdevolle Bezeichnung. Komm lieber rasch her zu
mir, sagte er dann, und laß uns ruhig würdelos
sein. Wie? Findest du, wir sind würdelos beim
Liebemachen?! fragte sie ihn. Da nahm er sie in
die Arme. Wir sind frei dabei, antwortete er, und
Freiheit hat immer Würde. Aber wenn du willst
– wohnen wir also einander bei!

Im Erinnern vertiefte sich Henriettes Lächeln.
Ja, sie hatten einander beigewohnt. Immer wieder einmal. Und wenn sie es taten, dann stets mit
freier, schrankenloser Hingabe.

Henriette räkelte sich, dehnte Arme und Beine,
und es fühlte sich gut an. Seltsam, dachte sie, daß
so ein Körper sich dem Alter zu verändert und
dennoch derselbe bleibt. Wenn einem nichts weh
tut, so wie mir jetzt eben, man ihn auch nicht
von außen betrachtet, sondern sich gänzlich in
ihm zu Hause fühlt, ist das Empfinden der eigenen Körperlichkeit doch überhaupt nicht anders,
als es in jungen Jahren gewesen war. Wie ich hier
auf meinem Bett liege, in die Wärme dieses Som-
mernachmittags gehüllt und ohne irgendeine Be-
schwerde, im Gegenteil, alle Gliedmaßen weich
und wohlig ruhend, könnte ich ebenso blutjung
sein. Könnte ich das Erinnern an Mircos Umarmungen vertiefen und sexuelle Erregung in mir

wachrufen. Könnte ich, wenn ich wollte. Will ich aber nicht.

»Warum eigentlich nicht?« Henriette hatte die Frage laut ausgesprochen. Sie lauschte ihr hinterher und zwang sich dann, sie auch laut zu beantworten. »Weil es zu anstrengend wäre, nochmals hervorzuholen, was so lange schon verschüttet ist.« Pause. »Du müßtest dich nur berühren.« Pause. »Genau. Damit rührt man aber etwas auf, das der Berührung eines anderen Menschen bedarf, um einen nicht todtraurig zu machen.« Pause. »Und todtraurig bin ich auch so zur Genüge.«

Jetzt aber Schluß mit dem lauten Selbstgespräch, dachte Henriette. Sie drehte den Kopf zur Seite und spähte zum Fenster. Das Licht drang rötlich an den Rändern des Rouleaus ins Zimmer, die Sonne schien am Sinken zu sein. Wenn Mirco jetzt bei ihr läge, und sie wären beide noch nicht alt, wäre es genau die Stimmung, sie beide in Stimmung zu bringen. Wenn sich zwischen erschöpfendem Drehtag und spätem Abendessen, fernab des Gewohnten und in unpersönlichen Hotelzimmern, eine gemeinsame Zeit des Ausruhens ergab, legten sie sich gerne zueinander. Auf Reisen waren sie einander stets am nächsten gewesen, auch im Begehren. Sie hatten ja nie offiziell miteinander gelebt, Mirco war verheiratet, er schleppte eine müde Ehe durch sein Leben, ohne sich davon lösen zu wollen. Es war der

Film, der sie beide verband. Und bei Dreharbeiten in fernen Ländern, wo Mirco sie gern dabeihatte, waren sie ein Paar, unumstößlich und für alle sichtbar.

Henriette setzte sich auf. Das Erinnern war wie ein Hieb, der ihren Körper hochriß. Warum eigentlich hatte Mirco sich nie gänzlich zu ihr bekannt? Warum konnte er seine Frau, über deren träge Gleichgültigkeit er sich ab und zu sogar bei ihr beklagt hatte, denn nicht verlassen? Für Mirco war diese Ehe etwas Unverrückbares. Er und seine Frau hatten keine Kinder und er betrog sie ständig und ohne Zaudern. Warum also. Warum diese Anhänglichkeit.

Ich habe stets mit aller Kraft vermieden, ihn das zu fragen, mit ihm offen darüber zu sprechen, überlegte Henriette. Ich fand, dieses Thema sei zwischen uns nicht am Platz. In den Jahren unserer Gemeinsamkeit war ich wohl die bequemste Geliebte, die man sich vorstellen konnte. Da besaß er vor allem eine kompetente Mitarbeiterin, in deren Händen die Erfolge seiner Filme ebenso lagen wie in seinen eigenen, und er konnte bei dieser außerdem ohne Umstände auf eine Frau zurückgreifen, mit der gelegentlich ›Liebe zu machen‹ ihm zusagte, und die keine Ansprüche stellte.

Jetzt erhob sich Henriette mit einem Ruck vom Bett. Wie blöd ich war, dachte sie, blöd, wie Frauen nur sein können. Ihre Entspannung und Gelöstheit waren beim Teufel. Sie ging mit schnellen Schritten im Zimmer auf und ab.

Plötzlich mußte sie innehalten. Ihr schwindelte. Es war nicht der Drehschwindel von unlängst, das merkte sie sofort, eher lag es wohl am Bluthochdruck. Ihr fiel ein, daß sie seit ihrem Zusammenbruch und der Linda Krutisch zu verdankenden raschen Erholung danach ihre Medikamente nicht mehr eingenommen hatte. Was bin ich doch ein in jeder Hinsicht blödes Weib, dachte Henriette. Vor allem, weil ich mich jetzt über etwas aufrege, worüber ich ehemals schweigend und ohne Vorwürfe hinweggehen konnte. Und weil ich vergessen habe, meine Blutdruckpillen einzunehmen. Auch das Mittel für den empfindlichen Magen. Beides sollte ich täglich schlucken. Weil ich in dieser Gewitternacht nicht gestorben bin, hielt ich mich deshalb plötzlich für unsterblich? Für jemanden, der seine Medikamente nicht mehr benötigt?

Henriette ging ins Badezimmer, öffnete das Wandschränkchen und holte ihre Pillen hervor. Säuberlich lagen sie dort, griffbereit für jeden Tag. Sie füllte ein Zahnputzglas mit Wasser, schluckte die Tagesdosis von jedem der beiden Medikamente, stellte die Packungen wieder zurück und schloß das Schränkchen. Danach blieb sie stehen und schaute ihr Gesicht im Badezimmerspiegel an. Sie sah sich selbst prüfend in die Augen. Sah deren verwaschen gewordenes Graugrün, zwischen dünnen Wimpern und faltigen Lidern, und sah dennoch eine kritisch beobachtende Energie aus ihnen dringen, etwas Lebendiges, nach wie vor.

War ich eigentlich jemals hübsch? fragte sich Henriette. Sicher nicht auffallend, eher war ich auf unscheinbare Weise nicht häßlich. Meine Haare waren schön, sehr dicht, echtes Blond, aber nicht hell, ein dunkler Honigton. Und die Farbe meiner Augen, dieser Augen, die mich da aus dem Spiegel heraus anschauen, hatte nichts von der Trübheit jetzt, sie konnten leuchten. Jedenfalls hat man mir das immer wieder gesagt. Wie intensiv sie zwischen blau und grün wechseln könnten, je nachdem, was ich für Farben trüge. Aber bald benötigte ich eine Brille, die Arbeit am Schneidetisch, ständig vor den Bildschirmen, hat meine Sehkraft beeinträchtigt. Also, mit Brille, meine Haarpracht streng zurückgebunden, was blieb da wohl noch an Hübschheit übrig? Der Körper war ziemlich in Ordnung, schlank, nicht zu dünn, ganz guter Busen, gerade Beine. Aber meist trug ich bequeme Sachen, Männerhosen, weite Blusen, auch dabei keinerlei lockende Weiblichkeit. Man mußte mich als Frau wohl entdecken. Aber wenn man sich dieser Mühe unterzog, dann –

Henriette sah sich selbst grinsen und hörte sofort wieder auf damit.

Wenn eine alte Frau sich an ihr junges Frausein erinnert, sollte sie das nicht gerade vor einem Spiegel tun, dachte sie. Seit sie allein war, schenkte sie ihrem Aussehen keine besondere Aufmerksamkeit mehr, wohl auch, weil sie sich nie mehr von anderen Augen betrachtet fühlte. Außer wenn Maloud sie besuchte. Aber bei ihm war sie stets so damit beschäftigt, ihn zu betrachten und zu beobachten, daß ihr eigenes Aussehen weder für ihn noch für sie ins Gewicht zu fallen schien.

Jetzt aber überprüfte Henriette, was sie vor sich sah. Das Gesicht einer alten Frau. War es häßlich? Ist Altsein etwas Häßliches? fragte sie sich. Sie wußte natürlich die gängige Antwort, aber nein, auch ein alter Mensch kann schön sein, das gelebte Leben zeichnet ihn, und so weiter, aber als Betroffene, wenn man sich an das frühere Bild im Spiegel erinnert, kann man dann dieses Gesicht, dicht vor einem, aufrichtig als ›nicht häßlich‹ empfinden?

Henriette hob die Hand und zeichnete nach, wo das Alter die tiefsten Wunden geschlagen hatte. Zwischen den Brauen drei Falten, dicht nebeneinander. Die Oberlippe von unzähligen kleinen Fältchen zerrissen. Unter den Augen dicke Schleppen. Von den Nasenflügeln bis zu den Mundwinkeln eine Linie eingegraben. Die Haut blaß und von Altersflecken übersät. Brauen und Wimpern farblos geworden. Das graue Haar kurzgeschnitten, immer noch gewellt und ihr ins Gesicht fallend, ein eisgrauer Wuschelkopf eben. Henriette strich es sich aus der Stirn und betrachtete die vielen zarten Querfalten dort so eingehend, als sähe sie diese zum ersten Mal. Wenn sie einmal im Monat zur Friseurin ging, ließ sie das Haareschneiden meist mit geschlossenen Augen über sich ergehen, wollte sie die Prozedur nicht im Spiegel verfolgen, und danach fielen ihr schnell wieder, wie schützend, die grauen Locken ins Gesicht. ›So eine gute Haarqualität!‹ pflegte Frau Irma zu loben, und sie betonte wiederholt, daß das bei Frauen in Henriettes Alter nicht üblich sei. Der kleine Frisiersalon lag zwei Gassen weiter. Henriette mußte sich dazu zwingen, ihn regelmäßig aufzusuchen und Haarwäsche, Schnitt und Trockenföhnen über sich ergehen zu lassen. Vor Jahren schon hatte sie sich von ihrer langen Mähne verabschiedet, es machte ihr zu viel Mühe, damit umzugehen, also war notwendig, das Haar regelmäßig schneiden zu lassen. Und Frau Irma, eine grellblond gelockte Dame um die fünfzig, hatte wenige Kunden, reichlich Zeit, und einen unstillbaren Drang zu plaudern. Das rieselte so gleichmäßig auf Henriette herab, daß sie jedes Mal aufpassen mußte, unter Frau Irmas Händen nicht fest einzuschlafen. Wenn diese ihr zuletzt per Handspiegel stolz das gekürzte Haar zeigte, nickte Henriette meist nur schläfrig, zahlte wie in Trance, und war froh, wieder nach Hause taumeln zu können.

Linda Krutisch war doch Friseurin, fiel Henriette ein, vielleicht könnte sie ab und zu herüberkommen und mir rasch und problemlos die Haare schneiden? Aber sofort schüttelte sie ärgerlich den Kopf, was für Ideen denn plötzlich, schäm dich.

Immer noch betrachtete Henriette ihr Gesicht im Spiegel, sie hatte sich ihm zugeneigt, um aus der Nähe und auch ohne Brille jedes Haar, jede Rune deutlich zu sehen. Wenn ich mich länger anschaue, dachte sie, wird das Bild mir vertrauter, kann ich dieses alte, faltige Gesicht mehr und mehr als etwas hinnehmen, das zu mir gehört. Und darum geht es wohl. Sich als das zu erkennen, was man ist, und nicht an sich vorbeizuschauen. Nicht einer Vorstellung von sich selbst auf den Leim zu gehen, die längst nicht mehr stimmt. Also, die Frau, die mich da ansieht, der Blick forschend, die Lippen schmal vor Aufmerksamkeit, diese Frau bin eindeutig ich. Nicht seufzen, Henriette, es annehmen.

Als sie sich entschlossen aufrichtete, um das Bad zu verlassen, läutete die Türglocke.

Jetzt schon? dachte Henriette, Linda wollte doch erst gegen sieben Uhr kommen. Oder ist es schon so spät?

Sie ging durch den Flur und öffnete.

Es war Linda, und wieder trug sie einen Kochtopf vor sich her.

»Ich weiß, es ist noch nicht so spät«, sagte sie,

»aber ich hab das Paprikahuhn schon fertig, die Kartenspieler können sich's ja selber aufwärmen, und ich dachte mir, daß du vielleicht davon essen möchtest? Meine Oma war Ungarin, und im Gegensatz zur Linsensuppe vom Helmut seiner Großmutter hat die meine mir beigebracht, das beste Paprikahuhn weit und breit zuzubereiten. Magst du?«

»Toll, eure Großmütter«, sagte Henriette, »da kann man sehen, was für Spuren Großmütter hinterlassen können, also gut, komm herein.«

»Du meinst, daß man sich nur anhand von Kochrezepten an sie erinnert?« Linda trug den Topf in die Küche und stellte ihn auf den Herd. »Da hast du schon recht, waren durch die Bank Hausfrauen, unsere Omas, und wenig darüber hinaus ist überliefert.«

»Ich hatte eine Großmutter, die liebte den Sänger Joseph Schmidt, der Jude war und in einem Schweizer Internierungslager umkam. Sie hat unaufhörlich dieselben Schallplatten von ihm gehört, das waren damals diese sogenannten Schellacks, und die haben mit der Zeit fürchterlich gekratzt, aber sie hat gelauscht und gelauscht, verzückt, bis zu ihrem Tod.«

Linda hatte mittlerweile die Gasflamme aufgedreht, einen Kochlöffel aus der Lade genommen, und rührte jetzt kräftig im Topf. »Deine Oma war eben eine musische Frau, und das hat sie dir vererbt«, sagte sie.

»Musisch bin ich nun wirklich nicht geworden«, sagte Henriette. Wieder stand sie an den Türstock gelehnt und beobachtete Lindas Hantierungen, stand wieder da wie ein Kind, das den Erwachsenen zuschaut.

»Muß man denn nicht musisch, also ein Künstler sein, wenn man Filme, wie du das getan hast, für eine Geschichte zusammenschneidet?« fragte Linda. »Man sagt doch Filmkunst, oder?«

»Ja, schon. Vor allem derjenige, der das Drehbuch schreibt und Regie führt, sollte das wohl sein, ein Künstler oder eine Künstlerin, wenn es ein wirklich guter Film werden soll. Aber das ist nicht an der Tagesordnung.«

»Ich denke, Kunst ist nie an der Tagesordnung.«

»Linda!« rief Henriette aus, »was für ein gescheiter Satz!«

Linda lachte. »Du siehst, ich bin kein völliger Trottel!«

»Das habe ich nie behauptet.«

»Aber gedacht.«

»Ach was!«

»Doch, liebe Henriette, hast du. Ich spüre immer ziemlich genau, was Menschen so denken. Helmut sagt manchmal, wenn ich irgend etwas ganz einfach ausspreche, weil ich es genau spüre: Du bist mir unheimlich, du hast den sechsten Sinn.«

»Hast du?«

»Ich weiß nicht, ob es der sechste ist, aber ich habe einen Sinn für vieles, das anderen nicht in den Sinn kommt.«

Henriette schwieg und sah Linda mit neuer Aufmerksamkeit an.

»Essen wir?« fragte Linda und drehte die Gasflamme ab. »Ich weiß, es ist noch früh am Abend, aber ich könnte mir vorstellen, daß Frau Lauber heute noch nichts gegessen hat. Stimmt doch, oder?«

»Stimmt. Und Frau Lauber hat plötzlich auch Hunger.«

Linda holte Teller aus dem Geschirrschrank, sie tat es mittlerweile mit einer Selbstverständlichkeit, als wäre dies ihre eigene Küche. Sie deckte den Tisch, ohne Henriette zu beachten, auch das Besteck, Papierservietten, einen Salzstreuer, flink wußte sie alles zu finden. Sogar die alte, blau gemusterte Kachel entdeckte sie.

»Die ist doch dafür da, den heißen Topf draufzustellen?«

»Ja, ist sie.«

»Ist schön.«

»Ich habe sie auf einer Baustelle gestohlen, als in Lissabon reihenweise alte Häuser abgerissen wurden.«

»Warum das denn?« fragte Linda und stellte den Topf auf den Tisch. »Warst du oft in Portugal?«

»Ein paar Mal«, antwortete Henriette, während sie sich an den Tisch setzte, »wir haben in

Lissabon gedreht und mehrmals in der Landschaft südlich davon.«

»War dein Regisseur Portugiese?« fragte Linda. Sie nahm ebenfalls Platz und füllte mit einer Schöpfkelle Huhn und Sauce in die Teller.

»Nein«, antwortete Henriette, »er war gebürtiger Bulgare, aber diese Stadt und diese Landschaften gefielen ihm. Damals, als wir dort drehten, war Lissabon noch von einem Zauber erfüllt, der später von Fortschritt und Tourismus weitgehend zerstört wurde. Mirco hat diese Verwandlung emotional sehr hergenommen, es wurde für ihn zu einem fast persönlichen Verlust.«

»Mirco?«

»Mein Regisseur, wie du ihn nennst, hieß Mirco. Mirco Sarov. Als er mehr und mehr mitbekam, wie man würdevolle alte Häuser verrotten ließ, um sie dann abreißen zu können, wie man eilig die üblichen glatten, häßlichen Allerweltsbauten an deren Stelle setzte, wollte er nie wieder dorthin. Nie wieder in sein geliebtes Lissabon.«

»Willst du Brot?« fragte Linda.

»Wäre nicht schlecht«, antwortete Henriette, »warte, ich –«

»Bleib sitzen!«

Linda sprang auf, holte den Brotlaib und das Schneidebrett, stehend schnitt sie einige Scheiben ab, reichte sie zu Henriette hinüber, als diese zugegriffen hatte, nahm sie selbst und setzte sich wieder.

»Helmut hat Bekannte, die waren unlängst in Lissabon«, sagte sie.

»Ach ja?« antwortete Henriette. Sie begann zu essen, löffelte die Sauce und biß vom Brot ab.

»Ja! Ein Kollege mit seiner Frau«, fuhr Linda fort, »die waren aber ganz begeistert von dieser Stadt.«

»Ich bin begeistert von deinem Paprikahuhn«, sagte Henriette.

»Freut mich, wenn es dir schmeckt. Du mußt aber auch Fleischstückchen essen, Henriette, nicht nur die Sauce! – Der Kollege hat angeblich dauernd von Lissabon geredet, von der Flußmündung, den Lokalen, der Musik, dem Helmut ist das bei der Arbeit schon einigermaßen auf die Nerven gegangen, aber er hat trotzdem gemeint, wir sollten vielleicht auch einmal hinfliegen, es gäbe billige Flüge.«

Linda begann ebenfalls Brot in die Paprikasauce zu tunken und vom Huhn zu essen. Henriette aber sah plötzlich Lissabon vor sich liegen, so, wie sie es vor der Landung aus dem Flugzeug so oft gesehen hatte, in vielfältigen Lichtstimmungen, strahlend weiß unter Blau und Sonne oder steinfarben unter einer Wolkendecke, nachts als Lichtermeer bis hin zu den ›Cais‹, die Brücke eine dünne Perlenschnur, winzig die beleuchtete Christusstatue am anderen Ufer. Nie mehr, dachte Henriette, nie mehr werde ich das sehen.

»Ist etwas?« fragte Linda.

»Nein, Linda, nichts ist, ich denke nur zurück.«

»Ach so«, sagte Linda und aß schweigend weiter.

»Weißt du«, fuhr Henriette schließlich fort, »wenn man zum ersten Mal über dem Meer und der Flußmündung landet und dann die Stadt zum ersten Mal erlebt, ist sie sicher auch jetzt sehr schön. Nur wenn sich verändert hat, was man kannte und liebte, dann tut einem das weh.«

Linda ließ die Gabel sinken und sah vor sich hin.

»Weiß Gott ist das so«, sagte sie. »Dort, wo ich als Kind auf Urlaub war, ist auch alles anders geworden. Da waren wir damals jeden Sommer auf einem Bauernhof, wunderschön, sage ich dir, rundherum Wiesen und Obstbäume, die Stube habe ich so gern gehabt, mit dem alten Tisch und den Bänken, es hat so gut gerochen, nach Herdfeuer, nach gebratenem Speck oder nach Milchreis mit Zimt, ich hab das alles, so wie du vorhin gesagt hast, gekannt und geliebt. Jetzt aber steht dort so ein beschissenes Wellness-Resort mit Spa, oder wie man den Blödsinn nennt, ein Hotelkasten, eine riesige Anlage, ich war nur einmal dort und mußte weinen, nie wieder fahre ich in diese Gegend.«

»Das verstehe ich mehr als gut«, sagte Henriette. »Aber du bist noch jung, Linda, und wirst dir all das, was unsere Zivilisation in Eile neu entwirft, problemlos vertraut machen können. Wenn man aber so alt geworden ist wie ich, bleibt man am besten zu Hause, wenn man dem Verändern von Vertrautem nicht mehr zusehen kann oder will. Klar, ich weiß, zu allen Zeiten hat sich alles verändert, ohne Veränderung keine Weiterentwicklung, ist mir ja alles klar. Aber die Schnelligkeit, die Rasanz, mit der sich in den letzten Jahrzehnten Gegebenheiten und Lebensbedingungen des Menschen gewandelt haben, da komme ich einfach nicht mehr mit.«

Henriette schwieg kurz.

»Und vielleicht will ich da auch gar nicht mehr mitkommen«, sagte sie dann. »Hättest du jetzt auch Lust auf ein Bier, Linda?«

»Und wie!«

Wieder sprang Linda auf, deutete Henriette, sitzenzubleiben, holte Bier aus dem Kühlschrank, Gläser, öffnete mit lautem Zischen eine Dose, goß ein, reichte Henriette das Glas, hob das ihre und rief: »Prost!«

»Auf das Leben«, sagte Henriette und beide tranken.

»Schön, daß du auf das Leben getrunken hast«, sagte Linda.

»Auf was sonst? Wir haben nur das Leben.«

»Aber es gibt doch auch –«

»Vertraut oder verändert, alt oder neu, ob man mitmacht oder nicht, wie immer man seine Schritte setzt, Linda, wir haben nur das Leben.«

»Und wie siehst du das mit dem lieben Gott?«

»Von lieb kann nicht die Rede sein, Linda, und einen Gott sehe ich auch nirgendwo.«

»Fehlt dir das nicht?«

»An Gott zu glauben? Nein, fehlt mir nicht. Ich bin Agnostiker.«

»Was bist du?«

»Agnostiker. Ein Agnostiker glaubt an keinen Gott und an kein Jenseits, so, wie die Religionen es uns vorgeben, er schließt aber auch nichts aus. Simpel gesagt: Wir werden's schon sehen – oder eben eher nicht.«

»Und damit kannst du leben, Frau Lauber? So ohne feste Hoffnung? Ohne Trost?«

Wie rührend und voll des Mitgefühls sie sich zu mir herbeugt, mit großen, traurigen Augen, dachte Henriette, und ich tue ihr furchtbar leid. Die arme Linda. Ich weiß, wie schwer es ist, sich von einem Gottesbild zu lösen, an das zu glauben man von Kindheit an eingebleut bekam.

»Bist du katholisch, Linda?«

»Ich gehe nicht oft in die Kirche, aber ja, schon. Ich muß einfach daran glauben, daß da noch etwas ist nach diesem Leben, also ein Gott, ob jetzt lieb oder nicht, aber einer, der einen erwartet und alles gutmacht. Ich brauche das.«

»Ja, wir Menschen glauben, daß wir das brauchen, weil unser Leben letztlich eine Zumutung ist.«

»Aber doch nicht nur! Henriette! Doch nicht nur eine Zumutung!«

»Überlege, Linda. Da kommen wir auf die Welt, und das einzige, wovon wir bald mit tödlicher Sicherheit wissen, ist das Faktum, daß wir sie irgendwann wieder verlassen müssen. Nun steckt im Begriff Zumutung jedoch das Wort Mut. Es braucht eine Menge Mut, Mensch zu sein. Und eigentlich sind wir alle viel mutiger, als es den Anschein hat, einfach, weil wir versuchen, dieses Erdenleben zu meistern. Aber als Hilfe gegen Mutlosigkeit und Furcht wurden eben die Religionen erfunden.«

»Hast du das für dich selbst schon immer so gesehen?«

»Oh nein, ich war ein gläubiges Mädchen, in meinem Fall vom Judentum all der Emigranten um uns geprägt, und davon überzeugt, daß ein ferner Gott alle meine Schritte im Auge hätte. Die Unsicherheiten der Emigration habe ich als Kind eindringlich mitbekommen, ich suchte göttlichen Schutz. Aber als meine Eltern mit mir aus England wieder hierher zurückkamen, verlor sich das allmählich. Ich hatte im Gymnasium katholische und evangelische Freundinnen, zu Hause gab man sich freigeistig, ich wurde nicht religiös erzogen, und bald konnte ich weder mit Jahwe noch mit Christus noch mit Mohammed viel anfangen, ich ging zur Filmschule und traf dort auf überzeugte Atheisten genauso wie auf Buddhisten, Marxisten, Existentialisten, ein kunterbuntes Durcheinander von Religionen und

Ideologien, schließlich klinkte ich mich aus und beschloß, einfach ein Mensch zu sein.«

Linda sah Henriette mit einem langen Blick an, dann seufzte sie auf. »Kann man das so einfach beschließen?« fragte sie.

»Man kann es natürlich nicht einfach beschließen und die Sache läuft dann. Aber man kann Schritt für Schritt darauf hinarbeiten.«

»Aber was ist so Besonderes daran, einfach ein Mensch zu sein? Wir sind doch alle sowieso einfach nur Menschen.«

»Hast recht, Linda«, sagte Henriette, »lassen wir die Haarspaltereien. Schenkst du mir noch ein bißchen Bier nach?«

»Gern«, sagte Linda und füllte den Rest der Dose in beide Gläser. »Soll ich noch eine aus dem Kühlschrank holen?«

»Wenn du noch willst?«

»Ich glaube schon!«

»Dann nur zu.«

Linda holte mit Schwung eine weitere Dose, öffnete sie, und goß beiden so hingebungsvoll Bier nach, daß der Schaum überlief.

»Egal!« rief sie und hob das Glas. »Auf daß wir einfach nur Menschen sind!«

»Lieber auf dein herrliches Paprikahuhn«, sagte Henriette, »das wir übrigens wegen des Geplappers viel zu wenig gewürdigt haben.«

Sie ließen ihre Gläser aneinanderklingen und tranken.

»Du hast nicht geplappert«, sagte Linda.

»Doch, gerade ich.«

»Du wolltest mir eben klarmachen, daß du dich von deinem jüdischen Glauben gelöst hast und von Religionen an und für sich gar nichts hältst. Ich frage mich nur, ob ich das auch könnte. Einfach ein Menschenleben führen, ohne mich zu –«

»Ja?«

»Ohne mich irgendwo anzuhalten, verstehst du?«

»Verstehe ich gut. Ist schwer.«

Sie saßen einander plötzlich schweigend gegenüber und starrten vor sich hin. Nach einer Weile blickte Linda hoch.

»Ich habe immer geglaubt, daß alle jüdischen Menschen religiös sind«, sagte sie, »ich kenne ja nur wenige, aber der Chef vom Helmut ist Jude, und der nimmt das sehr genau, alle ihre Feiertage und Sabbat und Chanukka, ich höre immer davon, weil die Belegschaft es genau mitbekommt. Sie haben ihren Chef alle sehr gern, da ist kein Antisemit dabei.«

»Wie schön«, sagte Henriette.

»Erlebst du das häufig, daß die Leute sich dir gegenüber antisemitisch verhalten?«

»Nein. Ich kenne ja niemanden mehr, der überhaupt weiß, daß ich jüdisch bin, und früher, beim Film, spielte das keine Rolle.«

»Aber das jüdische Schicksal –«

»Das war kein Schicksal, es war ein giganti-
sches Verbrechen.«

»Aber wie kommst du damit zurecht?«

»Meine Eltern waren nie gläubig, mein Vater
war Wissenschaftler, meine Mutter hat gemalt,
sie war als Mädchen in der Kunsthochschule.
Die beiden konnten emigrieren, auch die meisten
ihrer Verwandten, der Holocaust hat ihnen familiär niemanden geraubt, ihnen jedoch die Lebens-
kraft gebrochen. Wir kehrten zurück, aber meine
Eltern blieben irgendwie – fassungslos. Ja, sie
konnten nach allem, was geschehen war, auch
sich selbst und ihr eigenes Leben nicht mehr fas-
sen. Aber trotzdem haben sie nie in religiöser
Geborgenheit Zuflucht gesucht, sie blieben überzeugte Atheisten und Einzelgänger, hielten sich
auch von den Aktivitäten der hiesigen jüdischen
Gemeinde weitgehend fern, sie hielten nur anein-
ander fest, und das bis zu ihrem Tod.«

Und wie radikal sie das taten, dachte Henriette,
wie sie die eigene Tochter aus dieser Umklamme-
rung ausschlossen, ohne je wahrzunehmen, daß
da ein Kind neben ihnen litt. Daß dieses Kind
vorerst dachte, ein Gott, von dem die Eltern nie
sprachen, würde ihm helfen, weil doch ›ein lieber
Gott‹ den andern Kindern rundherum zu helfen schien, und wie dieses Kind später, erwachsen werdend, die Erfindung Gott abstreifte und
sich den Erfindungen des Kinos verschrieb. Sie
waren grausam, meine Eltern, obwohl sie alles

für mich taten. Sie versäumten nichts, außer mich zu lieben.

»Hallo«, sagte Linda.

»Ja?«

»Wo warst du denn jetzt?«

»Verzeih – noch bei meinen Eltern.«

»Versteh ich.«

Linda schwieg kurz, sie schien zu überlegen.

»Ich muß dir etwas sagen, Henriette.«

»Was denn?«

Linda zögerte.

»Sag schon, was ist es denn?«

»Ich glaube – nein, ich weiß es ziemlich genau –, meine Großeltern waren Nazis.«

Henriette lachte auf.

»Aber Linda! Das waren doch alle!«

»Aber ich glaube, sie waren echt böse Nazis.«

»Woher weißt du das?«

»Wie ich klein war, hat mein Vater immer gesagt, ich soll in der Schule oder beim Spielen nie den Namen vom Opa sagen, oder wie die Mama früher geheißen hat. Ich hab ihn gefragt, warum, und er hat herumgeredet, das sei kein schöner Name, oder so. Erst als ich älter war, hat er mir erklärt, daß der Opa angeklagt war nach dem Krieg, bei den Nürnberger Prozessen, und nur knapp nicht aufgehängt worden ist.«

»Aha«, sagte Henriette.

»Ich möchte dir diesen Namen am liebsten auch nicht sagen.«

»Dann laß es, Linda. Ich möchte ihn, glaube ich, am liebsten auch nicht hören.«

Linda schob ihr die geöffneten Hände entgegen, Henriette legte die ihren hinein, und beide hielten einander fest. Dieser Knäuel aus Händen, dachte Henriette, ihre jungen, glatten, und meine faltigen, mit Flecken übersäten Hände. Sieht seltsam aus, hier vor mir auf dem Tisch. Seltsam, aber versöhnlich.

»Dabei habe ich diesen Opa recht gern gehabt«, sagte Linda, »er war immer still. Aber die Oma nicht, sie war dauernd vorwurfsvoll, hat über alles geschimpft, und immer gesagt, daß das für sie früher eben ein anderes Leben war unter den Nazis. Wenn mein Vater so was gehört hat, war der Teufel los. Er hat gebrüllt und wie wild mit der Oma über die Nazizeit gestritten, der Opa ist dabei immer schweigend aus dem Zimmer gegangen. Wir waren nicht oft bei den Großeltern, meist sogar hat meine Mutter die beiden alleine besucht. Dein Vater ist zu sehr Antifaschist, hat sie zu mir gesagt, aber es sind schließlich meine Eltern.«

»Überall diese Spuren«, sagte Henriette, »das hört nie auf.«

»Aber es hat doch aufgehört, wir leben doch ganz anders.«

»Du lebst ganz anders, glücklicherweise. Hattest wohl einen Vater, der Anstand besaß, und in deinem Freundeskreis gibt es nur das übliche

Quantum Ausländerfeindlichkeit. Aber der Teufel schläft nicht, Linda, im verblödeten Wohlstandsbürgertum ebenso wie weltweit in Armut und Unbildung lauert er.«

»Der Teufel, Henriette? Das sagst du?«

»Als Bild, Linda, nur als Bild. Um nicht ausholen zu müssen. Schenkst du uns noch Bier nach?«

»Gute Idee.«

Sie lösten ihre Hände, Linda griff zur Bierdose und füllte beide Gläser.

»Auf uns«, sagte sie.

»Also gut – auf uns –«

Nachdem Henriette getrunken und ihr Glas wieder abgestellt hatte, betrachtete sie Linda. Wie überaus freundlich sie zu mir herlächelt, dachte sie. Auf uns, habe ich gesagt. Wer sind denn wir? Wir beide? Da sitzt mir eine Frau gegenüber, die ich erst seit zwei Tagen kenne, mit der ich davor nichts zu tun hatte, die jetzt aber bereits in meiner Küche herumwirtschaftet und dort besser Bescheid weiß als ich, mit der ich mittlerweile aber auch, es darf nicht wahr sein, über Agnostik, Judentum, meine Biographie gesprochen habe, über Themen also, die ich seit langem mit keiner Menschenseele mehr erörtert habe. Nur Maloud war mir immer wieder Gesprächspartner, als er älter wurde. Aber ihn sehe ich so selten und sein letzter Besuch liegt ewig zurück.

»Du bist müde, Henriette, oder?« fragte Linda.

»Meinst du?« Ja, ich bin müde, dachte Henriette.

»Ich sehe es dir an«, sagte Linda, »besser, ich gehe jetzt wieder.«

Henriette nickte. Schlagartig erfüllte sie eine so tiefe Mattigkeit, daß ihr war, als könne sie sich nie mehr aufrichten.

Linda aber erhob sich. »Laß mich nur noch rasch alles wegräumen«, sagte sie, »und keine Widerrede bitte.«

Henriette blieb ergeben sitzen und Linda begann zügig Ordnung zu schaffen. Teller, Gläser und Besteck spülte sie unter heißem Wasser ab, alles andere kam flugs wieder an seinen Platz, Henriette schaute ihr zu wie einer Zauberin bei ihren Zauberkunststücken.

»Wie geschickt du bist«, sagte sie.

Linda lachte.

»Ich bin nur eine gewöhnliche Hausfrau mit Training! Wie meine Großmütter eben.«

»Apropos«, sagte Henriette, »nur eine Frage, deine Nazi-Oma, war sie die Ungarin?«

»Ja, war sie. Aber ganz jung hat sie den Opa geheiratet, die beiden waren dann in München, bis – na ja, bis er aus dem Gefängnis gekommen ist. Dann sind sie hierhergezogen. Sie sind beide schon lange tot, ich war noch in der Schule, als sie gestorben sind.«

»Und trotzdem kannst du dieses prima Paprikahuhn zubereiten?«

»Natürlich hat meine Mutter das Rezept übernommen, aber auch ich habe sehr früh kochen gelernt, schon als Kind.«

»Warum das denn?«

»Meine Eltern waren ganztägig bei der Arbeit, ich war nach der Schule allein zu Hause, und bald habe ich damit begonnen, abends etwas zu kochen. Ich habe den Tisch gedeckt, und so. Wenn sie gekommen sind, mußten sie sich nur noch die Hände waschen und konnten sich gleich vors Essen setzen.«

»Haben sie das von dir verlangt?«

»Weiß ich nicht.«

»Aber das mußt du doch wissen.«

»Es war ganz einfach so. Sie haben mich zu nichts gezwungen, sie waren nicht böse oder streng, es wurde zu meiner Pflicht, ohne daß ich jetzt noch weiß, wie und warum. Wir hatten sehr wenig Geld, beide Eltern haben geschuftet und nicht viel verdient. Meine Mutter hat fabelhaft gekocht und ich war sehr gelehrig – vielleicht war es das. Außerdem habe ich es nicht ungern getan. Eigentlich lieber, als später in den Haaren fremder Frauen herumzufuhrwerken.«

Linda schüttelte das Geschirrtuch aus und hängte es zum Trocknen an den Rand der Spüle. Dann hob sie den Topf mit den Resten des Paprikahuhns vom Herd, wandte sich damit zum Gehen, blieb aber nochmals vor Henriette stehen.

»Was ich gern getan hätte«, sagte sie, »das wäre, ins Gymnasium zu gehen und etwas Tolles lernen zu dürfen. War aber nicht.«

»Das tut mir leid, Linda.«

»Schau nicht so, Henriette! Ich lebe trotzdem ganz gut und ich bin auch nicht total blöd geblieben.«

»Dieses Thema regt mich sofort auf«, sagte Henriette. »Wie unsagbar viele Mädchen und Frauen auf Erden haben den Wunsch nach Bildung und dürfen ihm nicht folgen, dürfen nicht einmal Lesen und Schreiben lernen. Mir tut einfach leid, Linda, daß es dir auch hier bei uns nicht möglich war, dieser Sehnsucht zu folgen. Eben weil du nicht nur nicht total blöd, sondern eine sehr kluge Person bist.«

»Wau!« rief Linda und lachte, »du hältst mich echt für sehr klug, Frau Lauber?«

»Sonst hätte ich es nicht gesagt.«

Henriette erhob sich jetzt ebenfalls vom Tisch. Ihre Knie schienen plötzlich nachzugeben, sie war gezwungen, sich abzustützen. »Bitte nicht«, sagte sie, als Linda ihr helfen wollte, »ich muß das allein schaffen.« Als sie sich aufgerichtet hatte, schwindelte ihr leicht. Ich gehöre auf das Sofa oder ins Bett, dachte sie. Und ich sollte auch noch alle Rouleaus hochziehen, damit Luft in die Räume kommt, mir ist heiß.

»Soll ich dir nicht in allen Zimmern Licht machen?« fragte Linda.

»Nein«, sagte Henriette, »du gehst jetzt zu deinen Kartenspielern hinüber.«

»Vielleicht gehe ich lieber doch noch ins Kino.«

»Was willst du dir ansehen?«

»Weiß ich noch nicht. ›Grand Budapest Hotel‹ läuft im Kino-Center, das soll ein guter Film sein. Schade, daß du nicht mit mir kommst.«

»Ja, das soll ein guter Film sein. Ein andermal vielleicht.«

Henriette ging von der Küche aus in den Flur, es war mittlerweile tatsächlich dunkel geworden. Wie spät es wohl ist? dachte sie und öffnete die Eingangstür. Linda trat, den Topf in beiden Händen, in das hellerleuchtete Stiegenhaus und wandte sich dort nochmals zu ihr um.

»Es war schön bei dir«, sagte sie, »und ich bin sehr froh, daß ich dich kennengelernt habe.«

»Ist gut«, sagte Henriette, »jetzt aber gute Nacht.«

»Gute Nacht«, sagte Linda, »und bis morgen.«

Als Henriette ihre Wohnungstür geschlossen hatte, lehnte sie sich von innen dagegen, als bräuchte sie Halt. War das alles zuviel? dachte sie. Zuviel des Guten? Zuviel Nähe? Würde ihr diese Bekanntschaft zur Last werden?

Seltsam ist das mit der Einsamkeit im Alter. Man sehnt sich manchmal aus ihr fort, und kann doch nicht von ihr lassen, behütet sie wie einen Schatz.

Henriette ging in ihr Schlafzimmer und zog das Rouleau hoch. Von der Straße strömte warme Nachtluft herein, die kaum erfrischte und ein wenig nach Staub und Benzin roch.

Ohne Licht zu machen, legte sich Henriette auf ihr Bett.

Ein Zwischenschnitt fehlt, sagte Mirco, ich weiß, du möchtest die Schnitte kühn aneinandersetzen und nicht konventionell dabei vorgehen, aber ich sage dir: Hier fehlt ein Zwischenschnitt! Nach dem Schmerz auf diesem Gesicht braucht man ein Ausatmen, verstehst du? Ein ruhiges Bild. Eine Fläche. Vielleicht die des Meeres, ist aber auch schon abgegriffen, das Meer als Symbol für alles und jedes, finde du bitte etwas im vorhandenen Material, das mich überzeugt. Sie nickte und sagte: Tu ich, klar. Das Gesicht auf dem Bildschirm kam ihr bekannt vor, aber sie wußte, daß diese alte Frau im Film vorher nie aufgetaucht war, was wollte Mirco plötzlich mit der? Und dann noch eilig ein Zwischenschnitt, so, als ertrüge er selbst, er, der Regisseur, den Anblick dieses Gesichtes nicht länger. Sie ließ Bildmaterial vorbeifließen, mit flinken Händen, ja, ihre Hände flink und geschickt nur hier am Schneidetisch, sonst unbeholfen, und immer wieder kam das Meer ins Bild, das

Mirco ja nicht wollte, auch wogende Laubwipfel, auch ziehende Wolken, alles zu sehr Schilderung, aber wie sonst könnte man dieses Gesicht weg-atmen, als mit Ewigkeit. Die Frau auf dem Bild-schirm hatte plötzlich Stimme und einen Text, sie begann plötzlich zu sprechen, das ist es, sagte sie, ich erwarte jetzt einen Augenblick Ewigkeit, Meer, Bäume, Wolken hin oder her. Henriette er-schrak. War das nicht ihr eigenes Gesicht? Wie war denn ihr eigenes Gesicht in diesen Film ge-raten, sie sah in ihre eigenen Augen, sah sich in Großaufnahme auf dem Bildschirm, aber schon alt, sehr alt, zu alt, das war nicht sie selbst, sie mußte es eilig löschen, ehe Mirco zurückkommen und den Zwischenschnitt fordern würde. Wieso funktionierte plötzlich nichts mehr, wieso war dieses Gesicht nicht wegzubringen, auszulöschen, wieso wurde es größer und näherte sich, drang aus dem Bildschirm und floß in sie über –

»Nicht!« schrie Henriette.

Sie hörte noch den Nachhall ihres eigenen Schreies, als sie die Augen öffnete. Es war stock-finster um sie her und sie fror.

Erst als sie sich aufrichtete, nahm Henriette den Lichtschein wahr, der von der Straßen-beleuchtung in ihr Zimmer geworfen wurde. Und auch das Wehen kalter Nachtluft spürte sie, es drang durch das offene Fenster und berührte ihre Haut. Also hat es jetzt denn doch abgekühlt, dachte Henriette, endlich!

Sie tastete nach dem Schalter der Lampe neben ihrem Bett. Bei Licht griff sie nach ihrer Brille, die seit dem Telefonat mit Maloud hier liegengeblieben war. Sie sah die Uhrzeit auf ihrem Handy, es war vier Uhr fünfunddreißig. Der Wind hatte den Vorhang heftig zur Seite gerissen, es war richtig kalt geworden im Zimmer.

Henriette stand auf und schloß das Fenster. Dann ging sie zum Wandschrank und kramte einen Pyjama aus Flanell heraus, es verlangte sie nach etwas Wärmendem, ihr Körper zitterte leicht. Vielleicht auch noch des Traumes wegen, dachte sie. Sie zog ihre Tageskleidung aus, Hose und Leinenbluse, den ganzen Tag über und die halbe Nacht hatte sie das angehabt, sie warf es gebündelt in den Wäschekorb. Dann schlüpfte sie aufatmend in den Pyjama, schauderte noch ein wenig, aber fühlte bereits wärmenden Schutz.

Obwohl Henriette wußte, daß in Kürze der Morgen dämmern würde, ging sie ins Badezimmer wie sonst am Abend vor dem Schlafengehen. Zahnpaste und Seife, Cremes und ein wenig Eau de toilette taten ihr gut. Sie kehrte ins Schlafzimmer zurück und legte sich wieder zu Bett, diesmal, indem sie unter die Decke kroch. Den Kopf auf hochgeschichtete Kissen gebettet, setzte sie die Brille auf und griff zu einem Buch. Ohne hinzusehen nahm sie jenes, das am Nachttisch obenauf lag, ihrer tastenden Hand am nächsten. Es war ›Eine Ehe in Briefen, Lew Tolstoi und Sofja

Tolstaja‹. Herr des Himmels, dachte Henriette, das jetzt? Diese Ehetragödie weiterverfolgen? Zur Hälfte habe ich den Briefwechsel ja schon gelesen, eigentlich liebe ich solchen Rückblick, den auf nicht literarisch gefilterte, authentische Spuren längst versunkener Lebenswege. Aber jetzt, dem Morgen zu, und nach meinem ohnehin reichlich unerfreulichen Traumerlebnis? Lieber nicht.

Trotz des geschlossenen Fensters waren die ersten Autos zu hören, Windstöße fuhren gegen die Scheiben, über den Dächern wurde es hell. Henriette legte das Buch zurück und nahm die Brille ab. Sie schloß die Augen und versuchte die Traumbilder von vorhin zurückzurufen. Ich saß wieder einmal am Schneidetisch, dachte sie, zwar in einer mich erschreckenden, aber psychologisch erklärbaren Konstellation, die wohl mit dem gestrigen eingehenden Betrachten meines eigenen Gesichtes zu tun hatte. Dennoch war es mein Schneidetisch, war es unser Schneideraum in Mircos bevorzugter Firma, und dennoch habe ich Mirco träumend leibhaftig wiedergesehen. Nicht oft war oder ist das der Fall. Ich denke, ich selbst war jung in dem Traum. Aber ist man in Träumen nicht immer jung? Wie ich diesen Raum liebte. Die Bildschirme und Schalttafeln vor mir, das leise Surren der Geräte, der Zigarettenrauch, Kaffeeduft, die Bäume im Hinterhof, in den unser kleiner Balkon hinausführte, die Tür meist offen, frischer Luftzufuhr wegen, auf den wir manchmal hinaustraten, rauchend, in Gedanken oder diskutierend, und auf dem Mirco mich einige Male in die Arme nahm und küßte, wenn der Schnitt, der entstehende Film ihn einen ungetrübten Augenblick lang beglückte. Meist folgten dem rasch wieder Ungenügen, Zweifel, strenges Fordern, aber es gab diesen plötzlichen Zustand wilder Zufriedenheit bei ihm, immer wieder gab es den. Und er führte zu seiner Lust am Berühren, an körperlicher Nähe, und da war immer ich, die das gern mit ihm teilte.

Henriette spürte, daß sie dabei war, wieder einzuschlafen, und es gefiel ihr. Noch war nicht Tag, noch mußte nicht weitergelebt werden. Schön wäre ein Traum, der wieder in dieses Früher zurückführt, ohne mich zu erschrecken, dachte sie. Sie dachte es im Davongleiten, in sanfter Auflösung.

Da läutete das Handy.

Es riß sie zurück, sie rang nach Atem, ihr Herz klopfte.

Henriette richtete sich auf und fischte nach der Brille, die aus ihren Händen gefallen war und auf der Bettdecke herumlag. Als die dann endlich auf ihrer Nase saß, konnte sie auf dem Display des Handys den Namen ›Maloud‹ entziffern. Es ist etwas passiert, dachte sie, wenn Maloud um diese Zeit anruft, ist etwas passiert! Ein Zittern überfiel sie, nur mit Mühe konnte sie das Handy hochnehmen, auf die Gesprächstaste drücken, und es an ihr Ohr halten.

»Ja?« Die Stimme wollte ihr kaum gehorchen.

»Mum?«

»Maloud? Ist etwas passiert?«

»Warum soll etwas passiert sein?«

»Es ist so früh am Morgen!«

»Ach so, deshalb! Verzeih mir bitte, aber es ist um die Zeit noch nicht so heiß, du weißt es ja! Man muß den frühen Morgen nützen, wenn man einen klaren Kopf haben will.«

»Natürlich, Maloud, ich war dumm.«

Und wie dumm ich war, dachte Henriette, in den Hitzeperioden kann man bei ihnen doch nur an den Abenden und vor Sonnenaufgang existieren, auch wir lagen damals tagsüber unter feuchten Tüchern auf den Matten und rührten uns nicht.

»Und wozu dein klarer Kopf, Lieber? Bist du noch in Algier?«

»Ja, ich bin noch hier, habe aber bald meinen Flug nach Tindouf, auch deshalb rufe ich dich so früh an. Denn gestern habe ich ein paar Stunden nach unserem Telefonat erfahren, daß ich sicher ein Visum für Berlin bekommen werde, und das wollte ich dir gleich sagen, ehe ich jetzt nochmals für zwei Tage in die Camps zurückmuß, wo ich dich ja schwerer erreichen kann. Wäre es dir recht, Mum, wenn ich dich besuchen komme? Etwa in einer Woche?«

Henriette fühlte, daß plötzlich Tränen ihre Augen füllten.

»Das wäre wunderbar, Maloud!« sagte sie.

»Sobald ich genau weiß, wann ich aus Berlin wegkomme, sage ich es dir, ja? Damit du dich darauf einstellen kannst.«

»Ja, klar. Wann immer du kommst, bist du da.«

»Also auf bald, Mum! Ich freue mich!«

»Und ich erst!«

»Du hörst von mir. Und schlafe noch ein biß-chen weiter.«

Als Henriette das Handy weggelegt hatte und wieder in ihre Kissen zurücksank, war für sie an Schlaf nicht mehr zu denken. Mit offenen Augen und immer noch stark klopfendem Herzen lag sie da, sah das graue Morgenlicht ihr Zimmer erfül-len und empfand ihre Vorfreude auf Malouds Be-such als ein unverhofftes Geschenk. Im Gleich-maß der eintönig und still dahinschwindenden Tage war Freude, wirkliche Herzensfreude, eine Seltenheit geworden, lang hab ich mich nicht mehr in dieser Weise gefreut, dachte Henriette.

In jüngeren Jahren, wenn es in Gesprächen um das Thema ›Glück‹ ging, hatte sie stets behauptet, nicht zu wissen, was Glück sei, in der rundum beschworenen Form Glück nie erlebt zu haben, an das Prinzip Glück nicht glauben zu können. Aber ›Freude‹, das gäbe es auch für sie, hatte sie hinzugefügt, zwar sei sie nie glücklich gewesen, aber sich über etwas zu freuen, an etwas zu erfreuen, von Freude erfüllt zu sein, das erlebe sie immer wieder.

Dieses ›Immer-Wieder‹ verlor sich ebenfalls, dachte Henriette, es waren Erlebnisse im Umfeld ihres Berufes gewesen, die Schönheit oder Tragik der Bilder, das Entstehen von Geschichten, die Reisen an Mircos Seite, das Erleben Afrikas, Portugals, der Wüsten, des Atlantiks, dann Brasiliens, Chiles, der blauen Gletscher, aber auch der Azoren-Inseln mit ihren blauen Hortensienströmen, oder England, Schottland, einsame Hügelwellen, kühles nördliches Meer, sie könnte weiter aufzählen, immer wieder Eindrücke, die Freude hochschnellen ließen, ja, immer wieder staunende Freude, einen Augenblick Ewigkeit lang, auch die ihres Körpers, auch ihrer Seele, wenn sie geliebt wurde, sich eine Weile geliebt fühlen konnte – immer wieder ergab sich dies, zwischen Zeiten der Niedergeschlagenheit, des Ungenügens, der grauen Alltäglichkeit immer wieder der zeitweilige Aufbruch in ein leuchtendes Hier und Heute. Das ist vorbei, dachte Henriette, endgültig vorbei, ich lebe zurückgezogen meinem Lebensende entgegen und bin dankbar, wenn Gleichmut und Stille in mir sind und kein Wunsch mich noch bewegt.

Aber Maloud. Maloud wird zu Besuch kommen.

Sie sah ihn vor sich, seine schlanke Größe jetzt, das Männergesicht, und dachte an das Kind zurück, welches ihr Herz erobert hatte. Augen, groß und dunkel wie zwei Brunnen, das kleine, staubbedeckte Gesicht von den teilweise zu wilden Schnüren verfilzten Locken beschattet, der magere Kinderkörper in ein verblichenes Hemd gesteckt, das ihm bis zu den Knien reichte, und barfuß war er. Stand einfach da und sah sie an.

Rundum das Geschrei, die Zurufe beim Aufbau von Kamera und Licht, gellend laut die Anweisungen für Darsteller und Komparserie, ein wildbewegter und erregender Tumult herrschte. Saharauis hatten sich als Komparsen zur Verfügung gestellt, die Frauen in leuchtend gemusterten, die Männer in blauen oder weißen Gewändern, all die dunklen, sonnengegerbten Gesichter farbig umhüllt, es gab ein verwegen schönes Bild ab, Mirco war begeistert. Mit seinem zerknitterten Khakianzug und einem sorglos um den Kopf gewickelten Turban sah er ein wenig desolat aus, lief aber unentwegt, laut rufend und gestikulierend, zwischen der Kamera und der zu filmenden Menschenmenge hin und her, ohne auch nur eine Spur Ermüdung zu zeigen. Sie, Henriette, stand ein wenig abseits, ebenfalls mit einem Tuch unter der Schirmmütze gegen die Wüstensonne geschützt, und notierte Eindrücke in ihr Skizzenbuch, von denen sie später am Schneidetisch Gebrauch machen würde. Und da sah sie plötzlich in die Augen dieses Kindes. Es stand dicht neben ihr und beobachtete, was sie tat. Als ihre

Blicke sich trafen, lächelte es. Es war in diesem Fall wirklich Liebe auf den ersten Blick, dachte Henriette. Sie hatten einander lange unverwandt angelächelt und in die Augen gesehen. Bis das Kind auf seine Brust deutete und »Maloud!« sagte. Und als sie auf deutsch fragte: »Ach ja, du heißt Maloud?«, hatte es genickt. Verwirrt wußte sie sich selbst einen Augenblick lang nicht zu benennen, der Name ›Henriette‹ erschien ihr zu lang und zu kompliziert, und sie entschied sich, mit einer Geste zu sich her, »Heni« zu sagen. »Heni?« fragte das Kind, und jetzt nickte sie. Da schob es seine kleine, braune Hand in die ihre. Nie wird sie das vergessen.

Die Helligkeit eines wolkenverhangenen Sommermorgens erfüllte mittlerweile das Zimmer. Henriette lag mit geschlossenen Augen im Ansturm ihrer Erinnerungen und überließ sich ihnen. ›Malhafa‹ hieß der Film, den Mirco Sarov damals in der algerischen Sahara drehte. Er wählte als Filmtitel den Namen dieses Gewandes, der Malhafa, einer über fünf Meter langen Stoffbahn, die von den saharauischen Frauen auf gekonnte Weise um den Körper und über das Haar geschlungen wird. Ging es doch in der Geschichte des Films um eine europäische Frau, die aus ihren Lebensgewohnheiten ausbricht, die Wüste bereist, eine Malhafa zu tragen beginnt, in den Freiheitskampf um Westsahara gerät und dabei umkommt. Mirco versuchte, die politische

Realität dokumentarisch einzufangen und sie gleichzeitig mit einer Spielhandlung zu verbinden. Die Hauptdarstellerin war eine international bekannte Schauspielerin, nicht mehr jung, aber immer noch sehr schön. Ein wenig war ich wohl auch eifersüchtig auf sie, dachte Henriette, da Mirco, glaube ich, etwas mit ihr hatte. Aber dieses bißchen Eifersucht erlosch nach diesem Tag, an dem ich Maloud fand. Oder er mich. Nachdem er seine Hand in die meine gelegt hatte, seine kleine, schmutzige Hand, galt meine Liebe diesem Kind.

Henriette hob beide Arme und legte sie über ihre geschlossenen Augen, die sich plötzlich mit Tränen gefüllt hatten. Alles, was Maloud betrifft, dachte sie, sei es gegenwärtig oder erinnerte Vergangenheit, bringt mich übergangslos zum Weinen. Er hat an diesem Tag in der Wüste eine weiche, verwundbare Seite meines Wesens erobert, und die habe ich wohl zwischen allen Verhärtungen und Rückzügen bis heute für ihn aufbewahrt.

An diesem Tag, ja. Liegt bald dreißig Jahre zurück, dieser Tag.

Als sie damals dem kleinen Maloud folgte, wußte sie, daß man sie am Set wohl längere Zeit nicht vermissen würde. Mit dem Vorbereiten der Kamerafahrten, dem Setzen des Lichts, den Anweisungen für die Komparserie wäre das Team sicher noch einige Stunden zugange, und Mirco befahl sie ja stets nur an seine Seite, wenn tatsächlich gedreht wurde. Also entfernte sie sich mit dem Kind und gelangte an seiner Hand zwischen den Zeltreihen immer tiefer hinein in das Flüchtlingslager. Es wirkte menschenleer, da die meisten Leute wohl der Filmarbeit beiwohnten, sei es als Mitwirkende oder als Zuschauer. Nur ab und zu kauerte jemand im Schatten eines Zelteinganges, ab und zu kamen sie an angepflockten Ziegen und in Käfigen gehaltenen Hühnern vorbei. Maloud lief auf bloßen Füßen dahin, der heiße Sand schien ihm nichts anzuhaben, und sie stolperte schwitzend hinterher. Vor einem der staubgrauen Zelte hielt er schließlich an. Er löste seine kleine Hand aus der ihren, sah forschend zu ihr hoch, deutete dann zum Eingang des Zeltes und sagte: »Abuela.« Sie staunte, daß der kleine Kerl das spanische Wort für Großmutter kannte, und nickte, um ihm zu signalisieren, daß sie ihn verstanden hätte. Da lächelte er ihr erleichtert zu, schob die Plane am Eingang des Zeltes zur Seite, schlüpfte hinein, und sie folgte ihm. Ihre Augen mußten sich an das Halbdunkel gewöhnen. Das Zelt war mit Teppichen ausgelegt, eine Frau lagerte auf einer buntbezogenen Matratze und mehreren ebenso bunten Kissen, und ihr Körper wurde zur Gänze von einer orangefarbenen Malhafa verhüllt. Nur das Gesicht war zu sehen, ein dunkles, altes Gesicht, aus dem wache Augen zu ihr, Henriette, hersahen. Dann löste sich eine ebenso dunkle Hand aus dem Gewand, deutete ihr, sich zu setzen, und sie hatte mit gekreuzten Beinen auf dem Teppich Platz genommen. Maloud, dicht neben seiner Großmutter, begann dieser mit heller, aufgeregter Stimme etwas zu erklären. Die unterbrach mit leisen Fragen, ihre Finger strichen ab und zu begütigend über sein wirres Haar. Beide sprachen Hassania, ihre Form des Arabischen. Selbst saß sie still da und lauschte den beiden, obwohl sie sich gleichzeitig etwas verwirrt gefragt hatte, warum sie hier saß. Bis plötzlich die rauhe Stimme der Frau vernehmbar wurde. »You are working with the filmteam, isn't it?« »Oh, you speak english?!« hatte sie naiv ausgerufen, und »Yes« die knappe Antwort gelautet.

Ja, naiv und ignorant habe ich mich verhalten, dachte Henriette. Sie preßte die Arme noch fester auf ihre Augen, als müßte sie jetzt noch die Beschämung verhüllen, die sie damals erfaßt hatte. Diese alte Dame, in einem Flüchtlingszelt mitten in der Wüste, sprach ein ausgezeichnetes Englisch. Sie war vor der Flucht aus dem Land Westsahara in der dortigen Hauptstadt El Aiun Lehrerin gewesen, war eine kluge, allseits gebildete Frau. Sie berichtete mir vom Tod ihres Sohnes und ihrer Schwiegertochter, daß sie den kleinen Maloud hatte aufziehen müssen, jedoch schwer krank geworden sei, deshalb das verwilderte Aussehen des Kindes. Andere Frauen würden ihr

zwar helfen, aber sie wäre mehr und mehr bett-
lägerig geworden, müsse oftmals auch einige Tage
in der Krankenstation verbleiben. Letztlich gäbe
es für den kleinen Maloud familiär nur sie, seine
Großmutter, und das bereite ihr große Sorge. Sie
hätte Krebs und würde wohl bald sterben.

Diese damals für mich alte Frau mußte um
einiges jünger gewesen sein, als ich selbst jetzt
bin, vielleicht erst um die sechzig, dachte Henriette, so ist das mit dem Alter und dessen Einschätzung. Deutlich sehe ich ihr Gesicht vor mir.
Von Furchen der Erschöpfung und Schmerzen
durchzogen, besaß es dennoch Schönheit. Wir
beide mochten einander rasch und fanden nach
kurzem Austausch zu einem erstaunlich klaren
Einverständnis, es war getragen von der Besorgnis um dieses Kind, das neben uns kauerte, seine
Großmutter liebevoll streichelte, und aufmerksam, ja begierig der fremden Sprache lauschte, so,
als verstünde es jedes Wort.

Wie unvermittelt ich zu allem bereit war,
dachte Henriette, ich, eine Frau, die allein lebte,
sich ausschließlich dem Beruf verpflichtet fühlte,
mit einem sporadischen Liebhaber auskam, und
für niemanden verantwortlich sein mußte. Ihr
Enkelsohn Maloud hätte mich zwischen den
Filmleuten in gewisser Weise ausgewählt, meinte
die Großmutter, ihm hätte so gefallen, wie ich
mit meinem Notizbuch dagestanden sei und wie
ich ihn angesehen hätte, unbewußt auf der Suche

nach mütterlichem Schutz hätte er wohl etwas in der Art bei mir gefühlt. Das rührte mich zutiefst. Wir sprachen und sprachen, und unsere anfänglich rein fiktiven Überlegungen wurden während dieses Gesprächs unversehens zu einem Entschluß. Als ich mich verabschieden mußte, zum Filmset zurückeilte und neben dem schon etwas unwirsch wartenden Mirco Stellung bezog, war mir bereits völlig klargeworden, was ich zu tun gedachte.

Henriette setzte sich auf, schlang die Arme um ihre Knie und starrte zum Fenster hin. Es war mittlerweile Tag geworden, ein grauer Himmel lag wie ein Stein über der Stadt. Es mußte draußen kühl sein, trotz ihres Flanellpyjamas fröstelte sie leicht. Aber der Strom ihrer Erinnerungen wollte nicht zum Stillstand kommen.

Ja, Malouma. So hieß Malouds Großmutter.

Sie traf Malouma nach diesem ersten langen Gespräch noch einige Male, jedoch etwa ein Jahr danach starb die Frau. Da hatte sie, Henriette, bereits die Patenschaft für das Kind übernommen, und dafür vorgesorgt, daß es nach dem Tod der Großmutter bei einer anderen Familie willkommen sein würde. Maloud besuchte später Schulen in Algier und Barcelona, er konnte das Studium der Politikwissenschaften zu Ende bringen, sie behütete und finanzierte alles, was seine Zukunft betraf. Im Lauf der ersten Jahre hatte sie ihn auch immer wieder besucht, in den Camps oder später in Spanien. Und vor allem war sie dagewesen, als Malouma starb. Den Abschied von der Großmutter mit dem Kind zu teilen, war wohl eine der schwersten Anforderungen, denen sie sich je hatte stellen müssen.

Lieber nicht mehr daran rühren, dachte Henriette, Schluß mit dem Erinnern, es tut weh. Sie schlug die Decke zurück, um aufzustehen, blieb dann aber am Bettrand sitzen und schaute vor sich hin.

Ein Läuten an der Wohnungstür.

Wie spät ist es denn? Nicht viel zu früh, um bei mir anzuläuten? fragte sich Henriette. Doch nicht etwa schon wieder Linda?

Es läutete nochmals.

Henriette erhob sich vom Bett und tappte zum Eingang. Im Vorbeigehen fiel ihr Blick durch die offene Badezimmertür, sie sah im Spiegel ihr zerwühltes Haar und strich es ein wenig glatt. Auch die Pyjamajacke zog sie über den Hüften zurecht.

»Ja?« rief sie dann.

»Hättest du nicht gern frische Semmeln, Frau Lauber?«

Es war Linda! Hellwach ihre Stimme!

Henriette öffnete. In einer Strickjacke, die Wangen leicht gerötet, stand die junge Frau vor ihr.

»Ich habe noch geschlafen, Linda, warum so früh?«

»Oh, tut mir leid! Aber so arg früh ist es gar nicht mehr, es ist schon gegen zehn, Henriette.«

»Ja?«

»Ja! Und kühler ist es geworden, ein richtiger Temperatursturz, aber sehr angenehm nach der argen Hitze. Ich war in der Bäckerei und habe frisches Gebäck geholt, wollen wir nicht wieder gemeinsam frühstücken?«

»Und dein Mann?«

»Der ist doch schon längst bei seiner Arbeit.«

Henriette seufzte auf. Werfe ich ihr jetzt die Tür vor der Nase zu, dachte sie, oder lasse ich sie herein. Überlege genau, Henriette, worauf du dich weiterhin einlassen willst oder nicht.

»Du schaust mich ja an, als würdest du mich in Stücke zerlegen wollen!« Linda lachte, hob das Papiersäckchen, in dem sich die Semmeln befanden, und raschelte damit vor Henriettes Augen herum. »Was ist jetzt, Frau Lauber? Frühstück?«

»Ich ziehe mir nur etwas über«, sagte Henriette, wandte sich um und ging ins Schlafzimmer zurück. Also lasse ich sie herein und mich auf sie ein, dachte sie, selber schuld, meine Liebe.

Sie hörte, wie mit Schwung die Wohnungstür geschlossen wurde. »Bleiben wir am Küchentisch?« rief Linda.

»Meinetwegen.«

»Prima, ich mach schon Kaffee!«

Henriette holte einen Morgenmantel aus dem Schrank. Sie hatte ihn lange nicht mehr getra-

gen, eigentlich trug sie ihn stets nur bei Malouds
Besuchen hier in ihrer kleinen Wohnung, für sich
allein trieb sie nie solchen Aufwand, da genügte
der aus Frottee. Diesen aus silbergrauer Moiré-
seide mit goldfarbenem Futter hatte Mirco ihr
vor vielen Jahren einmal geschenkt. Es war, als
ihr Haar grau zu werden begann und sie dieses
Stück in einem erlesenen Wäscheladen in der Rua
Garrett in Lissabon erspäht hatten. Der Mantel
hat genau deine Farben, sagte Mirco, den muß
ich dir kaufen, ob du willst oder nicht. Sie wollte
nicht, aber ihr Widerspruch war umsonst. Später trug sie ihn fast nie, hatte ihn aber auch nie
weggegeben. Und als sie hierherzog, gab er ihr
Schutz und Würde, wenn Maloud kam und sie
bei wenig persönlichem Raum Privatsphäre mit
ihm teilen mußte.

»Wau, ist der schön!« rief Linda aus, als Henriette im Moirémantel aus dem Bad in die Küche
kam, »hat die gleiche Farbe wie deine Haare!«

»Ja«, sagte Henriette.

Das Frühstück war bereits angerichtet, es duftete nach Kaffee.

»Da – Milch, Zucker –«, Linda saß gegenüber
und schob ihr beides näher, »ich habe Orangen-
marmelade gefunden, magst du die?«

»Manchmal, danke.«

Sie bestrichen das knusprige Gebäck, tranken
Kaffee, eigentlich nicht schlecht, dachte Henriette.

»Warst du gestern noch im Kino?« fragte sie schließlich.

»Nein, doch nicht«, sagte Linda, »die Kartenspieler sind früher gegangen als sonst, und ich bin beim Helmut geblieben. Wir haben ferngesehen, eine Doku über Afrika.«

»Ach ja, Afrika«, sagte Henriette, »über welches Afrika denn?«

»Wie meinst du das?«

»Nun ja, die Leute sprechen immer über Afrika, als wäre Afrika ein einziges Land. Afrika ist ein riesiger Kontinent mit unglaublich verschiedenartigen Ausprägungen. Die Länder des Maghreb im Norden zum Beispiel, die Wüsten – dann Schwarzafrika, der Kongo, Dschungelgebiete – wie auch immer, man kann nicht von einem Afrika sprechen.«

»Das gestern war gar nicht schön«, sagte Linda, »es war eine sehr traurige Doku, über einen See in Afrika, in dem man eine einzige Fischsorte gezüchtet hat –«

»Ich weiß«, unterbrach Henriette, »um nur diesen Fisch zu exportieren, während die Menschen rundum an Hunger sterben, ein wirklich sehr trauriger Film über ein grausiges Verbrechen.«

»Sogar der Helmut, den nicht so schnell etwas Politisches aufregt, hat auf einmal ›das darf doch nicht wahr sein‹ gebrüllt.«

»Sehr vieles in Afrika darf doch nicht wahr sein«, sagte Henriette, »und sehr viel anderes auf

Erden auch nicht. Eigentlich dürfen wir Menschen als Spezies, als Gattung auch nicht wahr sein.«

»Ja, schrecklich, was wir so aufführen auf dieser Welt. Wir lassen Millionen Menschen zu Flüchtlingen werden, weil wir beschissene Kriege führen und die Natur zerstören.«

Beide hoben gleichzeitig ihre Kaffeetassen und tranken. Wohl, weil uns beiden die Worte ausgegangen sind, dachte Henriette.

»Und dein Patensohn in der Wüste? Wie lebt er dort?« fragte Linda.

»Er kommt mich besuchen«, antwortete Henriette.

»Was! Wann denn?!«

»Etwa in einer Woche.«

Henriette fühlte, wie diese vier Worte sie aufhoben, hochhoben in einen helleren Raum.

»Seit wann weißt du das denn?«

»Seit heute früh.«

»Da freust du dich, nicht wahr?«

Linda hatte sich vorgebeugt und lächelte sie an.

»Ja, da freue ich mich«, sagte Henriette.

Dann senkte sie den Blick, sah auf den Küchentisch, die Tassen, Teller und Frühstücksreste herab, ihr war plötzlich, als müsse sie sich dieser Freude wegen vor der jungen Frau schämen, als sei ihre Freude ein Geheimnis, das sie nicht hätte preisgeben dürfen.

»Wie heißt er noch rasch, dein Patensohn?«

Geht doch niemanden etwas an, auch Linda nicht, dachte Henriette.

»Maloud«, sagte sie dann. »Maloud Suiléem.«

»Warum schaust du so komisch vor dich hin, Frau Lauber? Ist schön, der Name! Habe ich dich mit irgend etwas beleidigt?«

»Aber nein.« Henriette blickte auf und sah Lindas Augen forschend auf sich gerichtet. »Nein, Linda, entschuldige. Ich habe nur heute so viel nachgedacht, mich an so vieles zurückerinnert, was Malouds und meine Geschichte betrifft. Und einiges liegt ja schon so lange zurück, es war irgendwie – ja, wie eine Zeitreise. So was strengt in meinem Alter an.«

»Vielleicht nicht nur in deinem Alter.« Lindas Blick wurde plötzlich dunkel. »Es gibt für mich Erinnerungen, die mag ich auch nicht.«

»Oh nein, ich mag diese Erinnerungen! Das ist es nicht. Es ist die lange Zeit, die mittlerweile vergangen ist – ja, es ist das Vergehen – das Begreifen von unser aller Vergänglichkeit, Linda. Maloud war ein kleiner Junge irgendwo mitten in der Wüste – jetzt ist er ein erwachsener Mann, der in Berlin eine Westsahara-Konferenz besucht, sich für das Überleben und den Status seines Volkes einsetzt – und ich war damals –«

Henriette brach ab.

»Ja? – Du warst –?« Linda fragte vorsichtig und leise nach.

Henriette schwieg und betrachtete wieder die Tischfläche vor sich, sie spielte mit den Krumen, schob sie zu Häufchen zusammen und zerteilte diese wieder, Bilder schienen dahinter hochzusteigen, sichtbar zu werden, und Worte sich in ihr zu versammeln.

»Ich war damals noch recht jung«, begann sie plötzlich, »ich war erfolgreich in meinem Beruf, ich verdiente ausgezeichnet, ich konnte es mir leisten, dieses Kind immer wieder zu mir zu holen oder in Algerien zu besuchen, ich konnte aus der Ferne für seine Bildung, sein Studium sorgen, neben Monaten des Reisens und Arbeitens für die Filme meines Freundes, des Regisseurs, widmete ich mich mehr und mehr diesem Wesen. Auf eine seltsame Weise wurde ich zur Mutter.«

»Wieso seltsam? Du bist eine Mutter geworden, ganz einfach!«

»Nein, nicht ganz einfach.«

Henriette dachte an ihre Reise zurück, als Malouma starb, das Auto durch die Wüste zur Zeltstadt Smara raste, und sie selbst die Sterne anflehte, gnädig zu sein.

»Wo war denn die echte Mutter von Maloud?« fragte Linda.

»Die starb, als er noch ganz klein war. Sein Vater auch. Wen ich noch kennenlernte, das war seine Großmutter.«

»Und bei ihr konnte er nicht bleiben?«

»Ich habe mich seiner angenommen, weil die Großmutter todkrank war. Eine beeindruckende Frau. Sie hat ihn mir gewissermaßen übergeben, nachdem wir zwei, also ich und das Kind, uns bei den Dreharbeiten zu einem Film, der dort gemacht wurde, getroffen haben.«

»Euch getroffen? Wie denn?«

»Genau so. Uns angeschaut und einander ins Herz getroffen.«

Linda lächelte und schüttelte ein wenig ungläubig den Kopf.

»Was du aber auch alles so erlebt hast«, sagte sie.

Ja, was ich aber auch alles so erlebt habe, dachte Henriette, vieles verschwimmt im Zurückschauen, wie Maloud in mein Leben kam, bleibt mir hingegen unvergeßlich.

»Der Junge war etwa vier Jahre alt damals. Der Vater ist als Soldat bei einem Gefecht umgekommen, die Mutter bei der Geburt des zweiten Kindes gestorben, da man mitten in der Wüste, in einer primitiven Krankenstation, ihr nicht mit einem Kaiserschnitt helfen konnte, der für Mutter und Kind notwendig gewesen wäre. Maloud lebte also seither im Zelt seiner Großmutter. Die aber war von Flucht, Krieg, dem Verlust von Sohn und Schwiegertochter hergenommen, dazu das aufreibende Leben in den Lagern, schließlich wurde sie schwer krank. Ich erfuhr das alles sehr bald. Nachdem der Kleine bei den Dreharbeiten in der Wüste neben mir aufgetaucht war und wir uns so unvermutet angefreundet hatten, führte er mich sofort zum Zelt seiner Großmutter. Es mußte so sein damals, Linda, es ging gar nicht anders.«

»Was für eine wundersame Geschichte«, sagte Linda. »Ist sie nicht viel schöner als die von all den Filmen, die ihr gebastelt habt?«

»Gebastelt ist gut«, Henriette lächelte, »wenn das Mirco gehört hätte! Aber wie auch immer – das Weitere in dieser Geschichte wurde für mich eine Weile lang alles andere als wundersam, es wurde viel schwieriger als anfangs gedacht. Nicht sosehr das Durchsetzen der Patenschaft. Aber ich mußte so rasch als möglich eine Familie finden, bei der Maloud nach dem Tod der Großmutter bleiben konnte, und das war eine Aufgabe, die mich emotional und organisatorisch schwer belastet hat. Nur die Menschenkenntnis der alten Frau, die sich in den Lagern auskannte, half schließlich weiter. Die junge Nadjat Daihan, selbst Mutter zweier Kinder, nahm Maloud gern und liebevoll bei sich auf, und auch ihr Mann Sidia war ganz dafür. Heute noch lebt die Familie in den Camps, und sie betrachten Maloud nach wie vor als einen der ihren. Das also fügte sich. Aber etwa ein Jahr später ging es darum, bei ihm zu sein, als seine Großmutter starb. Hat er sie doch über alles geliebt – und war erst knapp über fünf Jahre alt – als es soweit war –«

Henriette verstummte und schob erneut Krumen auf der Tischfläche hin und her.

»Seine Oma – starb dort in der Wüste?« fragte Linda.

»Ja.«

»In einem Spital?«

»Nein, Linda, in einem Zelt. Malouma wollte in ihrem Zelt sterben.«

»Malouma?«

»So hieß die Großmutter.«

»Und du bist dort bei ihr gewesen? In der Wüste? Die ganze Zeit?«

»Ach Linda«, sagte Henriette.

»Entschuldige«, sagte Linda, »ich frage dich zu sehr aus.«

»Ja«, murmelte Henriette.

»Bin schon ruhig.«

Schweigen herrschte, nur die fernen Autogeräusche waren zu hören. Linda trank ihre Kaffeetasse leer.

»Soll ich gehen?« fragte sie.

»Nein, nein.« Henriette richtete sich auf. »Ich denke einfach so ungern an dieses Geschehen zurück, Linda, aber ich will es dir trotzdem kurz erzählen. Oder besser: es dir gerade deswegen erzählen. Ich erhielt also die Nachricht, es ginge zu Ende, die Großmutter läge im Sterben. Aber Mirco wollte mich um nichts in der Welt in die Wüste reisen lassen. Wir befanden uns inmitten der Fertigstellung eines Filmes und er sprach ein striktes Verbot aus. Aber dieses eine Mal blieb ich hart. Trotz eines wilden Krachs, er brüllte, wie ich ihn noch nie hatte brüllen hören, fuhr ich los. Schon während der Drehzeit in der Wüste waren Mirco meine Aktionen, Malouds Patenschaft zu übernehmen, suspekt gewesen. Was willst du mit dem Kind, hatte er gewettert, du bist die am wenigsten mütterliche Frau, die ich kenne, kannst nicht kochen, hast keinerlei Sinn für Häuslichkeit, laß dich doch nicht auf so was ein.«

Linda schnaubte leise auf.

»Laß, Linda«, sagte Henriette, »laß ihn, seine Einwände waren irgendwie auch verständlich und nicht unrichtig. Aber das mit der Patenschaft klappte noch während der Drehzeit. Und dann, ein Jahr später, konnte auch Mircos zorniger Einspruch mich nicht daran hindern, dem kleinen Maloud beim Sterben seiner Großmutter beizustehen. Ich nahm den nächsten Flieger nach Algier, und dort gelang mir mit Hilfe eines saharauischen Kontaktmannes, noch einen Platz in einer der Militärmaschinen nach Tindouf zu ergattern.«

»Was – in einer Militärmaschine bist du geflogen?« rief Linda.

»Ja, das alles ist lange her. Damals verkehrten noch in Abständen Militärmaschinen, auch für Zivilisten, es gab an den Grenzen ja nach wie vor Krieg mit Marokko, der Waffenstillstand ist erst später erfolgt. So saß ich also mit ein paar Soldaten und zwei Frauen bei trübem Licht auf den klapprigen Bänken, alle Luken waren geschlossen, wir flogen einige Stunden nur über die Wüstengebiete der Sahara, das wußte ich, und landeten bei Dunkelheit. Ein Fahrer in Soldatenuniform erwartete mich mit seinem Jeep. Nur kurz ging es auf einer asphaltierten Straße dahin, danach waren es steinige oder sandige Pisten, auf denen wir über die nächtliche Wüste dahinrasten, ich mußte mich festklammern, um die Erschütterungen des Autos abzufangen. Ein prangender Sternenhimmel wölbte sich, und ich habe mich vor dem gefürchtet, was mich erwarten würde. Wir erreichten schließlich das Lager und Maloumas Zelt. Der kleine Maloud lief auf mich zu, als ich es betrat, seine Wangen waren naß von Tränen, die künftigen Pflegeeltern Nadjat und Sidia waren da, und eine behäbige Frau, die man mir flüsternd als ›healing woman‹ vorstellte, Petroleumlampen warfen ein gedämpftes Licht, auf einer Matratze lag Malouma, die Augen geschlossen, schwer atmend, das dunkle, ganz klein gewordene Gesicht von eisgrauem, feuchtgeschwitztem Haar umhüllt, zum ersten Mal sah ich ihr Haar, es war bislang immer im Tuch ihrer Malhafa verborgen gewesen, die Hände fingerten unruhig auf der Decke, die man über ihren Körper gebreitet hatte, ab und zu kühlte die Heilerin ihre Stirn mit einem feuchten Lappen, oder sie flößte ihr ein Getränk ein, zwischen trockene, aufgerissene Lippen, die sich nicht mehr öffnen wollten, es roch nach Schweiß und Fäulnis in dem Zelt.«

Ein Stocken. Linda rührte sich nicht, sie hatte zugehört wie erstarrt und Henriette nicht aus den Augen gelassen. Die holte tief Luft, ehe sie weitersprach.

»Ich will dir das jetzt zu Ende erzählen, Linda, ich habe mich immer gescheut, es zu tun, es auch nur in Gedanken zu tun, oder später mit Maloud, als er sich beruhigt und an sein neues Leben gewöhnt hatte. Nie sprach ich mit ihm darüber. Ich hielt ihn, das weinende Kind, an mich gedrückt in diesem Zelt, neben seiner sterbenden Großmutter, und als ich dachte, es sei besser, mit ihm hinauszugehen, wehrte er sich. Er wollte bleiben. Er wollte Malouma berühren, aber man zog ihn wieder von ihr weg, allzu unruhig lag die alte Frau da, von den unerträglichen Schmerzen in eine qualvolle Bewußtlosigkeit geworfen. Und auf einmal schrie sie. Dieser Schrei, ich vergesse ihn nicht, sosehr ich mich dagegen auch wehre. Und da schrie auch Maloud, seine helle Kinderstimme ein einziger grauenvoller Aufschrei. Er riß sich aus meinen Armen los, stürzte zu seiner Großmutter und umschlang sie. Und – Linda – da legte Malouma, die sich in einer Hölle aus Schmerz befand und dabei war zu gehen, einen Arm um das Kind, einen ausgemergelten, dunklen, alten Arm legte sie um seinen kleinen Körper und drückte ihn an sich. Alle im Zelt hielten den Atem an. Es zog eine unglaubliche Stille auf. Und sie konnte sterben.«

Henriette und Linda saßen einander reglos gegenüber.

»Der arme Kleine«, sagte Linda schließlich leise.

»Er lag lange Zeit an seine Großmutter geschmiegt, von ihrem Arm gehalten, und da sie so ruhig geworden war, dachte er wohl, es ginge ihr besser, er hatte nicht erkannt, daß sie tot war. Ich war es, die ihn schließlich von ihrem Körper lösen mußte. Unbewegt standen Nadjat, Sidia und die Heilerin neben dem Lager der Toten, sahen mit ruhigen Blicken zu mir her, ein unausgesprochener Befehl erging an mich, und ich tat es. Kniete also nieder, schob sanft Maloumas leblosen Arm zur Seite, richtete den schmalen, kleinen Bubenkörper langsam auf und zog ihn an mich. Maloud sah mich an wie aus einem Traum erwacht. Wir konnten damals noch wenig miteinander sprechen, Maloud hat erst später Englisch und Deutsch gelernt, und Spanisch beherrschten wir beide nur bruchstückhaft. Aber nachdem wir eine Weile umschlungen und schweigend neben dem Sterbelager gekniet waren, begann er seine tote Großmutter plötzlich mit einem veränderten Blick anzusehen, ernsthaft und seltsam erwachsen. Dann wandte er sich leise an mich: ›Heni?‹ – ›Si?‹ gab ich ebenso leise zur Antwort. ›Abuela morte?‹ fragte er mich dann. Wir sahen einander in die Augen und ich nickte.«

Henriette schwieg. Dann räusperte sie sich. Als ob das zurückgedrängte Aufweinen von damals mir jetzt noch in der Kehle stecken würde, dachte sie.

Linda hatte Tränen in den Augen.

»Dein Mitfühlen ist schön«, sagte Henriette.

»Ach was, schön! Ist doch kein Wunder! Dieser arme, kleine Bub. Und auch du. Hat der Kleine sich beruhigen lassen?«

»Er war dann erstaunlich ruhig. Hat sich nochmals über die tote Frau gebeugt und sie auf die Stirn geküßt. Sie sah jetzt schön aus, der sie verzerrende, verwüstende Schmerz war von ihr gewichen, erstaunlich gelöst wirkte das dunkle Gesicht mit den geschlossenen Lidern. Maloud versuchte mit seinen kleinen Händen ihr wirres, graues Haar zu glätten –«

»Oh Gott«, sagte Linda.

»Ja, es war unendlich traurig. Als ich ihm dabei helfen wollte, schob er meine Hand zur Seite: ›No Heni, no – Maloud!‹ sagte er.«

»Und der Kleine – hat wirklich ohne deine Hilfe versucht, seine Oma schönzumachen?«

»Ja.«

»Zum Heulen ist das.«

»Es war auch zum Heulen, aber seltsamerweise heult man meist nicht, wenn etwas gerade geschieht und einen überwältigt. Wir hinderten ihn also nicht daran, sondern ließen Maloud seiner toten Großmutter das Haar zurückstreichen, er tat es sorgfältig und liebevoll und ohne zu weinen. Danach schaute er zu mir her. Als ich meine Arme öffnete, barg er sich in ihnen, und ich drückte ihn fest an mich, ich versuchte ihm Wärme und Nähe zu vermitteln. Noch nie zuvor hatte ich einen Menschen in dieser Weise umschlungen gehalten, Linda – mit dieser – ja, Liebe, die einzig und allein ein anderes Wesen meint.«

»Mütter lieben so, Henriette.«

Henriette sah auf. Dann nickte sie.

»Ja, Linda, das war es wohl. Danke.«

»Wofür dankst du mir denn?«

»Dafür, daß du bereit bist, mich als Mutter wahrzunehmen. Ich selber scheue davor zurück, weil ich das ja nie war, ich habe nie ein Kind geboren und nie ein Kind aufgezogen.«

»Egal, ich denke, du warst und bist Malouds Mutter«, sagte Linda. »Erzähl mir bitte weiter.«

»Nadjat und die Heilerin begannen jetzt die Verstorbene in eine weiße Malhafa zu hüllen, mit vorsichtigen, sanften Bewegungen, ganz ohne Hast, es geschah so behutsam, so respektvoll, daß alle dabei zusehen konnten, auch das Kind. Und anschließend saßen wir alle schweigend vor diesem besänftigten, leblosen Körper, diesem von Schmerzen befreiten Gesicht, und die Stille, die auf uns übergriff, war tiefer und unendlicher, als ich je vorher oder nachher Stille erfahren habe, die nächtliche Weite der Wüste umgab uns, aus den anderen Zelten kam kein Laut, mir war, als hielte die Welt den Atem an.«

Beide Frauen sahen vor sich hin, als blickten sie zurück, weit zurück, in ein Geschehen außerhalb der Zeit, und außerhalb des kleinen Käfigs dieser Küche, in dem sie einander gegenübersaßen.

»Und der kleine Bub?« fragte Linda, »ich habe den ständig vor Augen, obwohl ich ihn ja nie gesehen habe, und er tut mir so leid. Obwohl für ihn alles gut ausgegangen ist, wie ich von dir weiß. Mußte er dann gleich zu seinen Pflegeeltern?«

»Nein. Ich habe mit Maloud im Zelt seiner Großmutter übernachtet, ich schlug mein Lager neben dem des Kindes auf, Nadjat und Sidia halfen dabei, ehe sie uns verließen, und fest aneinandergeschmiegt schliefen wir sogar ein paar Stunden.«

»Neben – neben der toten Frau habt ihr geschlafen?«

»Ja. Es war plötzlich sehr friedlich in dem Zelt. Die Heilerin hat noch etwas Duftendes über Maloumas Leichnam gestreut, irgendwelche Kräuter oder Essenzen, frage mich nicht, Linda, was genau es war, aber Maloud und ich, wir lagen unter wärmenden Decken, es roch gut, wir hielten einander fest, und da wir beide erschöpft waren, glitten wir unvermutet in den Schlaf. Was mich weckte, waren dann die Tagesgeräusche vor dem Zelt, Stimmen, das Scheppern von Blechschalen, Schritte im Sand. Das Kind erwachte nach mir. Es schlug seine Augen auf, und lächelte, als es mich ansah. Dann aber wurde sein Blick dunkel, es setzte sich auf und spähte zu seiner toten Großmutter hinüber. »Abuela morte –«, sagte Maloud nochmals leise. Ich konnte ihm nichts erwidern, ich konnte ihn nur an mich drücken.«

»Schau«, sagte Linda, »du erzählst so, daß ich weinen muß.«

»Ich werde dir jetzt nicht mehr viel erzählen, Linda. Malouma wurde noch an diesem Tag begraben. Außerhalb der Zeltstädte gibt es Friedhöfe, weit abseits in der Wüste gelegen, und man beschwert die Grabstätten mit Steinen. Sie würden sonst in Sand und Wind verloren gehen.«

»Und so rasch war bereits das Begräbnis?«

»Es muß rasch gehen dort, weil es keine Möglichkeit gibt, einen Leichnam vor der Witterung zu schützen. Man wickelte Malouma in Teppichbahnen –«

»Was? Kein Sarg?«

»Nein. Man ließ uns nochmals Abschied nehmen, wir knieten bei der toten Frau nieder und berührten ihr Gesicht, die Haut fühlte sich bereits kalt an –«

»Der Kleine auch?«

»Ja, Maloud tat es mit ergreifendem Ernst, er strich sanft über Maloumas Wange und sprach leise zu ihr. Danach wurde der Leichnam davongetragen.«

»Ihr seid nicht zum Begräbnis mitgegangen?«

»Man bat uns, es nicht zu tun.«

»Warum?«

»Ich weiß nicht, vielleicht des Kindes wegen. Nadjat deutete an, daß es mühsam sei, tiefer in den Sand zu graben, und sofort müsse man Steine aufschichten – sie wollten uns jedenfalls nicht dabeihaben. Später am Abend, bei sinkender Sonne, führte sie uns dann zu Maloumas Grab. Der Anblick war überwältigend, Linda – eine ausgedehnte Senke mitten in der Sandwüste, bedeckt von Steinen in verschiedener Größe und verschiedener Anordnung, um die Grabstellen erkennbar zu machen. Dieser Friedhof, wenn man ihn überhaupt so nennen kann, vermittelte mir mehr Frieden als je einer hier bei uns. Die Toten dem Wind und dem Wehen des Sandes überantwortet und umfangen von unbegrenzter Weite, nicht die beklemmende Larmoyanz unserer betulichen Gräberreihen. Nadjat ging uns voraus, ich weiß noch, sie trug eine blaue Malhafa, die in der Abendsonne leuchtete, einzige Farbe zwischen Sand und weißem Gestein, und wir zwei folgten ihr. Maloud hielt meine Hand fest, und er ließ sie auch nicht los, als Nadjat vor einem Steinhügel anhielt. Schweigend standen wir dann im Wehen eines sanften abendlichen Windes vor Maloumas Grab. Ich versuchte mir einzuprägen, wie die Steine angeordnet worden waren, und Nadjat beugte sich zu dem Kind herab, erklärte ihm wohl auch, wie es diese Grabstelle wiederfinden könne. Maloud nickte ernsthaft. Dann ließ er meine Hand los und kramte in seiner Hosentasche herum. Schließlich zog er einen flachen Kieselstein hervor, auf den mit schwarzer Tusche arabische Schriftzeichen gemalt waren. Er beugte sich über einen der großen Felsbrocken und legte diesen Stein darauf. Ich war überrascht und blickte Nadjat fragend an. Auch sie schien sich zu wundern. Leise stellte sie Maloud eine Frage, die er ruhig beantwortete. Da wandte sie sich zu mir her und sagte mit einem wehen Lächeln, es sei nicht recht zu glauben, aber Malouma selbst hätte diesen Stein beschrieben und dem Buben gegeben. Er solle ihn auf ihr Grab legen, wenn sie tot sei, und mit diesem Gruß solle er Abschied nehmen, ohne zu weinen, und wissen, sie würden einander nie vergessen. Alles sei dann gut.«

»Das hat seine Großmutter dem Kind wirklich noch gesagt?« fragte Linda.

»Ja.«

»Und was stand auf diesem Stein?«

»Wir leben um zu sterben
aber unsere Liebe überdauert den Tod.«

»Kann man einem Kind von fünf oder sechs Jahren so etwas zumuten?«

»Ich weiß nicht, ob man das kann, aber Malouma tat es. Maloud sagte mir später, er hätte diesen Stein bewahrt wie einen Schatz, obwohl er nicht genau wußte, was darauf geschrieben stand und er an den Tod seiner Großmutter nicht wirklich glauben konnte. Aber als wir da in der Abendsonne und im Wehen des Windes bei ihrem Grab gestanden hätten, sei ihm das Niederlegen des Steines hilfreich dabei gewesen, den Abschied von ihr anzunehmen.«

»Tolles Kind«, sagte Linda.

»Ja«, sagte Henriette.

»Und dann? Bist du dann bei ihm geblieben?«

»Nur die folgende Nacht über, wir schliefen nochmals in Maloumas Zelt. Tags darauf holten Nadjat und Sidia ihn zu sich. Es gab ein gemeinsames Mahl in deren Zelt, wir saßen auf Teppichen beisammen, die Kinder der beiden waren fröhlich dabei, Maloud jedoch blieb dicht neben mir. Es gab Couscous und Hühnchen, ein Festmahl. Aber irgendwann mußte ich mich verabschieden. Der bereitgestellte Jeep wartete mit laufendem Motor, mich eilig nach Tindouf zurückzubringen, um dort die Maschine nach Algier und dann den Anschlußflug heimwärts nicht zu verpassen.«

»Aber warum? Hättest du nicht noch bleiben können, wenigstens für ein, zwei Tage?«

»Es wäre besser gewesen, oh ja. Aber Mirco hatte zähneknirschend eine Arbeitspause eingelegt, alles stand still wegen mir, ich fühlte mich zutiefst verpflichtet. Mein stupides Verantwortungsgefühl, ich weiß, aber ich schaffte es einfach nicht, nochmals auszufallen. Also verabschiedete ich mich von der Familie Daihan, alles war besprochen, Nadjat und Sidia bemühten sich, mich zu beruhigen, es würde mit Sicherheit gut laufen mit Maloud, meinten sie. Aber dann kam es zu diesem grausamen Augenblick. Das Kind zu umarmen, es an mich zu drücken, zu fühlen, wie es sich festklammerte, ihm in deutscher Sprache all meine Liebe zuzuflüstern, mich loszureißen und in das Auto zu klettern – es war so schwer, Linda. Ich weinte fast die ganze Fahrt über. Der Mann neben mir ließ mich wortlos gewähren, während wir über die Wüstenpisten dahinrasten. Ich erreichte alle meine Flüge rechtzeitig, traf todmüde, aber rechtzeitig im Schneideraum ein, die Arbeit konnte fortgesetzt und der Film rechtzeitig fertiggestellt werden.«

»Halleluja«, sagte Linda.

»Spotte nur«, sagte Henriette. »Aber wenn man sein Leben gänzlich einer verantwortungsvollen Tätigkeit verschrieben hat, kann man nicht plötzlich ausbüxen, glaub mir.«

»Auch nicht, wenn ein kleines Kind einen dringend braucht?«

»Ich sah den kleinen, traurigen Maloud ständig vor mir, saß heulend und mit verquollenen Augen in den Flugzeugen, die mich von ihm wegtrugen, aber ich konnte trotzdem nicht anders.«

»Verstehe ich nicht.«

»Und ich verstehe, Linda, daß du's nicht verstehst.«

»Vielleicht liegt es eben daran, daß ich mich nie einer verantwortungsvollen Tätigkeit gänzlich verschrieben habe, wie du es genannt hast. Ich habe hart gearbeitet, das schon, am Morgen war ich pünktlich im Salon und bin dann pausenlos auf Trab geblieben, mir lag auch wirklich daran, es den Damen recht zu machen und ihnen eine hübsche Frisur zu verpassen. Nur wenn es drauf ankam, also für mich nötig war, hab ich mich krankgemeldet oder gar gekündigt. Ich meine, wenn etwas für mein Leben ganz toll wichtig wurde, war es mir sofort wichtiger als mein Job.«

»Ich hatte nie das Gefühl, einen Job zu haben, Linda, das ist es wohl. Der Film und meine Tätigkeit als Cutterin waren mein Leben. Jedenfalls bis dahin, bis Malouma starb. Nach meiner Rückkehr aus der Sahara hat sich das jedoch langsam gewandelt, ich lebte ab nun auch für das Wohlergehen meines Patensohnes. Obwohl leider die meiste Zeit aus der Ferne, ich habe ja weiterhin gearbeitet, ihn aber besucht, wann immer es ging, oder er kam auf ein paar Tage zu mir.«

»So wie jetzt bald, nicht wahr?«

»So wie jetzt bald, ja.«

Ein Schweigen entstand. Ich bin müde, dachte Henriette, so viel zurückgedacht heute, so viel erzählt, und so früh schon wachgelegen, ich habe Kreuzschmerzen und ginge gern wieder zu Bett.

»Ich glaube, du hättest jetzt gern deine Ruhe«, sagte Linda, »komm, leg dich nieder.«

Henriette gehorchte und stand vom Tisch auf.

»Okay«, sagte sie, »und danke.«

»Nichts zu danken, bis später«, antwortete Linda und begann das Frühstücksgeschirr wegzuräumen. Ich gewöhne mich daran, dachte Henriette, ich gewöhne mich an Lindas Bestimmtheit und vielleicht sogar schon an ihre Besuche. Aufpassen!

Sie ging in ihr Schlafzimmer, ließ jedoch die Türe offen und legte sich auf das Bett. Die Kreuzschmerzen hielten an. Mein alter Rücken eben, die alten Knochen, dachte sie und schloß die Augen. Möglichst gerade hingestreckt lag sie da, in ihrem silbernen Moiré-Morgenmantel, und die Geräusche aus der Küche schläferten sie ein.

»– – *beg your pardon,*
I never promised you a rosegarden – –«
Dieses Lied. Dieses uralte Lied. Woher kam es?

Henriette tauchte aus dem Schlaf hoch und schlug die Augen auf. Im Innenhof der Lärm, trotz geschlossener Fenster, und bis hierher an ihr Bett zu hören, wohl in irgendeiner Wohnung die

Musikanlage in höchster Lautstärke dröhnend, das ist eben so, wenn man in einem Mietshaus lebt, dachte Henriette. Damals in ihrem eigenen Haus, einzig die hohen Bäume als Nachbarn, war das etwas anderes. Da hatte sie selbst laut Musik gehört, so laut, daß die Wände zitterten, und keiner konnte sie rügen. »– love should'nt be so melancholy – share the good times –«, versuchte Henriette leise mitzusingen, aber sie wußte den Text nicht mehr genau, nur die Zeilen im Refrain, »I beg your pardon, I never promised you a rosegarden!«, das schmetterte sie plötzlich lauthals. Sie hatten zu diesem Lied getanzt, Mirco und sie, im Hotel Sindbad in Kenia, unter Strömen blühender Bougainvillea, nur sie beide auf der beleuchteten Tanzfläche, und rundum die heiße afrikanische Nacht. Und jetzt lag sie hier, und man hatte ihr tatsächlich keinen Rosengarten versprochen und sie hatte auch nie einen erhalten, sie war alt und müde, und sang trotzdem laut vor sich hin.

Stimmen, Fensterklirren, dann ein abruptes Beenden des Liedes, keine Musik mehr und Stille.

Wie spät ist es jetzt wohl? dachte Henriette, ich bin völlig aus der Bahn geraten, ich habe jegliche Disziplin verloren, es war mir doch so wichtig, die Zeit vernünftig einzuteilen, Regelmäßigkeiten beizubehalten, nicht in der Einsamkeit verlorenzugehen, sondern im Korsett von selbstgewählten Ritualen aufrecht zu bleiben. Entschlossen sterben, das schon, aber nicht dahinvegetieren, so lautete mein Vorhaben.

Henriette richtete sich auf, griff zur Brille und sah auf dem Handy, daß es sechzehn Uhr fünf war, also tiefer Nachmittag. Wie lang ich geschlafen habe, dachte sie, einfach so, im Morgenmantel ausgestreckt daliegend den Tag verschlafen. Jetzt aber Schluß.

Sie erhob sich und trat ans Fenster. Es war immer noch grau draußen, bedeckter Himmel, sicher kühl. Also wärmer anziehen und ein wenig raus aus der Wohnung, an die frische Luft.

Henriette zog Morgenmantel und Flanellpyjama aus und kleidete sich an. Bluse, Pullover, bequeme Hose, flache Schuhe. Sie wollte nie, ihr Leben lang nie nach der Mode gehen, aber auch dem Bild ›alte Frau‹ jetzt nicht unbedingt entsprechen. Sie zog sich so an, wie sie es immer schon getan hatte. Ging in Hosen, dazu T-Shirts, Blusen, Sakkos, trug nie Kleider und ganz selten einen Rock. Da das Alter sie nicht hatte fülliger werden lassen, besaß sie viele ihrer Kleidungsstücke schon ewig lang, immer hatte sie beim Kleiderkauf nichts Modisches, sondern eher Zeitlos-Klassisches ausgewählt, deshalb paßte nahezu alles auch in die heutige Zeit, ohne altmodisch zu wirken. Seit Jahren hatte sie keinen Modesalon, keine Boutique, kein Kaufhaus mehr betreten, eigentlich seit sie hierhergezogen war.

Dieses Thema, dachte Henriette. Zeitlos, zeit-
geistig, modernistisch, modern. Wie oft hatte
Mirco über diese Unterschiede gesprochen, sein
Dozieren darüber konnte sich endlos hinziehen.
Er ging im Schneideraum hinter ihr auf und ab,
beobachtete über ihre Schulter hinweg mit strengen Blicken, wie sie seine Vorstellungen wunsch-
gemäß umsetzte, sie hantierte am Schneidetisch,
und er sprach. Wie das Modische die Kultur er-
obere – keiner mehr wisse, was die Moderne
sei, die ja stets auch im Vergangenen fuße, nicht
nur dem stereotyp angebeteten Neuen huldige –
wie der Zeitgeist es weitgehend an Geist fehlen
lasse – wie sehr man selbst zur Wachsamkeit aufgerufen sei. Man sei aufgerufen, nicht der Suche
nach einem Aufreger oder einer Sensation zu
verfallen, sondern bei Verstand und Geschmack
zu bleiben. So hätte er es formuliert, ja.

Als Henriette ausgehfertig angekleidet war, das
Haar gebürstet hatte, ging sie dennoch vorerst
in ihr Arbeitszimmer hinüber und drehte den
Fernsehapparat auf. Mein Arbeitszimmer, dachte
sie, warum höre ich nicht auf, es für mich immer
noch so zu nennen. Wo ich doch nicht einmal
meinen Computer am Schreibtisch stehen habe,
der befindet sich im großen Wandschrank bei all
den Sachen, die ich aus dem Haus mitgenommen,
hier verstaut, aber nie mehr benutzt habe. Ich
sollte vielleicht versuchen, ihn doch noch einmal
in Gang zu bringen. Oder mir einen neuen zu-

legen, diese Geräte werden doch im Eiltempo zu Ramsch, sicher funktioniert der alte nicht mehr. Wozu aber? Wozu ein nagelneuer Rechner? Was will ich denn damit? Früher wollte ich immer Drehbücher schreiben, einmal diejenige sein, die erfindet, nicht stets nur kreativ umsetzen muß, was andere erdacht haben. Ich hatte gute Ideen, Mirco sagte immer: Mach doch! Schreib! Ließ mir aber nie die Ruhe, das auch wirklich zu tun.

Henriette setzte sich auf das Sofa. Es liefen Nachrichten, wie meist um diese Tageszeit, und sie sah zu. Sah, was auf Erden gerade eben so spektakulär passierte, daß die Medien es aufgriffen. Sie sah Krieg, sah Gewalt, sah Katastrophen, sah leidende, flüchtende Menschen, sah Politikergesichter, sah mitten hinein in das Spektakel öffentlicher Berichterstattung. Hier geschehen sie, die Sensationen, dachte Henriette. Alles wird zum Spektakel, genau. Alles wird dazu gemacht, jedes politische Geschehen ernsten Ausmaßes, jeder Gewaltakt, jede Form von Elend, die Ertrinkenden vor Lampedusa, Flüchtlinge in Lagern und an geschlossenen Grenzen, die Geköpften in Syrien, fundamentalistischer Terror und religiöser Fanatismus, jegliches zum Hype aufgeblasen, zum Spektakel entwürdigt. Zwischen Promis, roten Teppichen, schwangeren Filmstars und Prinzessinnen, Adelshochzeiten, preisgekrönten Köchen und Winzern wird Hunger, Not und Grauen kulinarisch aufbereitet und den Leuten als mediale Sensation verklickert. Nichts erreicht uns wirklich, wir sehen fern.

Henriette lehnte sich ins Sofa zurück. Sie schloß die Augen.

Ich sehne mich nach einem guten Film, dachte sie, nach einem, dessen Sog mich aus all dem herausholt, mich in eine Welt entführt, die ich bejahen kann. Das Kino kann Realität erzählen und sie gleichzeitig durchsichtig machen. Ja, genau. Eine Durchsicht erschaffen, die zur Einsicht führt. Bei einem guten, in meinem Sinn guten Film kann ich plötzlich einsehen, warum dieses oder jenes, ja, warum alles im Leben so ist, wie es ist. Auch Schreckliches, Todtrauriges, Vergebliches, Schmerzliches, alles, was Dasein ausmacht, gewinnt dabei eine andere, eine anschauliche Dimension. Ja, durch das Anschauen und gleichzeitig den Sog, das Mitgenommensein, erfährt man die Essenz, will heißen, den tieferen Sinn – – – Hör doch auf, Henriette, hör auf, übers Kino nachzudenken!

Mit einem Ruck richtete sie sich auf. Kurz hatte sie dabei wieder heftige Kreuzschmerzen, trotzdem aber saß sie kerzengerade da und starrte auf den Fernsehschirm. Eine Vorabend-SOKO lief jetzt, jemand lag blutüberströmt an einem Flußufer, die Pathologin im weißen Mantel und mit Plastikhandschuhen fingerte gerade an einer schauerlichen Kopfwunde herum.

Ach was, dachte Henriette, ich hätte sehr wohl Ruhe und Zeit dafür gehabt, auch wirklich ein Drehbuch zu schreiben. Daß Mirco es gewesen sein soll, der mir beides verwehrt hat, ist eine dieser Ausreden, die wir Menschen gerne nutzen, um vor uns selbst besser dazustehen. Es lag nicht am Zeitmangel, es lag wohl letztlich an meiner Unfähigkeit, aus löblichen Plänen ein gutes Buch zu destillieren. Diese rasche Bereitschaft, zu sagen: ›Ich komme nicht dazu!‹ Was man wirklich kann und will, dazu kommt man. Immer und zu jeder Zeit.

Henriette erhob sich. Sie ächzte ein wenig, ihr Rücken schmerzte heute mehr als sonst, sicher der Wetterwechsel. Sie schaltete den Fernsehapparat aus und verließ das Zimmer. Im Korridor nahm sie ihre Umhängetasche, die dort bei den Mänteln hing, holte die Geldbörse heraus und sah nach, wieviel Geld sie noch hatte. Henriette zahlte gern bar wie früher, sie haßte diese Karten, die das jetzt überall ersetzen.

Ohnehin muß ich demnächst zur Bank und Geld abheben, dachte sie. Maloud gefiele das wieder einmal gar nicht. Sie solle nicht immer so viel Bares in ihrer Wohnung haben, sich lieber an Kreditkarten und Geldautomat gewöhnen. Alle tun das, Mum! hatte er ihr mehrmals gesagt, er, der Wüstensohn! Aber sie war bisher nicht bereit gewesen, in dieser Sache auf ihn zu hören. Obwohl ihr klar war, daß er sich nicht nur deshalb, sondern in vielerlei Hinsicht Sorgen um sie machte, um alles, was ihr Leben betraf. Ihr Alter, ihre Einsamkeit, wie lange sie wohl noch selbständig zurechtkommen würde. All das war ihm natürlich bewußt.

»Mir auch«, sagte Henriette laut vor sich hin und öffnete die Tür.

Zur gleichen Zeit trat Linda aus ihrer Wohnung.

»Hallo, Henriette!« sagte sie, »wie geht's denn? Konntest du dich ausruhen?«

»Ich hab fest geschlafen, danke.«

»Ich besorge noch etwas fürs Abendessen, du auch?«

»Ich wollte einfach nur an die frische Luft.«

»Wollen wir nicht beides verbinden und gemeinsam gehen?«

Henriette zögerte kurz.

»Gut«, sagte sie dann.

»Na, dann los!«

Linda ging voraus und stieg die Treppen abwärts. Henriette folgte ihr langsamer. Es gab in diesem Haus keinen Lift, sie hatte es vor ihrem Einzug bedacht und dann entschieden: Ach was, Treppensteigen hält fit, ich schaffe das schon mit dem vierten Stockwerk. Jetzt plagte sie sich meist sehr, wenn sie mit Einkäufen wieder hoch mußte. Aber da sie seit Tagen die Wohnung nicht verlassen hatte, fühlte sie sich heute auch beim Hinuntersteigen unsicher.

Linda wandte sich um. »Geht es?« fragte sie.

Henriette nickte nur. Sie hielt sich am Geländer fest und nahm vorsichtig eine Stufe nach der anderen. Linda war stehengeblieben und beobachtete sie.

»Willst du wirklich hinaus?«

»Aber ja«, stieß Henriette hervor. Was ist los mit mir, dachte sie, warum fühle ich mich so matt und hilflos heute. So ohne Kraft.

Ihr nächster Schritt abwärts schien in ungeahnte Tiefen zu führen, sie hielt an, ihr schwindelte, sie mußte stehenbleiben und sich gegen die Wand lehnen. Linda kam rasch die wenigen Stufen zurück und nahm sie am Arm.

»Du siehst nicht gut aus«, sagte sie, »so blaß auf einmal.«

Henriette fühlte, wie etwas sie überfiel und mit sich zog, es war, als flöge sie davon, als gleite alles unter ihr hinweg, das Stiegenhaus, die Welt, als kreise sie losgelöst durchs Leere.

»Henriette, was ist?«

Lindas Stimme erreichte sie wie aus weiter Ferne. Ja, was ist, dachte Henriette, was ist mit mir, wohin gerate ich. Sie fühlte plötzlich das Stiegengeländer unter ihren Händen und umklammerte es.

»Laß bitte das Geländer los«, sagte Linda, »komm, ich bringe dich zurück in die Wohnung.«

Ich muß mich einfangen, dachte Henriette, wie mache ich das nur, immer noch fliege ich, meine

Augen sind geschlossen, glaube ich, also aufma-chen. Die Augen aufmachen, los. Sie sah Lindas Gesicht nah vor sich, spürte ihre Hände und ihren Atem, sie schien sich anzustrengen.

»Es geht schon«, sagte Henriette.

»Nein, es geht nicht, laß uns umkehren.«

»Gleich.«

Henriette ließ das Geländer los, befreite sich aus Lindas Griff und setzte sich auf die Stufen. Langsam schien sie wieder zu sich selbst zurück-zukehren, sie spürte den kalten Beton, auf dem sie saß. Auch ihre Hände, die sie vor das Gesicht legte, waren eiskalt, aber sie gehörten ihr wieder. Als Linda sich neben sie setzte, fühlte sie deren warme Schulter dicht an der eigenen, sie fühlte Wärme und Nähe, und begann ihrem eigenen Vorhandensein wieder zu trauen.

»Entschuldige«, sagte sie und löste die Hände von ihrem Gesicht.

»Was bitte soll ich entschuldigen«, sagte Linda.

»So etwas Blödes, ich weiß auch nicht, was das war.«

»Eine Kreislaufschwäche, nehme ich an.«

»Gut, nennen wir's so.«

Beide saßen nebeneinander auf dieser Stufe mitten im Stiegenhaus.

Sie sahen vor sich hin und schwiegen. Bis Hen-riette aufseufzte.

»Wie soll das nur weitergehen«, sagte sie.

»Was meinst du?«

»Mit mir. Wie soll das mit mir weitergehen.«

»Du hattest nur einen kleinen Kollaps, Henriette, sonst nichts, sicher ist es dieser Temperatursturz, gestern brütend heiß, heute kalt –«

Henriette schüttelte den Kopf.

»Nein, Linda, ich meine überhaupt. Plötzlich diese Zustände. Schwächeanfälle, Drehschwindel, nicht mehr Herr meiner Tageseinteilung, meiner Einkäufe, meiner Spaziergänge – wie soll ich damit umgehen. Bisher kannte ich es nicht so. Bisher habe ich einigermaßen funktioniert.«

»Aber du funktionierst doch! Für dein Alter bist du vollfit!«

»Für mein Alter, ja –«

»Eben!«

Wieder schwiegen sie. Henriette sah hinunter auf ihre Knie, ihre Schuhe, sah sich hier auf der Treppe sitzen und fühlte plötzlich Tränen aufsteigen.

»Was ist?« fragte Linda leise.

»Ich habe Angst«, sagte Henriette.

Ich hätte das nicht sagen sollen, dachte sie sofort, wen geht denn meine Angst etwas an, ich habe es doch auf mich genommen, alleine mit mir fertig zu werden bis zum Ende.

»Mußt du nicht haben«, sagte Linda, »ich bin ja da.«

Schrecklich, dachte Henriette, jetzt weine ich richtig, es ist mir nicht möglich, jetzt nicht zu weinen, neben dieser netten, jungen Frau sitzt jetzt eine heulende Alte. Jetzt legt diese Linda auch noch ihren Arm um meine Schultern, ihr Kopf berührt tröstlich den meinen, wie komme ich da nur wieder heraus.

»Weißt du was?« sagte Linda, »du legst dich ein bißchen nieder, ruhst dich aus, und ich geh rasch noch was besorgen, bevor die Geschäfte schließen. Dann richte ich uns ein feines Abendessen und wir trinken ein Glas Wein, ja?«

»Linda! So geht das nicht!« stieß Henriette hervor.

»Warum nicht?« fragte Linda heiter, »wir machen's uns gemütlich!«

Henriette löste sich energisch aus ihrer Umarmung.

»Du hast einen Mann, ein eigenes Leben«, sagte sie, »wie kommst du dazu, dich ständig um mich zu kümmern, mir ist ein Rätsel, was dich dazu bringt. Tu dir doch bitte mich nicht an!«

Linda sah eine Weile schweigend vor sich hin. Dann hob sie den Kopf.

»Ich tu mir dich nicht an«, sagte sie, »ich mag dich. Dich und deine Gesellschaft. Und ich kümmere mich nicht um eine alte Frau, ich habe mich gefreut, mit einer klugen Frau befreundet zu sein. Und als Freund ist man doch zur Stelle, wenn's dem anderen grade nicht gutgeht, oder?«

»Aber hast du denn nicht jüngere, erfreulichere Freundinnen?«

»Nein.«

»Nein?«

»Aus meiner Friseurinnenzeit kenne ich ja niemanden mehr so richtig, meist bin ich nur mit Helmuts Freunden und Arbeitskollegen und den dazugehörigen Frauen beisammen. Die sind schon auch alle ganz nett, aber wirklich reden kann ich nicht mit ihnen. Etwas fehlt mir. Wie ich den Helmut geheiratet habe, war mir das schon klar. Daß mir etwas fehlen würde. Aber ich hatte ihn gern.«

»Und jetzt?«

»Ich hab ihn immer noch gern, ja, wirklich. Aber ich bin älter geworden und ich lese viel, meine Gedanken haben sich verändert und die seinen nicht so sehr. Mit dem Frisieren hab ich Gott sei Dank aufhören können, weil er gesagt hat, laß das, ich verdiene genug für uns zwei. Aber das macht mich natürlich auch irgendwie abhängig und ich bin zu viel zu Hause. Ich sollte irgendwie mehr raus aus dem Tempel.«

»Solltest du, natürlich!«

»Ja, aber wenn ich bei dir war in den letzten Tagen, hab ich mich so gefühlt. Als wäre ich raus aus meinem Tempel und in einer anderen Welt angekommen.«

»Aber mir ist es doch dauernd nur irgendwie schlechtgegangen, du hast dich mit mir mehr belastet als irgend etwas Gescheites von mir gehabt. Und schau mich jetzt an, da hocke ich und komme nicht mal die Stiegen hinunter!«

»Drum laß uns jetzt umkehren, wirklich. Du ruhst dich aus und ich besorge uns ein Nachtmahl.«

»Und dein Helmut, Linda?«

»Der ist heute beim Kegelabend.«

»Du lügst!«

»Nein, heute ist Freitag, da gehen sie immer zum Kegeln!«

»Und du gehst nicht mit?«

»Nur ganz selten, ich hasse Kegeln.«

»Und das macht deinem Mann nichts aus?«

»Er akzeptiert es immer, wenn ich etwas nicht mitmachen will, da ist er wirklich prima, muß ich sagen!«

»Und was macht ihr beide gern gemeinsam?«

Linda lachte und stand auf.

»Da gibt es schon einiges, ich sag's dir bei Gelegenheit, aber laß uns jetzt in deine Wohnung zurückgehen, komm.«

Als Henriette mit beiden Händen das Geländer festhielt, um sich langsam aufzurichten, kam ein jüngerer Mann mit Aktentasche eilig die Treppen heraufgestiegen. Im Stockwerk unter ihnen holte er den Schlüssel hervor und sperrte seine Wohnungstür auf. Dabei blickte er zu den beiden Frauen hoch.

»Hallo, Herr Neundlinger«, sagte Linda, »wie geht's?«

»Es geht«, antwortete er, »ab morgen endlich das Wochenende.«

»Ja, fein, alles Gute.«

»Ihnen auch, Frau Krutisch.«

Und der Mann verschwand in seiner Wohnung.

»Kennst du alle Leute im Haus?« fragte Henriette.

»Nicht alle, aber einige.«

»Seit ich hier bin, und das ja schon seit etlichen Jahren, habe ich mit keiner Menschenseele im Haus je Kontakt gepflegt.«

»Ich weiß. Man hat sich auch gewundert und viel gelästert deshalb. Sie haben dich ›die einsame Gräfin‹ getauft.«

»Wieso bitte Gräfin?«

»Sie fanden dich so.«

»Wie so?«

»Ich weiß nicht – vielleicht hochmütig. Oder eher hoheitsvoll. Weil du alle links liegenlassen hast.«

»So was ist doch in keiner Weise hoheitsvoll.«

»Du hast dich einfach nie umgesehen und bist deiner Wege gegangen, hast höchstens genickt und einen Gruß gemurmelt, wenn man dir begegnet ist, ich habe das ja auch mit dir erlebt, da fanden die Leute eben, daß Gräfinnen sich so benehmen.«

»Was für ein Blödsinn.«

»Ist doch egal, Henriette, was von Leuten so geschwätzt wird, ist immer Blödsinn. Komm, laß dich jetzt bitte nach Hause bringen.«

»Ja, gut«, sagte Henriette.

Sie löste ihre Hände vom Geländer, Linda hakte sich bei ihr unter, und langsam stiegen sie dicht nebeneinander, Stufe für Stufe, zu ihrem Stockwerk hinauf.

»Wie gut, daß über uns niemand mehr wohnt«, sagte Linda, »und hier oben nur wir, Tür an Tür. Der Gang zwischen unseren Türen gehört ja irgendwie auch uns. Wie ein Stück eigenes Haus.«

»Hättest du gern ein eigenes Haus?« fragte Henriette.

»Wer hätte das nicht gern. Aber ich habe mein Leben lang in Mietshäusern wie in diesem hier gewohnt.«

Henriette holte den Wohnungsschlüssel aus ihrer Tasche und schloß auf. Ich fühle mich matt, immer noch, dachte sie, überhaupt nicht gut fühle ich mich.

»Willst du dich im Schlafzimmer oder auf dem Sofa ausruhen?« fragte Linda.

»Im Schlafzimmer«, antwortete Henriette.

Linda blieb an ihrer Seite, bis sie sich angekleidet, so wie sie war, auf ihrem Bett ausgestreckt hatte.

»Ich hatte ein Haus«, sagte Henriette.

»Ein richtiges, großes, eigenes Haus?« Linda nahm am Bettrand Platz.

»Ja. Ein zweistöckiges Haus mit vielen Zimmern, und rundherum ein großer Garten voller Bäume.«

»Warum um Gottes willen bist du dann hierhergezogen?«

»Ich konnte mir das Haus nicht mehr leisten, es war nur gemietet.«

»Ach so«, sagte Linda.

»Ich habe mit meinen Eltern in diesem Haus gelebt, als wir aus London hergezogen sind. Meine Eltern waren wohlhabend, trotz der Emigration. Aber sie wollten sich nicht mehr irgendwo niederlassen, wollten keinen festen Besitz mehr haben, sie fühlten sich bis an ihr Lebensende so, als wären sie auf der Flucht. Als sie starben, blieb ich einfach dort wohnen, es gab anfangs ein finanzielles Erbe, das ich dafür nutzen konnte, und später war ich beruflich erfolgreich genug, um mir das Haus weiterhin leisten zu können. Auch Mirco, der Regisseur, liebte es und wollte, daß ich es behielt. Eine Weile übernahm er einen Teil der Miete, auch, weil er immer wieder ein wenig Zeit mit mir dort verbrachte.«

»Warum nur ein wenig Zeit?«

»Er war verheiratet und wollte seine Frau nicht verlassen.«

»Männer!« rief Linda aus.

»Ja, Männer.«

Henriette schloß die Augen.

»Wo ist dieser Mann denn jetzt?« fragte Linda.

»Hab ich dir's nicht schon gesagt? Er ist tot. Hat sich umgebracht. Ist schon länger her.«

»Oh, entschuldige«, sagte Linda.

»Macht nichts.«

Henriette blieb mit geschlossenen Augen liegen. Sie fühlte eine seltsame Schwäche ihren Körper durchdringen, keinerlei Schmerzen, nur Schwäche.

»Ist dir nicht gut?« fragte Linda.

»Geht schon«, murmelte Henriette.

Linda erhob sich mit einem energischen Ruck.

»Schlaf ruhig ein bißchen«, sagte sie, »ich muß jetzt los, sonst sperren mir die Geschäfte vor der Nase zu. Den Schlüssel nehme ich mit.«

Ich sollte ihr sagen, daß ich lieber allein bliebe, dachte Henriette, daß sie sich nicht um mich und um das Abendessen bemühen soll. Aber ihr war plötzlich unmöglich, zu sprechen, sie sank davon.

Die Bäume schienen näher zu rücken, als sie vom Ende des Gartens auf das Haus zuging. Auch schien das Gebäude sich zu entfernen, statt wie immer sichtbar und bald erreichbar zu sein, ein Haus zwischen Bäumen, wie oft war sie darauf zugegangen, dahingeschlendert im Schatten der Laubwipfel, warum jetzt dieser nicht endenwollende Weg? Mehr und mehr Baumstämme um sie, vor ihr ein dichter Wald plötzlich, nicht mehr dieser Ahornhain, sonnendurchlässig, luftig, nein, es wurde dunkel unter dem Blätterdach, das sich immer enger zu schließen schien, eine undurchdringliche Kuppel aus dunklem Laub, von den Säulen hochragender, schwarzer Stämme getragen, wo war denn plötzlich das Haus, das helle, goldene Haus, sie wollte doch zum Haus, sie hatte sich verirrt, dieser Wald war nicht mehr ihr vertrauter Garten, es war eine fremde Welt, in die sie geraten war, sie lief, hastete, stieß gegen feuchte Rinde, versank in moderndem Laub, der Baumschatten wurde zu tiefer Finsternis, sie glitt aus, stürzte, versank im Erdreich, nur ihr Gesicht noch, Blätter wirbelten herab und bedeckten es, sie rang nach Atem – – aber da, ein sehr kühles Blatt, wohl von einem der Ahornbäume gefallen, in ihrem Garten standen ja vor allem Ahornbäume, sie liebte Ahornbäume, ihre Farben im Herbst, sie schien zurückgekehrt zu sein, wieder Helligkeit hinter ihren geschlossenen Lidern, heimgekehrt, ja, das Haus nicht mehr weit, sanft die Bewegung auf ihrer Stirn, ihren Wangen, diese weiche Berührung, oft hatte sie früher so ein Blatt in ihren Büchern gepreßt, nichts Schöneres als Laubbäume, Laub, Blätter, jedes Blatt ein Wunderwerk, jetzt eine kühlende Hand über ihrem Gesicht – –

»Hallo«, sagte Linda, »aufwachen, du träumst nur!«

Henriette schlug die Augen auf. Linda war über sie gebeugt, strich ihr über Stirn und Wangen.

»Du hast so schwer geatmet, deshalb«, sagte sie, »ich mußte dich aufwecken, das war wohl kein sehr schöner Traum.«

»Der Garten«, murmelte Henriette.

»Der Garten?«

»Ja, mein Haus wurde von ihm verschlungen.«

»Das Haus, von dem du mir erzählt hast?«

»Ja, ungefähr –«

»Klar, Henriette, weil wir vorhin darüber gesprochen haben, ist dir das Haus in den Traum gekrochen, ich kenne das, intensives Erinnern bewirkt so was. Komm, steh jetzt lieber auf, ich habe uns in deinem Wohnzimmer den Tisch gedeckt. Gibt ein tolles Abendbrot, glaub mir!«

»Ach Linda.«

»Nicht seufzen, aufstehen. Soll ich dir helfen?«

»Nein, geht schon.«

Henriette richtete ihren Oberkörper auf. Zwar füllte bereits die beginnende Abenddämmerung das Zimmer, aber jegliches blieb klar erkennbar an seinem Platz, auch Lindas Gesicht. Also kein Drehschwindel oder Kreislaufkollaps. Henriette schob ihre Beine über den Bettrand, setzte mit den Schuhen, die sie anbehalten hatte, am Boden auf, und erhob sich. Auch dabei keine Unsicherheit. Sie ging durch den Korridor ins Bad, fuhr vor dem Spiegel mit dem Kamm durch ihr schlafverworrenes Haar, sah kurz schweigend ihr blasses Gesicht an, und folgte dann Linda, die sie vor der Badezimmertür erwartete, in das Wohnzimmer. Nenne ich es eben auch so, dachte Henriette, Wohnzimmer.

Über dem Eßtisch brannte bereits die Hängelampe und beleuchtete Lindas sorgfältig vorbereitete Mahlzeit. Die große Porzellanplatte, letztes Relikt aus dem Tischgeschirr von Henriettes Elternhaus, war üppig mit diversen Wurstsorten, Schinken und Käse belegt, es gab Aufstrich in kleinen Schüsseln, ein Tellerchen mit frischer Butter, ein Schälchen mit Gurkenscheiben und winzigen Tomaten, im Korb aufgeschnittenes Schwarzbrot, eine geöffnete Flasche Rotwein, dazu Teller, Besteck, Weingläser, Servietten. Henriette blieb davor stehen und schüttelte den Kopf.

»Wer soll denn das alles essen«, sagte sie.

»Wir!« rief Linda fröhlich. »Komm, setz dich!«

»Aber wie komme ich denn dazu?«

»Wie? Indem du zugreifst!«

Henriette setzte sich. Sie ließ die Hände im Schoß liegen und ihren Blick über den gedeckten Tisch gleiten.

»Das hat er noch nie erlebt«, sagte sie.

»Wer?«

»Der Tisch.«

»Was?«

»So benutzt zu werden. Allein esse ich doch immer nur in der Küche. Oder vor dem Fernsehapparat am Sofa ein Sandwich. Dieser Tisch war reine Staffage, ehe du aufgetaucht bist. Jetzt hat er schon ein Frühstück erlebt und heute dieses opulente Mahl.«

»Dann wird's aber Zeit für den armen Kerl«, sagte Linda, »komm, fang an zu essen.«

Henriette nahm ein Stück Brot und Aufschnitt auf ihren Teller, behutsam tat sie es, mit langsamen Bewegungen, sie griff zu wie ein ungeübtes Kind. Ich habe es verlernt, gemeinsam auf festliche Art zu speisen, dachte sie.

»Rotwein?!«

Henriette nickte und Linda goß die Gläser voll. Dann hob sie ihres hoch. »Auf uns«, sagte sie.

Henriette zögerte. Schon wieder, dachte sie, wieder dieses ›Auf uns‹.

»Hallo«, sagte Linda, »ich halte dir jetzt schon eine Ewigkeit lang mein Glas entgegen, willst du nicht mit mir anstoßen?«

»Schon«, sagte Henriette und griff nach ihrem Weinglas, »ich habe nur –«

»Du hast nur was dagegen, daß ich ›auf uns‹ sage, wenn ich dir zuproste, das ist dir zu persönlich, stimmt's? Aber ich will dir wirklich nicht zu nahe rücken damit, Henriette. Vor allem jetzt nicht. Ich meine schlicht unser gemeinsames Essen, das jetzt hier vor uns auf dem Tisch steht. Ich hab nämlich Hunger!«

»Gut, auf uns und deine Einladung!« sagte Henriette und stieß mit Linda an. Zwanghaft auf der Hut bin ich, und voll des Mißtrauens gegen mich selbst, dachte sie. Das kommt davon, wenn man ein Leben lang gegen jede Form von Anlehnungsbedürfnis gekämpft hat.

»Schmeckt der Wein?« fragte Linda.

»Sehr gut«, sagte Henriette.

Beide begannen zu essen, Linda tatsächlich mit lebhaftem Appetit. Eine Weile herrschte Schweigen, es wurde nur von dem Klirren des Bestecks durchbrochen. Schließlich legte Linda Messer und Gabel zur Seite, stützte ihre Arme auf, und blickte ihr Gegenüber aufmerksam an.

»Darf ich dich was fragen, Henriette?«

»Du darfst. Außerdem würdest du es ja auch ungefragt tun.«

»Bin ich dir zu neugierig?«

»Ich fange an, mich daran zu gewöhnen«, sagte Henriette und nahm einen Schluck aus ihrem Weinglas.

»Ja dann! – Also – ich wüßte gern, warum du gerade hierher gezogen bist, Henriette. Gerade in dieses doch recht schäbige Haus mitten in der Stadt, und in diese kleine Wohnung im vierten Stock und ohne Lift. Der Wechsel aus deinem großen Haus hierher muß für dich doch fürchterlich gewesen sein!«

Jetzt hörte auch Henriette zu essen auf und legte ihr Besteck aus der Hand. Sie antwortete nicht gleich, sondern sah schweigend vor sich hin.

»Weißt du«, begann sie schließlich, »da alles in meinem Leben sich plötzlich gewaltsam verändert hatte, wollte ich mit einem gewollten Schritt meinem ohnehin unausweichlichen Niedergang vorgreifen.«

Linda runzelte die Stirn.

»Versteh' ich nicht«, sagte sie. »Was bezeichnest du denn als deinen Niedergang?«

»Ich war erfolgreich, verstehst du. Ich war beruflich geachtet und ausgelastet, und lebte letztlich in diesem Zusammenhang aus hauptsächlich Film, Film, Film, und daneben einem kleinen bißchen Privatleben.«

»Ja und?«

»Bereits als Maloud in mein Leben trat, begann es sich zu verändern. Neben der Arbeit am Filmschnitt und meiner Liebesbeziehung zum Regisseur dieser Filme wurde ein anderer Mensch, wurden andere Überlegungen in mir mächtig. Aber eben nur in mir, das Korsett meiner äußeren Lebensbedingungen hielt mich noch lange unverändert aufrecht. Bis eben Mirco Sarovs Filme nicht mehr funktionierten, deren Erfolg künstlerisch und finanziell ausblieb, und er zu arbeiten aufhörte.«

»Ja, aber warum hast du nicht – ich meine, wenn du als Cutterin so erfolgreich und geachtet warst – hättest du nicht trotzdem deine Arbeit weitermachen können? Mit einem anderen Regisseur?«

Henriette sah Linda an und lächelte.

»Was für eine logische und sicher jedem ein-
leuchtende Frage. Aber genau das, Linda, ging
nicht mehr. Ich war als Sarovs Cutterin abge-
stempelt, hatte selbst diese Einschätzung nicht
nur zugelassen, sondern auch provoziert. Die Zusammenarbeit mit anderen Regisseuren begann
ich so kategorisch abzulehnen, daß es irgendwann auch keine Anfragen mehr gab. Dazu kam,
daß ich es unterließ, mich mit den neuen, digitalen Techniken zu beschäftigen, weil Mirco leider
viel zu lange auf dem analogen Schnittverfah-
ren beharrte. Und nach seinem beruflichen Aus
krähte dann kein Hahn mehr nach mir.«

»Glaub ich nicht!« rief Linda. »Sicher hast du
dich zuwenig um das alles bemüht!«

»Stimmt«, sagte Henriette, »sicher habe ich
mich um das alles zuwenig bemüht.«

»Ja, aber warum?!« Linda blieb laut. »Du hast
doch Filme und diese Arbeit daran so geliebt,
warum wolltest du es denn nicht weiter tun?«

Henriette hob ruhig den Blick.

»Wohl, weil ich nicht nur diese Arbeit geliebt
habe, sondern ebenso den, mit dem ich sie immer
tat.«

Nach kurzem Schweigen nickte Linda.

»Verstehe«, sagte sie, »die Liebe.«

»Etwas in der Art, ja.«

»Dabei warst du doch gar nicht so arg glücklich mit dieser Liebe«, sagte Linda.

»Und was bitte bringt dich dazu, das zu behaupten?«

»Verzeih – aber ich hab es einfach so gesehen, nach allem, was du bisher angedeutet hast. Ich wollte dich nicht beleidigen.«

»Hast du auch nicht, ist schon gut.«

Henriette schloß die Augen und versuchte, ruhig durchzuatmen. Was soll das schon wieder, dachte sie, wieder diese Erregung aus dem Nichts. Außerdem hatte sie völlig recht, die gute Linda, so arg glücklich war ich wirklich nie mit dieser Liebe.

»Ist etwas?« fragte Linda, »ist dir wieder schwindlig?«

Henriette öffnete die Augen, sah Linda an und schüttelte den Kopf.

»Nein, nein, alles okay«, sagte sie dann und nahm eine Scheibe Schinken auf ihren Teller. »Ich war nur töricht und knapp davor, mich wieder über etwas aufzuregen, das schon seit Ewigkeiten hinter mir liegt.«

»Liegen solche Sachen eigentlich jemals hinter einem?« fragte Linda ruhig und belud erneut ihren Teller.

»Oh ja, schon«, antwortete Henriette, »in meinem Alter –«

»Ach was, du!« rief Linda aus.

»Ach ja, ich!« rief Henriette. »Laß uns doch nicht an Tatsachen herumrütteln! Achtzig Lebensjahre, das bedeutet für Menschen, alt zu sein.

Und deshalb kann ich mir mein eigenes junges oder jüngeres Frausein eben oft nicht mehr vorstellen, sosehr liegt es hinter mir. Ich frage mich dann staunend wie du, Linda, was da wohl liebend in mir und mit mir los war. Wieso ich einen Menschen, einen Mann derart unverbrüchlich lieben konnte. Du hattest absolut recht, Linda, dieser Liebe wegen mich beruflich so abzugrenzen, daß ich letztlich meinem Beruf verlorenging, ist schon unverständlich.«

»Ich wollte nicht recht haben«, sagte Linda.

»Hast es aber. Deshalb bin ich auch auf der Strecke geblieben, als Mirco Sarov zu arbeiten aufhörte. Er lebte mit seiner Frau nur noch in Bulgarien, hatte sich gekränkt und zutiefst verletzt von allem und jedem zurückgezogen, auch von mir. Wir schrieben einander zwar Briefe und telefonierten ab und zu, aber für mich war alles irgendwie – ja, aus und vorbei. Ich legte jeden Gedanken an ein berufliches Weiterkommen ad acta, und beschloß, den Rest meines Lebens still und zurückgezogen in einer kleinen, erschwinglichen Wohnung zu verbringen. Da ich von heute auf morgen zu verdienen aufgehört hatte, konnte ich mir mit meiner kleinen Rente und einer geringfügigen finanziellen Rücklage das Haus ohnehin nicht mehr lange leisten. Aber ich tat den Schritt, mein bisheriges Lebensumfeld aufzugeben, früh genug. So früh, daß es ein freiwilliger Entschluß war und mir nicht kläglich abgezwungen wurde.«

»Wie? Du hättest noch in deinem Haus bleiben können?«

»Ein Weilchen, ja.«

»Und da bist du trotzdem gleich hierhergezogen?«

»Diese Wohnung war die erste, die ich mir ansah, und ich war zu müde, weiterzusuchen. Maloud kann hier wohnen, wenn er mich besucht, dachte ich, und mehr braucht es nicht. Ein stiller Hinterhof, der letzte Stock, kaum Nachbarn –«

»Ha!« Linda lachte auf. »Jetzt hast du's mit den Nachbarn! Eine besonders lästige Nachbarin sitzt dir grade gegenüber, will viel zuviel von dir wissen und geht dir auf die Nerven!«

»Du bist nicht lästig und gehst mir nicht auf die Nerven«, sagte Henriette, »und ich erzähle freiwillig viel zuviel.«

»Danke«, sagte Linda. »Aber vergiß dabei nicht zu essen, so viele gute Sachen hast du noch gar nicht probiert.«

»Stimmt.«

Henriette griff zu und begann mit mehr Aufmerksamkeit als zuvor zu essen.

»Wirklich fein, alles«, bemerkte sie zwischendurch, »man merkt, daß du einkaufen kannst.«

»Wie bitte?« fragte Linda verdutzt.

»Ich kann nämlich nicht einkaufen«, antwortete Henriette.

»Wieso das denn? Das kann doch jeder!«

»Ich nicht. Ich stehe im Supermarkt oder Feinkostladen herum und bin ratlos. Ich weiß einfach nicht, was ich aus dieser Überfülle wählen soll. Meist nehme ich dann das Unsinnigste mit, neben den alltäglichen Notwendigkeiten natürlich. Aber ein exquisites Essen wie deines hier zusammenzustellen – das schaffe ich nicht.«

»Das redest du dir ein, glaube ich.«

»Oh nein. Auch früher, bei irgendeiner Einladung mit tollem Buffet, stand ich immer wie ein Hornochse davor und lud schließlich irgend etwas auf meinen Teller, das mir gar nicht schmeckte. War es eine Premierenfeier oder dergleichen, und Mirco an meiner Seite, brachte er mir meist vom Buffet genau das gleiche, was er für sich selbst ausgewählt hatte, und das war immer köstlich. Ich weiß nicht, woher diese Blockade rührt. Hat etwas mit zu viel zu tun. Das überfällt mich auch in Museen und Ausstellungen, ich kann ein, zwei Bilder sehen, aber nicht hunderte.«

»Das verstehe ich gut!« rief Linda. »Mich kannst du jagen mit Museen! In der Schule haben sie uns immer hindurchgetrieben wie die Schafe, ich war immer gleich furchtbar müde und wie blind. Auch in fremden Städten will ich die Stadt und die Menschen sehen, alles das, was lebt. Nicht nur Bilder und Totes. Gott sei Dank ist der Helmut auch keiner, der glaubt, man muß alle Museen gesehen haben, er sitzt auch lieber mit

mir in einem Café an der Straße und wir beobachten die Leute.«

»Nun ja«, sagte Henriette, »so radikal wie
du war ich nicht mit meiner Ablehnung, mal in
Madrid den Prado oder in Paris den Louvre zu
besuchen, aber im großen und ganzen geht es
mir ähnlich. Auch war es in meinem Fall so, daß
Mirco überall Lebendiges für seine Filme suchte,
also Leben einfangen wollte, uns blieb nicht viel
Zeit fürs sogenannte Sightseeing, wir machten
keine Bildungsreisen, wir arbeiteten.«

Linda sah Henriette schweigend an.

»Du mit deinem Mirco«, sagte sie schließlich,
»sei mir bitte nicht bös, aber bei allem, was du
erzählst, taucht er auf. Wie ging es dir eigentlich
ohne ihn? frage ich mich. Wenn du allein warst.«

»Du meinst allein auf Reisen?«

»Auch. Aber auch sonst. Zum Beispiel – wenn
er bei seiner Frau war.«

Jetzt sah Henriette Linda schweigend an.

»Eine Bitte«, sagte sie dann. »Ich konnte das
mein Leben lang nie leiden, wenn zwischen
Frauen die Beziehungen zu den Männern zer-
pflückt wurden. Nun habe ich dir bereits einiges
von Mirco Sarov erzählt, und du mir einiges von
Helmut Krutisch, okay. Aber wenn es zu einer
Art Aushorchen, zur Ausfragerei wird, muß ich
passen.«

»Ich doch auch, Henriette!« Linda hatte sich
vorgebeugt und laut gerufen. »Schrecklich sind

diese Tratschereien! Aber ich wollte dich nicht aushorchen, Henriette, ich wollte doch nur erfahren – weil ich mir Gedanken gemacht habe – wie du – na ja, allein zurechtgekommen bist, wenn du ohne –«

Henriette lachte auf.

»Und das ist nicht Aushorchen?!« rief sie.

Linda lehnte sich verwirrt zurück.

»Ein bißchen vielleicht schon«, gab sie dann zu.

»Komm«, sagte Henriette, »laß uns weniger reden und weiter deine feinen Sachen verspeisen.«

Beide widmeten sich jetzt eine Weile schweigend dem Essen.

»Außerdem hast du etwas ganz Richtiges von mir wissen wollen«, fuhr Henriette plötzlich fort, »warum ich neben diesem Mann so wenig Eigenleben hatte, wolltest du wissen. Es ist ein uraltes weibliches Phänomen, denke ich, und auch bei selbständigen und durchaus erfolgreichen Frauen, also bei einer, wie ich es letztlich gewesen bin, nicht auszurotten. Aber als ich die Patenschaft für Maloud übernommen hatte, veränderte sich die Sache. Diesem Kind, obwohl ich es nur in Abständen sah, galt ab nun all mein Sinnen und Trachten.«

»Sinnen und Trachten. So schön altmodisch.«

»Wie auch immer. Jedenfalls war Mirco dieses Sinnen und Trachten, das nicht ihm galt, keineswegs lieb, er wurde eifersüchtig.«

»Ha!« rief Linda aus.

»Bitte kein ›Geschieht ihm recht‹, Linda!«

»Aber ist es nicht so, daß ihm ein bißchen recht geschehen ist?«

»Ich mag billiges Triumphgefühl nicht, Linda, wenn es einer Frau gelungen ist, sich am Manne quasi zu rächen. Viele Frauen stürzen sich in sinnlose, freudlose Liebesaffären, nur um Rachegefühle zu befriedigen. Bringt nichts, befriedigt nichts, ich habe bei den Schauspielerinnen, mit denen wir zu tun hatten, sehr oft aus der Distanz diese vergeblichen Frauenkämpfe um das Geliebtwerden beobachten können. Sie haben meist nur noch tiefer verletzt und gedemütigt. Auch ich habe gehadert und beschuldigt, natürlich, habe gelitten und geklagt. Aber mir ist gelungen, und darüber bin ich froh, mich nicht mit Bosheit und Feindseligkeit zu vergiften.«

»Nie?« fragte Linda, »nie warst du boshaft? Oder kurz Feindin?«

»Also, ich –«

Henriette brach ab und überlegte. War ich nie boshaft? Nie auf Rache aus? Nie feindselig? Ich bin jetzt eine alte Frau und könnte klarerweise im Rückblick schlicht einiges behaupten, auch vor mir selbst. Aber habe ich Mirco denn nicht vorrangig und all die Zeit als Mensch und Künstler hoch geachtet? Hat mich seine Liebe nicht vorrangig und all die Zeit beschenkt und bereichert, mehr als Schmerz mir nehmen und antun konnte?

»Also, du?« fragte Linda.

Aufmerksam beobachtete sie ihr Gegenüber, diese Frau, die jetzt wie dem Hiersein entglitten in ihren Überlegungen zu verharren schien. Wo ihre Gedanken jetzt wohl weilen, wie weit entfernt, in welch ganz anderer Gegenwart, dachte die junge Frau.

»Ich will nicht wieder lästig neugierig sein, Henriette«, sagte Linda schließlich vorsichtig, »aber weißt du – mich interessiert wirklich, ob du es geschafft hast, so ganz ohne Gift und Haß zu bleiben. Denn ich glaube nicht, daß ich das schaffen würde. Wenn der Helmut mit einer anderen Frau würde leben wollen, und nur manchmal mit mir, wenn wir zusammen an etwas arbeiten, nie aus dem Wunsch heraus, einfach bei mir zu sein, unser Leben zu teilen –«

»Aber du mußt das auch gar nicht so schaffen wollen!« unterbrach Henriette sie energisch. »Die Konstellation eurer Ehe, eurer Verbindung ist doch eine völlig andere. Unsere Basis damals war der Film, war das gemeinsame Arbeiten, während ihr euch wohl gefunden habt, um gemeinsam eine Basis füreinander zu erschaffen, ja, euer Zusammenleben zu erschaffen. Wenn da Betrug oder eine andere Frau einbräche, würde zerbrechen, was euch bindet.«

»Ja«, sagte Linda, »wenn ich mich auf den Helmut in dieser Hinsicht nicht verlassen könnte, würde ich ihn verlassen.« Sie leerte den Rest aus der Weinflasche in die Gläser, hob das ihre und stieß mit Henriette an. »Und darauf trinke ich«, sagte sie.

»Tu das«, sagte Henriette und beide tranken.

Als sie ihre Gläser wieder abgesetzt hatten, starrte Linda jedoch vor sich hin. Es war, als würde eine plötzliche Wolke sie beschatten.

»Aber manchmal frage ich mich –«, begann sie und schwieg dann wieder.

»Ja?« fragte Henriette.

»Nun ja – die Frage ist – ob ich mich auf mich verlassen kann.«

»Du fragst dich, ob du wohl deinem Helmut wirst treu bleiben können?«

Wir Frauen, dachte Henriette, ob sich da jemals Grundlegendes verändern wird. Diese Scheu vor unseren eigenen Ansprüchen, diese Bereitschaft, Schuld auf uns zu nehmen. Klar will diese kluge junge Frau nicht beschissen werden, noch dazu von einem Mann, der ihr letztlich nicht das Wasser reichen kann. Aber klar ist auch, daß sie, bewußt oder unbewußt, nach anderem Ausschau hält, daß sie sehr genau spürt, was alles ihr auf Dauer nicht genügen wird.

Linda hatte nicht geantwortet, sie schaute grübelnd vor sich hin.

»Ja, das frage ich mich«, sagte sie schließlich, »weil ich mir nicht vorstellen kann, daß mein Leben ewig so weitergehen soll wie jetzt. Weißt du, Henriette – ja, ich lebe in dem Gefühl, daß alles vorübergehend ist. Daß meine jetzige Lebensform vorübergehend ist. Dieses Zuhause-Sein, tagaus, tagein, keine eigene Arbeit zu haben, die Wohnung sauberhalten, einkaufen, kochen, den Helmut erwarten, die Abende zu zweit, manchmal zu seinen Freunden gehen oder eine Reise machen, auch zu zweit oder mit seinen Freunden – es ist ja alles ganz nett, aber es wird auch – ja, öde – auf Dauer.«

»Klar«, sagte Henriette.

»Klar?!« rief Linda, »das sagst du mir einfach so? Daß ohnehin völlig klar ist, was ich empfinde?«

»Ja.«

»Aber dann habe ich den Helmut doch angelogen! Und auch mich selber irgendwann angelogen! Dann habe doch ich einen schweren Fehler gemacht, hab ich mich so verhalten, wie ich's bei Frauen schrecklich finde, wollte ganz einfach nicht mehr im Friseurladen schuften müssen, meine Ruhe haben, mich ernähren lassen, und dann kommt einer, ein netter Kerl, mit dem ich gern schlafe und der mich offensichtlich sehr gern hat, und ich lasse mich drauf ein, ihn zu heiraten, und finde diese Ehe eine Zeitlang sogar angenehm, kann tagsüber meinen eigenen Gedanken nachhängen, das bissel Haushalt führen, lesen und fernsehen, und wenn er auftaucht, bin ich nett und lieb, ich bin ja ein richtiges Arschloch, Henriette!«

Die lachte leise auf.

»Du bist kein Arschloch, Linda, du bist einfach ein Mensch, der sich weiterentwickelt und dazugelernt hat. Das bedeutet stets Veränderung der Lebensumstände. Nicht jetzt, nicht heute, nicht demnächst, aber irgendwann. Dessen bist du dir bewußt geworden.«

»Durch dich«, sagte Linda.

»Was?«

»Die Gespräche mit dir, Henriette, verändern mich. Das spüre ich.«

Nicht so, dachte Henriette. Nicht das. Kein Gewicht eines anderen Menschen mehr auf mir. Es genügt, daß meine Gedanken immer besorgt um Maloud kreisen, obwohl er es mir verbietet. Mum, sagt er immer wieder, Schluß damit, wenn schon, dann sorge ich mich lieber um dich.

»Linda, bitte«, sagte Henriette, »ich will mich nicht für dein Leben verantwortlich fühlen. Laß mich in meiner Abgeschiedenheit verbleiben, im Rückzug meiner letzten Lebensjahre, du bist ein wirklich lieber Mensch, aber belaste mich bitte nicht.«

Linda beugte sich über den Tisch und lächelte Henriette an.

»Immer wieder diese Sorge«, sagte sie. »Wir haben das doch schon geklärt, daß ich dich weder belasten noch aushorchen noch stören möchte! Daß ich aber gern mit dir rede und mich gern ab und zu um dein Wohl kümmern will, das stimmt.

Aber wirklich nur, wenn du es auch willst. Glaub mir, dein Wunsch und Wille ist mir Befehl – so sagt man doch. Hab also bitte keine Angst, ich könnte dich für mich ausnützen. Hab bitte überhaupt keine Angst. Aber laß mich deine Freundin sein.«

Dieses schöne, offene Gesicht vor mir, dachte Henriette, ich glaube, mir steigen Tränen hoch. Wie kann diese junge Frau sich nur zu mir alter Schachtel hingezogen fühlen. Aber ich will sie nicht mehr zurückstoßen, warum auch.

»Okay, Linda«, sagte sie, »ich höre jetzt auf, mich von dir bedrängt zu fühlen.«

»Juhu«, sagte Linda.

»Aber ich werde es dir auch immer gnadenlos sagen, wenn ich genug von dir habe und meine Ruhe haben will.«

»Gebongt«, sagte Linda.

»So wie jetzt zum Beispiel.«

»Möchtest du nichts mehr essen?«

»Es war ein wirklich feines Abendbrot, Linda, aber ich glaube, ich sollte jetzt aufhören. Aufhören zu essen, aber auch zu reden.«

»Klar«, sagte Linda. Sie stand auf, griff zum Tablett, das sie zuvor neben dem Tisch abgestellt hatte, und begann abzuräumen.

»Linda, ich muß nur für heute Ruhe geben.«

»Ja, tu das, Henriette.«

»Bitte, Linda, laß alles so, wie es ist, ich mache später Ordnung.«

»Nein«, sagte Linda.

Henriette seufzte und erhob sich ebenfalls.

»Dann laß mich dir bitte wenigstens das Geld geben, das du heute für all die Einkäufe ausgegeben hast.«

»Morgen«, sagte Linda. »Gib du jetzt wirklich Ruhe.«

Ich glaube, ich lasse sie, dachte Henriette, ich lasse sie wieder ganz allein alles wegräumen, ich habe einfach keine Kraft, mich ihr zu widersetzen, ich bin zum Umfallen müde.

»Gute Nacht, Linda«, sagte sie.

»Schlaf gut«, antwortete Linda.

Als Henriette mit Mühe ihre Kleidung abgestreift und wieder den Flanellpyjama angezogen hatte, legte sie sich mit einem leisen Aufstöhnen ins Bett. Die Decke bis zum Kinn hochgezogen, hörte sie nebenan immer noch Lindas Schritte und Hantierungen. Ich war nicht im Badezimmer, dachte sie. Ich habe auch heute meine Medikamente nicht genommen. Ich muß morgen wieder zu mir kommen, wieder in meine Gegenwart zurückfinden und mich nicht nur in Erinnerungen verlieren. Noch lebe ich. Aber jetzt diese sanften Geräusche menschlicher Anwesenheit in meiner Wohnung, leises Knarren des Holzbodens, Klirren von Geschirr, das schafft denn doch wieder Erinnerung, erinnert mich an mein Kindsein, an unser Familienleben in London. So war es, wenn meine Mutter sich bemühte, mich beim Einschlafen nicht zu stören, während sie nebenan den Tisch abräumte. Wenn sie Geschirr zur Küche trug, die Kerzen ausblies und den Leuchter auf die Kommode zurückstellte, die Tischdecke faltete, eine Lade herauszog, dann vorsichtig wieder zuschob – ich wußte immer genau, was sie tat. Wir bewohnten den untersten Stock eines schmalen Reihenhauses in London, wenig Raum, dafür eine klitzekleine Terrasse, die zu einem winzigen Garten hinabführte. Deshalb lag meine kleine Jungmädchenbude auch direkt neben dem Speisezimmer. Wir aßen am Abend stets gemeinsam, jedoch ohne religiöses Ritual. Mein Vater trug sein ›Kappele‹, wie er es nannte, nur selten, wir sprachen kein Gebet, aber meine Mutter liebte es, den siebenarmigen Leuchter auf den Tisch zu stellen und alle seine Kerzen anzuzünden, ›macht einfach schönes Licht‹, sagte sie, ›Licht kann man immer brauchen‹. Und wenn ich dann nebenan im Bett lag, noch eine Weile lesend – hörte ich die Mutter hantieren – ihre Schritte – bis ich schließlich die Nachttischlampe abdrehte – der Schlaf mich überkam – und das leise Geplauder der Eltern sich mit meinen Träumen verwob.

Der Morgen war wolkenlos. Da Henriette am Abend unterlassen hatte, die Rouleaus herabzuziehen, wurde sie vom Licht der aufgehenden Sonne geweckt. Weil ich einfach ins Bett gefallen bin, dachte sie, weil ich meine Alltagsgewohnheiten vernachlässige, weil ich irgendwie durcheinandergekommen bin. Herrn Watussils Rollladen habe ich wohl überhört, oder ist heute Sonntag? Nein, Samstag, glaube ich, da macht er doch seinen Laden auch meist auf, zumindest halbtags, aber egal, warum jetzt Überlegungen zu Herrn Watussils Angelegenheiten, schlaf lieber.

Henriette drehte sich weg vom Fenster, zog die Bettdecke über ihren Kopf und schloß die Augen. Sie versuchte in einen Traum zu entgleiten, fort aus diesem sonnenhellen Zimmer, sie wünschte sehnlichst, es wäre noch Nacht.

Jetzt ist es Tag, dachte Henriette, und ich wünsche mir genau das, was ich in so vielen Nächten kaum durchstehen kann. Diese Dunkelheit, die mich hinwegholt aus meinem Hier und Jetzt, aus meinem Leben. Ich fühle mich unbehaust. Ja, auf Erden nicht mehr zu Hause. Wohin könnte ich verschwinden. Ich bin dieser Festigkeit beraubt, die mich diszipliniert dahinleben ließ. Dahinleben, ja. Möglichst den simplen Forderungen der Tage folgend. Nahrung, Hygiene, Ordnunghalten, wöchentlich die Aufräumefrau, Einkäufe, zur Bank, zum Zahnarzt, zum Internisten, Orthopäden, in die Apotheke, Parfümerie, ein paar Schritte um den Häuserblock, selten ins Grüne, der Baum im Innenhof genügt, keine Bekannten mehr, die wenigen guten Freunde verstorben, kaum ins Kino, viel und lange das Fernsehen, das Lesen im Bett vor dem Einschlafen, also Eintauchen, Wegtauchen in fremdes, erfundenes Leben, das eigene kaum noch fühlend – das ist es. War es. Das Dahinleben. Und ich tat es, tat es mit Festigkeit, ohne zu zaudern und empfindungslos. Was hat mich jetzt ereilt.

Henriette befreite ihren Kopf von der ihn umhüllenden Bettdecke, ihr war heiß geworden. Das Zimmer war strahlend hell.

Nur Maloud, dachte sie. Maloud hat meine Starre immer wieder durchbrochen. Seine Anrufe und Besuche waren stets lebendige Impulse. Aber die Leblosigkeit drum herum war mir hilfreich. Half mir, all die Zeit ohne ihn ungerührt dahinzuleben. Was ist jetzt los?

Henriette setzte sich auf und blinzelte in die Morgensonne. Ihr war, als könne sie dieser Helligkeit und der Anforderung, einen neuen Tag zu beginnen, nicht standhalten. Sie fühlte, wie Erschöpfung ihren Körper schwer machte, so schwer und unbeweglich, daß sie alle Mühe hatte, nicht sofort wieder auf ihr Bett zurückzusinken.

War das unlängst in der Gewitternacht vielleicht mehr als nur eine Ohnmacht? überlegte sie. War es vielleicht doch ein kleiner Schlaganfall? Den soll es ja in allen Variationen geben, von danach völlig gelähmt sein bis kaum merkbar. Bei ihr vielleicht letzteres, und deshalb jetzt ihre Schwäche? Und gleichzeitig diese Bereitschaft, sich zu erinnern und auch Erinnertes zu erzählen? Diese Bereitschaft, eine jüngere Frau neben sich zu dulden, sich von ihr sogar bekochen und bemuttern zu lassen? Kann so etwas auch Resultat körperlichen und geistigen Verfalls sein, wenn man ein erstes Mal davon gestreift wurde? Ist es das instinktive Gewährenlassen einer Zuflucht, weil der bevorstehende Tod angeklopft hat?

Henriette zwang sich dazu, die Decke zurückzuschlagen und aufzustehen. Jeder Knochen tat ihr weh, aber das war ein vertrauter Schmerz. Vielleicht kam der Gedanke an einen bevorstehenden Tod nur davon, daß ihr in diesem Flanellpyjama viel zu heiß ist? Weil sich über Nacht die Kühle wieder in Sommerhitze gewandelt hat und sie schwitzt? Vielleicht liegt alles nur am Wetter, dachte sie, das behaupten wir doch so gern, wenn alle Stricke reißen.

Sie ging langsam zum Badezimmer, bemühte sich jedoch, nicht dahinzutappen, sondern besonnen einen Fuß vor den anderen zu setzen. Dort angelangt, sah sie ihr Gesicht im Spiegel, weiß wie ein Blatt Papier, ihre Gesichtszüge schienen noch zu schlafen, sich noch nicht geformt zu haben.

So rasch es ihr möglich war, zog Henriette den Pyjama aus. Dann wusch sie sich mit Seife und kaltem Wasser ab und schlüpfte in den Bademantel. Sie nahm die tägliche Ration ihrer Medikamente aus dem Wandschränkchen, trug sie in die Küche und legte die Pillen auf den Tisch. Besser nicht auf nüchternen Magen, das wußte sie.

Henriette setzte Wasser auf, und bereitete dann ihren Filterkaffee zu.

Bis zum heutigen Tag hat sie sich dagegen verwehrt, eine dieser Kaffeemaschinen in ihrer Küche aufzustellen. Sie blieb bei ihrer alten Porzellankanne und dem Porzellanfilter, dem langsamen Eingießen aus dem Wasserkessel, dem Duft, der sich dabei erhob und sie umhüllte.

Davon auch jetzt belebt, nahm sie reichlich Milch und Zucker in den Kaffee, setzte sich an den Tisch und trank schluckweise aus der großen portugiesischen Schale, weiß, mit blauem Rand. Sie wählte diese gern zum Frühstücken, obwohl bereits Sprünge sie durchzogen, aber so ist es eben, alles hat bereits einen Sprung, dachte Henriette. Ja, alles hat bereits einen Sprung, die Erinnerungen ebenfalls, sie sind von Sprüngen und vom Verblassen durchzogen, meine alte Kaffeeschale ist Symbol. Ja. Parabel. Gleichnis. Ich sollte es aufschreiben. Als Geschichte. Als Film. Als Drehbuch für einen Film. Ja, endlich ein eigenes Drehbuch.

Henriette sah vor sich hin. Als sie ihre Pillen erblickte, schluckte sie diese rasch. Damit ich's nicht wieder vergesse, ermahnte sie sich, und trank Kaffee hinterher. Dann stellte sie die Schale am Tisch ab und blieb, ihre Hände im Schoß, davor sitzen. Ein Drehbuch. Dieser Gedanke verließ sie nicht.

Sie sollte ihrem Empfinden, in einen desolaten Zustand geraten zu sein, vielleicht anders begegnen. Sich aufraffen. Geistig aufraffen. Das Hirn beschäftigen. Nicht nur in allen Fernsehsendern nach Filmen suchen und dann in ihnen verlorengehen, nein, einen Film erschaffen, zumindest in der eigenen Vorstellungskraft erschaffen, und ihn aufschreiben, niederschreiben. Was sie in all den Jahren an Mirco Sarovs Seite immer wieder tun wollte und immer wieder zu tun unterließ. Nämlich ihre Erfahrungen, die sie bei Dreharbeiten und am Schneidetisch, seinem Werk assistierend, gewonnen hatte, in eine eigene Kreation einfließen zu lassen.

Ich hatte damals alles zur Verfügung, was das Herangehen an neue Stoffe betrifft, und machte mich nicht an diese Arbeit, dachte Henriette. Jetzt gibt es einen uralten Computer irgendwo in meinem Wandschrank, den zu bedienen ich nicht mehr schaffe, und ein Drehbuch handschriftlich zu notieren wäre überhaupt der reinste Blödsinn. Also weg damit. Weg mit diesem Gedanken.

Die Kaffeeschale mit blauem Rand.

Was soll das? So kann kein Film heißen. Warum sitzt dieser Titel in mir fest? Die Kaffeeschale mit blauem Rand.

Henriette stand vom Tisch auf, nahm die

Schale, ließ in der Spüle Wasser laufen, wusch sie aus, rieb sie sorgfältig mit dem Geschirrtuch trocken und stellte sie auf das Bord zurück. Dann blieb sie davor stehen.

Wo war es denn, als wir sie kauften. Im Chiado in Lissabon? Oder war es nicht in Évora, auf dem Wochenendmarkt? Wo habe ich sie nur – Nein! Jetzt weiß ich es wieder! Ich habe sie gestohlen! Es war in der kleinen, noblen Pousada im Alentejo, wir frühstückten, es gab dort noch diese altmodischen Kaffeeschalen, nicht die mittlerweile auch in Portugal üblichen Tassen, mir gefiel das so, und Mirco sagte: Nimm doch eine einfach mit, das Hotel hier war teuer genug, so was muß drin sein, und ich ließ eine dieser Schalen in meiner großen Umhängetasche verschwinden, ehe wir zum Drehen weiterfuhren. Das war vor Jahrzehnten und jetzt steht sie hier auf meinem Geschirrbord, von Sprüngen durchzogen, aber immer noch ganz. Anhand eines so unverwüstlich erhaltenen Gegenstandes ein Leben zu erzählen, wäre das nicht doch die Idee zu einem Film – die Stationen zu beschreiben, in denen zum Beispiel so eine Schale mit blauem Rand das Erleben eines Menschen begleitet oder gar bestimmt –

»Aus!« sagte Henriette und wandte sich ab.

Da läutete es an der Tür.

Linda! dachte Henriette, band den Gürtel ihres Bademantels fester, verließ die Küche und öffnete.

»Guten Morgen«, sagte Linda, »bin ich zu früh?«

»Wieso hast du geläutet, wenn du das annimmst?«

»Ich nehme es erst jetzt an, weil du noch nicht angezogen bist, entschuldige.«

»Ich habe noch frischen Kaffee, komm herein.«

»Gern.«

Linda folgte Henriette in die Küche. Milch und Zucker befanden sich noch am Tisch, Henriette holte eine Tasse aus dem Schrank und goß aus der Porzellankanne Kaffee ein.

»Und woraus trinkst du?« fragte Linda.

»Ich hab meinen Kaffee schon getrunken. Aus der Schale da oben am Bord.«

»Aus der mit dem blauen Rand?«

Henriette lachte auf.

»Warum lachst du?« fragte Linda

»Die Kaffeeschale mit blauem Rand«, zitierte Henriette.

»Was?«

»Ist ein Filmtitel.«

»Ein Filmtitel?«

»Ja.«

»Ein ziemlich komischer Titel.«

»Ja.«

»Wann lief dieser Film?«

»Nie.«

»Wieso?«

»Weil er nur in meinem Kopf existiert.«

»Seit wann?«

»Seit vorhin. Ist aber Unsinn.«

»Warum Unsinn?«

»Lassen wir's, Linda, ich hab vor mich hin spintisiert.«

»Ich finde nicht, daß wir's lassen sollten, mich interessiert das.«

»Ach was. Ich dachte, ich müßte endlich einen Film konzipieren, wenigstens jetzt im hohen Alter, um mich zu beschäftigen und nicht gänzlich zu verblöden.«

»Erstens besteht bei dir nicht die Gefahr, du könntest verblöden, und zweitens würde ich gern so ein Filmkonzept sehen. Wie man das macht. Wirst du es aufschreiben?«

»Mein Computer ist uralt, der funktioniert nicht mehr.«

»Der Helmut ist ein Computerfreak, der kennt sich gut aus. Wo ist denn dein Computer?«

»Irgendwo im Wandschrank.«

»Wieso im Wandschrank?«

»Bei den Sachen, die ich nicht mehr brauche. Es gibt da so ein Fach dafür.«

»Darf ich deinen Computer trotzdem mal sehen?«

»Wenn du glaubst —«

Henriette ging in das Schlafzimmer hinüber und öffnete eine seitliche Klappe ihres Wandschranks. Dahinter befand sich ein geräumiges Fach, in dem sie zu kramen begann. Da gab es

in Leder gebundene Fotoalben der Eltern, be-
stickte Tischtücher und Servietten aus Portugal,
zwei peruanische Ponchos, von ihr und Mirco
dort erstanden und nie getragen, die alte Persia-
nerpelzmütze ihres Vaters, einige Seidenschals,
die ihrer Mutter gehört hatten, ihre eigenen winzigen Fäustlinge aus dicker roter Wolle, die noch
in England ein Kindermädchen für sie gestrickt
hatte, auch einige Bilderbücher aus dickem Pap-
pendeckel aus dieser Zeit, Henriette kramte
zwischen Relikten der Vergangenheit, die weg-
zuwerfen sie nicht fertiggebracht hatte und jetzt
hier verwahrte.

Den Computer hatte sie eines Tages hierhergeschleppt und mitsamt dem Drucker und allen
Kabeln in die hinterste Ecke geschoben. Es war
bald nach Mircos Tod gewesen. Obwohl sie einander sporadisch Briefe geschrieben hatten, seit
er wieder in Bulgarien lebte, wollte Mirco einen
Mail-Kontakt zu ihr aufbauen. Vielleicht um
seine Abstinenz vom Filmen, vom früheren Um-
gang mit Technik auf diese Weise zu kompensie-
ren, sie kam nie ganz dahinter, warum. Jedenfalls
bat er sie dringlich um den Ankauf eines Computers, und sie hatte seinem Wunsch entspro-
chen. Als jedoch, von einem Techniker mühsam
installiert, dieses Ungetüm auf ihrem Schreibtisch
prangte, regte sich Widerstand in ihr. Nicht so,
dachte sie, nicht so mit der Ferne zwischen uns
umgehen! Sie wollte sich nicht belehren lassen,

nicht in Erfahrung bringen, wie Mircos Mails zu lesen oder gar zu beantworten wären, sie schrieb ihm weiterhin Briefe. So lange, bis auch er das Mailen wieder einstellte. Und als er starb, wollte sie dieses Gerät nicht mehr vor Augen haben, sie verstaute es weit hinten im Wandschrank.

Jetzt aber zog Henriette den Computer hervor, mit allen Kabeln und Elektrosteckern, die nach wie vor an ihm hingen, auch den behäbigen Drucker nahm sie an sich. Linda war rasch an ihrer Seite und half, alles in die Küche zu schleppen.

Schließlich befand sich die gesamte Computerausrüstung mitten auf dem Küchentisch und die Frauen betrachteten sie.

»Ich mag es nicht«, sagte Henriette.

»Na ja.« Linda beugte sich über die Geräte, um sie näher anzusehen. »Ist schon ein altertümliches Modell, viel wuchtiger als die neuen – und ob noch was ausgedruckt werden kann mit diesem Drucker, bezweifle ich, der ist ein echtes Ungetüm.« Sie richtete sich wieder auf. »Aber weißt du, der Helmut sagt oft, die alten Sachen haben meist eine bessere Qualität, man soll nicht immer alles auf den Mist werfen, er ist ein fanatischer Gegner unserer Wegwerfgesellschaft, ich glaube, er könnte dir das Ganze vielleicht noch einmal in Ordnung bringen, wenn du willst.«

»Er ist ein Gegner der Wegwerfgesellschaft?« fragte Henriette.

»Ja, ist er. Warum erstaunt dich das?«

»Weil ich deinen Helmut so nicht eingeschätzt habe.«

»Der Helmut ist bekannt dafür, daß er uralte Autos wieder in Schwung bringen kann, Leute, die Oldtimer fahren, kommen ständig zu ihm.«

Lindas Ton war reserviert geworden. Was rede ich denn da, dachte Henriette, und warum?

»Dann entschuldige ich mich bei ihm«, sagte sie, »sei du mir bitte nicht bös, ich war wieder mal –«

»Du warst wieder mal die Gräfin«, unterbrach Linda sie.

»Jedenfalls war ich maliziös, tut mir leid.«

»Maliziös?« Linda lachte auf. »Was ist das denn?«

»Ach, so – ein altmodisches Wort, das junge Leute wie du eben nicht mehr kennen. Heißt boshaft, hämisch, hinterlistig, so was.«

»Dann warst du eben kurz mal eine maliziöse Gräfin, egal. Sag lieber – was ist jetzt mit deinem Computer und meinem Helmut? Soll er versuchen, ihn in Gang zu bringen?«

»Ich weiß wirklich nicht.«

»Er ist zu Hause, drüben in der Wohnung.«

»Jetzt?«

»Ja, Wochenende!«

»Ach so.«

»Soll ich das Zeug hinüberschleppen und ihm mal zeigen? Fragen, was er dazu sagt?«

»Ach Linda, so viel Mühe für nichts.«

»Ist doch nicht Nichts, wenn du ein Drehbuch schreibst!«

»Natürlich ist das nichts, weil aus einem Drehbuch von mir niemals ein Film werden kann, wozu also.«

»Man soll niemals nie sagen.«

»Ich schon, meine Liebe!«

»Dann tu es für mich. Damit ich sehen kann, wie so was geht.«

»Linda, bitte.«

»Ich nehme jetzt mal den Computer mit.«

Linda löste alle Kabel und Verbindungsschnüre, legte diese als Knäuel obenauf, und konnte so alles als eine einzige Last hochheben. Henriette ging voraus und öffnete die Wohnungstür. Was für ein Unsinn, dachte sie, während sie den Gang überquerten.

»Läuten!« befahl Linda und Henriette tat es.

Man hörte Männerschritte und Helmut Krutisch stand in der Tür.

»Aha«, sagte er nur.

»Mach bitte Platz, laß mich das Zeug hineintragen!«

Linda schob sich an ihm vorbei in die Wohnung. Der Mann war stehengeblieben und schaute Henriette an.

»Guten Tag, Herr Krutisch«, sagte sie. »Tut mir leid, aber Ihre Frau möchte Ihnen unbedingt meinen alten Computer zur Ansicht vorlegen, sie ließ sich davon nicht abbringen.«

»Wie alt?«

Was soll diese kurze Frage, dachte Henriette. Der Kerl hat nicht einmal gegrüßt.

»Kann ich nicht genau sagen«, antwortete sie.

»Wie alt ungefähr?«

Er fragt mit einer Knappheit, als sei ihm jedes gesprochene Wort zuviel. Und warum nur schaut dieser Mann mich derart stumm und steif an, was ist denn los mit mir?

Jetzt erst sah Henriette an sich herab und ihr wurde übel vor Scham. Du lieber Himmel, sie hatte ja nur ihren Bademantel an, noch dazu den alten Lappen aus Frottee, notdürftig über dem Bauch zugebunden, warum hatte sie sich von Linda in dem Zustand aus der Wohnung herauslocken lassen –

»Ist völlig unwichtig – die Sache mit dem Computer«, stammelte Henriette, »wirklich, Herr Krutisch – Ihre Frau wollte es so – auf Wiedersehen.«

Sie wandte sich eilig ab, den Gürtel ihres Bademantels umklammernd, und strebte fluchtartig zur eigenen Wohnungstür.

»Warte!« rief Linda ihr hinterher.

»Nein!« schrie Henriette, ohne sich umzudrehen, »laß das alles, bitte! Den Computer und mich und alles!«

In die Wohnung gelangt, schloß sie hinter sich ab. Sie drehte den Schlüssel mehrmals um. Dann mußte sie sich gegen die Wand lehnen, ihr war schwindlig.

»Henriette, bitte! Was hast du denn!« hörte sie Linda am Gang schreien. »War der Helmut irgendwie blöd?« Dann fing sie an, gegen Henriettes Wohnungstür zu schlagen. »Mach bitte wieder auf, ich weiß wirklich nicht, was mit dir los ist, so plötzlich! Bitte!«

Henriette gab keine Antwort, sie lehnte mit geschlossenen Augen an der Wand ihres Vorzimmers. Die Stimme des Mannes war plötzlich draußen zu hören, er schien Linda etwas erklären zu wollen. »Aber wir sind hier doch unter uns!« schrie Linda ihm zu, »du bist so ein Spießer!«

Ach Linda, dachte Henriette erschöpft, der Mann ist kein Spießer, er hat recht, und wir beide, er und ich, sind hier keineswegs unter uns.

»Henriette!« Linda klopfte nochmals heftig gegen die Tür. Dann läutete sie, mehrmals hintereinander. »Ich will jetzt ja nur wissen, ob du okay bist! Henriette, bitte!« rief sie.

Ich kann ihr jetzt nicht antworten, dachte Henriette, ich muß mich erst einmal überzeugen, ob ich gerade stehen kann, ohne mich anzulehnen, mir ist nicht gut. Warum hört sie nicht auf, herumzuschreien und die Tür zu bearbeiten. Wenn sie nur endlich Ruhe gäbe, was ich jetzt brauche, ist Ruhe.

Henriette löste sich vorsichtig von der Vorzimmerwand, die ihr Halt gegeben hatte. Ja, es ging. Das Schwindelgefühl hatte sich wieder gelegt, ihr Atem wurde ruhiger. Sie war in der Lage, mit langsamen Schritten zu ihrem Bett zu gehen und sich hinzulegen. Nur kurz, dachte sie. Ich zieh mir dann gleich den Bademantel aus und kleide mich vernünftig an, aber kurz muß ich ausruhen.

»Ich melde mich später wieder, ja?« schrie Linda draußen am Gang. »Ja, Henriette?!«

Danach schien sie zu lauschen. Dieses Lauschen war durch die Tür, die Wohnung hindurch in einer Weise fühlbar, als hielte alles Leben zwischen ihnen beiden den Atem an. Henriette blieb mit geschlossenen Augen und regungslos auf dem Bett liegen und gab keine Antwort. Die Stille hielt an. Schließlich waren Schritte zur anderen Wohnung hin vernehmbar, ein fernes Murmeln, Linda schien aufgegeben zu haben.

Ein Seufzer löste sich aus Henriette, ihr Körper entspannte mit einem sanften Ruck. Endlich Ruhe, dachte sie. Was mache ich nur mit ihr, die in mein Leben eingedrungen ist, als wäre es das Selbstverständlichste von der Welt, als wären wir zwei uns wirklich nah, als wäre sie meine Tochter.

Als wäre sie meine Tochter.

Der Gedanke wiederholte sich in Henriette, als würde er niedergeschrieben, sie sah ihn vor sich.

Das gibt es manchmal, dachte Henriette, daß Gedanken mir als Schriftzug sichtbar werden. So, als schreibe sie jemand hinter meiner Stirn, meinen Augen für mich nieder. Handschriftlich meist. Ich sehe dann Gedanken.

Jetzt zum Beispiel den: als wäre sie meine Tochter.

Ich wurde nie schwanger. Mußte auch niemals abtreiben, um kinderlos zu bleiben, es wollte sich bei mir einfach nicht ergeben. Deshalb hat der kleine Maloud und sein Eintritt in mein Leben mich wohl auch so tief bewegt, da wurden mütterliche Gefühle in mir wach, die bis dahin brachlagen. Aber ich habe nie ein Kind geboren.

Henriette lag jetzt mit offenen Augen. Sie sah ein Geflecht aus Licht auf der Zimmerdecke, irgendein Dachfenster gegenüber schien die Sonne zu reflektieren. Im Haus ihrer Eltern hatte sie es immer geliebt, wenn im Sommer das Wehen der Laubbäume ein bewegtes Sonnenmuster ins Zimmer geworfen hatte.

Eine Tochter, dachte Henriette. Hätte ich gern eine Tochter gehabt? Ein Mädchen an meiner Seite? Es heranwachsen sehen? Wäre ich in der Lage gewesen, ihm zu helfen, eine freie, frohe, selbstbewußte Frau zu werden? Ich, mit meinem so schlechten Griff bei Männern, meiner letztlichen Einsamkeit, meinem Aufgehobensein einzig im Beruf? Was hätte ein kleines Mädchen im Schneiderraum verloren gehabt? Oder auf dem Set beim Drehen? Oder daheim mit einer Kinderfrau, oder vielleicht bei meiner Mutter, als diese noch lebte? Während ich lange Zeit mit Mirco auf Reisen war? Oder wenn er der Vater gewesen wäre? Das hätte überhaupt eine Katastrophe hervorgerufen, er mit der Anhänglichkeit an seine Frau hätte nie eingewilligt, mit mir ein Kind zu haben, da wäre ich um die Forderung einer Abtreibung nicht herumgekommen. Aber ich wurde nie schwanger. Wir paßten nie auf, und ich wurde nie schwanger. Die Frage, ob da bei mir oder bei ihm etwas nicht stimmte, haben wir uns nie gestellt. Uns war sehr recht, daß es so war.

Sie schloß die Augen wieder. Es war warm im Zimmer, sicher brannte draußen schon die Mittagssonne herab, aber Henriette fühlte sich immer noch außerstande, irgendeine Initiative zu ergreifen und ihr dösendes Daliegen aufzugeben. Später, dachte sie. Jetzt stelle ich mir gerade meine Tochter vor. Wenn man so alt geworden ist wie ich, kann man sich ja jegliches unbesorgt vorstellen, nichts davon wird Realität.

Wenn ich je eine Tochter gehabt hätte, dann wäre sie jetzt wohl im Alter dieser Linda. Vielleicht sogar älter.

Unten lärmte ein Rettungswagen vorbei, seine schrillen Signale, die meist Leid und Katastrophe verkünden, verklangen ebenso eilig, wie sie in die sommerlich ruhige Gasse eingedrungen waren. Henriette aber hatte sich abrupt aufgerichtet, ihr Herz schlug heftig. Was ist! schalt sie sich. Nicht ich werde abgeholt und abtransportiert, warum tu ich so als ob! Noch ist es nicht nötig, mich in ein Spital zu verfrachten, irgendwann vielleicht, aber jetzt noch nicht!

Sie verließ entschlossen das Bett, zog den Bademantel aus und ging zum Wandschrank. Die Tür, die sie öffnete, war innen mit einem Spiegel versehen und Henriette stand sich selbst plötzlich splitternackt gegenüber. Statt gleich nach der Kleidung zu greifen, blieb sie stehen. Sie rührte sich nicht und starrte ihren Körper an. So zur Gänze, nackt, und von Kopf bis Fuß, hatte sie ihn lange nicht mehr betrachtet. War häßlich, was sie da sah? Nicht unbedingt, fand sie. Ja, schon, zwei tief hängende Brüste, Bauch und Hüften, obwohl nicht dick, dennoch irgendwie breit, die Arme hingegen schmal, die Schenkel noch recht wohlgeformt, ein wenig knochig die Schultern, aber nicht hängend, und alles in welke Haut gehüllt, nicht unschön, nur eben welk, wie Blumen auf sanfte Weise welk sein können.

Seltsam, dachte Henriette. Seltsam so ein alter Körper, wenn man ihn mit keinem gängigen Schönheitsideal mehr verbindet, sondern als das wahrnimmt, was er ist. Ausdruck eines gelebten und immer noch lebendigen Lebens. So wie ein alter Hund, ein altes Pferd, höchstwahrscheinlich auch ein alter Elefant, welche Tiere auch immer, wenn sie gesund sind und nicht gequält werden, nie ihre kreatürliche Schönheit verlieren. Was ich da vor mir sehe, ist ein altgewordener Frauenkörper, noch halbwegs in Form, und mit einem feineren Gespür für Erotik vielleicht immer noch als weiblich anziehend wahrzunehmen. Es soll ja Menschen geben, die einander auch im Alter lieben und sogar begehren. Als ich aufhörte, mit Mirco zu schlafen, waren wir beide auch nicht mehr die Jüngsten, und was uns zwang, einander zu lassen, war gewiß nicht unser Alter. Es war das Leben. Nennen wir's so. ›Das Leben‹ klingt immer irgendwie gut, auch wenn's nicht gut war.

»Hör auf, zurückzudenken«, murmelte Henriette und wandte sich mit einem Ruck von ihrem Spiegelbild ab. Sie zerrte einen Rock und eine Bluse, beide aus Khakistoff, von den Kleiderhaken. Bei ihren Arbeitsreisen mit Mirco, vor allem in die südeuropäischen Länder, oder nach Afrika, Argentinien, Brasilien, dort, wo es eben heiß war, hatten sie beide Kleidung aus Khaki bevorzugt. Auch die typische Khakifarbe hatten sie geschätzt. Außerdem was das damals eine Modeerscheinung in Künstlerkreisen gewesen, der zu folgen auch sie beide nicht widerstanden hatten, tolle Leute trugen dazumal eben Khaki. Läppisch waren wir, dachte Henriette, schon wieder das Erinnern, und schon wieder an Mirco. Aus jetzt.

Sie schloß die Schranktür mit einem Knall, packte das Khaki-Ensemble und zog es an. Danach strich sie ihr Bett glatt, faltenlos die geblümte Überdecke, die Kissen penibel gereiht, sie gebärdete sich, als wäre sie Zimmermädchen in einem Hotel. Schließlich öffnete sie alle Fenster, zog aber sorgfältig die Rouleaus herab.

Barfuß und mit langsamen Schritten ging sie in das Badezimmer, nahm den Kamm und fuhr mehrmals bedächtig durch ihr Haar. So lange tat sie es, bis ihr die grauen Locken als Krause vom Kopf abstanden. Sie verharrte auch hier wieder eine Weile vor dem Spiegel und betrachtete ihr Gesicht, betrachtete es wie das einer Fremden. Dann wandte sie sich ab, verließ das Badezimmer und trat hinaus in den Flur.

Da stand sie plötzlich still, ohne genau zu wissen, weshalb.

Wohin will ich eigentlich? dachte sie.

Es ist Mittag vorbei, ich stehe frisch angekleidet in meiner Wohnung und weiß nicht, wohin mit mir. Will ich hinausgehen? Ich müßte dazu Schuhe anziehen. Außerdem ist Samstag, was täte ich auf den Straßen zwischen flanierenden Wochenendmenschen. Bleibt wohl nur das Fernsehen. Hinübergehen in mein Nicht-mehr-Arbeitszimmer, mich auf das Sofa setzen und den Apparat einschalten. Nachmittagsprogramm. Vielleicht sollte ich etwas essen, ich habe ja nur gefrühstückt. Vielleicht sollte ich aber überhaupt nichts mehr. Sollte mich hier auf den Boden legen und sterben.

»Henriette?«

Habe ich mich getäuscht oder meinen Namen gehört.

»Henriette?«

Es ist Lindas Stimme, vom Gang her, aber dicht

an meiner Wohnungstür. Sie muß sich dagegen-
lehnen. Woher kann sie wissen, daß ich im Vorzimmer stehe, ihr ganz nah, ratlos und planlos?
Soll ich antworten oder diesen Ruf überhören?

»Bitte mach auf«, sagte Linda.

Sie weiß, daß ich hier im Flur bin, dachte Henriette. Entweder die Türen in diesem Haus sind
so dünn, daß man Menschen dahinter atmen
hört, oder diese Linda hat den sechsten Sinn.

»Du – ich hab deinen Computer!«

»Was?!«

»Ja, mach bitte auf, das Zeug ist schwer.«

Henriette ging zur Wohnungstür und öffnete
sie. Linda stand davor, bemüht, die Geräte samt
Kabeln mit beiden Armen festzuhalten.

»Wieso bringst du mir den Computer zurück,
werft ihn doch lieber weg«, sagte Henriette.

»Er ist okay!«

»Wie bitte?«

Ohne ihren Ausruf zu beachten, zwängte
sich Linda an Henriette vorbei in die Wohnung,
schleppte ihre Last durch den Flur bis zum
Schreibtisch und setzte dort alles vorsichtig ab.

»Willst du's hier haben? Auch den Drucker?«

»Linda! Wie kann das plötzlich funktionieren?«

»Ich hab's dir doch gesagt, der Helmut voll-
bringt Wunder, er hat deinen alten Computer
wieder in Gang gebracht, frag mich nicht, wie,
aber er kann das.«

»Wirklich ein Wunder«, sagte Henriette.

»Jedenfalls kannst du jetzt schreiben und ausdrucken, was du willst, du hast einen Internet-Stick und das Word-Programm.«

»Was habe ich?«

»Egal. Also hier auf den Schreibtisch, nicht wahr? Der Helmut hat mir alles genau erklärt, ich hoffe, daß ich's ohne ihn schaffe. – Wo sind denn die Steckdosen –«

Linda suchte die Wand ab, rief: »Ah gut, gleich zwei, und in der Nähe!« Dann begann sie den Knäuel der Kabel zu entwirren, postierte Computer und Drucker nebeneinander, fuhrwerkte mit Steckern und Sticks herum, Henriette setzte sich auf das Sofa und sah ihr schweigend zu.

Wohin bin ich geraten, dachte sie, der vage Gedanke an die Geschichten rund um eine blauumrandete Kaffeeschale, nur zart in mir entstanden und viel zu eilfertig mitgeteilt, und jetzt soll ich also einer ehemaligen Friseurin zeigen, wie man ein Drehbuch schreibt. Ich soll plötzlich schreiben, nicht per Hand, sondern am Computer, etwas, das ich immer abgelehnt habe. Mirco hat es moniert, so benütze ihn doch, den Computer, maile mir doch, nicht der langwierige Postweg! Bis dann zwischen uns ohnehin jeder Weg erlosch.

»Bis jetzt bin ich guten Mutes«, sagte Linda, »ich glaube, es funktioniert.« Sie schob den Sessel näher zum Schreibtisch, setzte sich und schaltete den Computer ein. Der Bildschirm leuchtete auf. »Ha!« rief sie. »Alles da! Schau, Henriette, das Word-Zeichen! Das mußt du mit der Maus anklicken –«

»Mit der Maus –«

»Henriette! Das wirst du doch noch wissen! Da – den Curser, den ich gerade betätige, nennt man Maus!«

»Klar«, murmelte Henriette, »so etwas vergißt man nicht.«

Linda, das Gesicht von Eifer und freudiger Aufmerksamkeit gerötet, wandte sich ihr zu.

»Was ist denn? Bist du sauer?« fragte sie.

»Nein«, sagte Henriette.

»Du wirkst aber so. Sitzt auf deinem Sofa und schaust zu mir her, als würde ich gerade dein Zimmer demolieren.«

Irgend etwas demoliert sie mir auch, dachte Henriette, sie demoliert mir meine Unabhängigkeit vom digitalen Zeitalter.

»Sei mir nicht bös, Linda«, sagte sie, »ich muß mich nur daran gewöhnen, wie mein Schreibtisch jetzt aussieht.«

»Hätte ich den Computer woanders aufstellen sollen?«

»Aber nein, wunderbar so. Nur eben ungewohnt.«

»Hast du irgendwo Schreibpapier?«

»In der zweiten Lade rechts muß ein Briefblock sein.«

Mein Briefblock, ja, dachte Henriette, den habe ich auch seit Ewigkeiten nicht mehr hervorgeholt. Seit Mircos Tod nicht mehr. Und wem sonst hätte ich schreiben sollen. Mit Maloud verbindet mich seit eh und je das Telefon, Post in die Camps zu senden war und ist eine Unmöglichkeit, ein Segen, daß jetzt auch in der Wüste Handys funktionieren. Vielleicht aber könnte ich ab nun Maloud auch auf diese Weise erreichen?

Linda hatte den Briefblock gefunden, einige Blätter abgetrennt, und den Drucker mit Papier versehen.

»Willst du versuchsweise etwas schreiben, Henriette?« fragte sie.

»Meinst du, Linda – möglich wäre – ein Brief an Maloud –?«

»Hast du seine Mail-Adresse?«

»Ach so – nein, darum hab ich mich nie gekümmert.«

»Du hast nämlich eine Mail-Adresse, das hat Helmut dir geregelt.«

»Das auch?«

»Ja.«

»Wie nur konnte dein Mann in so kurzer Zeit so viel für mich tun?«

»Er kennt sich damit aus, Henriette, und für die meisten Menschen heutzutage ist das ihre Welt.«

»Aber nicht die meine, du hast völlig recht.«

»Es war nicht deine Welt, aber jetzt kannst du

sie auch ein wenig erfahren lernen, das ist doch gut so, oder?«

»Kann nicht schaden, ja.«

»Also? Schreiben wir etwas? Als Test? Zum Ausdrucken?«

»Sag einmal, Linda – kostet so etwas – dieser – dieser Stick – und so eine Adresse – kostet das nicht Geld?«

»Helmut betrachtet die ganze Angelegenheit vorläufig als ein Geschenk für dich.«

»Aber wieso?« Henriette richtete sich kerzengerade auf. »Wieso will dein Mann mir etwas schenken? Wir haben uns doch eher mißtrauisch beäugt zuvor. Und ich bin im Bademantel so kläglich vor ihm dagestanden, ich habe mich geschämt. Und jetzt beschämt er mich nochmals.«

Linda stand vom Schreibtisch auf, kam rasch zu Henriette und setzte sich entschlossen neben sie auf das Sofa.

»Hör mal«, sagte sie, »ich weiß, der Helmut wirkt auf Anhieb oft wie ein Holzpflock, aber glaub mir, er kann auch sehr einfühlsam sein.«

»Aber das –«

»Laß mich jetzt! Ich weiß auch, daß du ihn nicht wirklich leiden kannst, er ist dir zu einfach gestrickt und zu wenig höflich, halt eben ein simpler Automechaniker – bitte unterbrich mich jetzt nicht! – aber in diesem Fall, heute morgen am Gang, da hat er dich nicht beschämen wollen, ganz im Gegenteil, da hat er nachher mich beschimpft, weil ich nicht besser auf dich geachtet hätte. Du kannst so eine Dame nicht einfach aus der Wohnung schleppen, wenn sie noch nicht angezogen ist, hat er gesagt, wenn du schon mit ihr bekannt sein willst, dann paß bitte auch auf ihre Würde auf.«

»Das hat er gesagt?«

»Ja, Frau Gräfin, er kennt dieses Wort!«

»Entschuldige«, sagte Henriette.

»Er hat sich dann sofort über deinen Computer hergemacht, weil Samstag ist und er ohnehin daheim war, und es hat ihn echt gefreut, alles wiederherstellen zu können, einen Stick mit Internet-Anschluß hat er gehabt, sie brauchen in der Firma dauernd so etwas, eine Mail-Adresse ist leicht einzurichten, der Drucker ist wahrscheinlich noch okay, und jetzt steht das alles hier bei dir und es kostet uns kein Haus, dieses Geschenk kannst du wirklich annehmen, ohne dich zu schämen. Genug erklärt?«

»Ja«, sagte Henriette. »Danke.«

Linda klopfte einmal kräftig mit ihrer Hand auf Henriettes Knie, so, als würde sie auf diese Weise einen Schlußpunkt setzen.

»Gut so«, sagte sie, »dann schreiben wir doch jetzt irgend etwas, irgendeinen Test, ja?«

Henriette nickte. Ich bin müde, dachte sie.

»Was hast du da übrigens für ein hübsches Kostüm an?« fragte Linda.

»Etwas ganz Altes«, sagte Henriette, »sicher dreißig, vierzig Jahre alt. Ist aus Khaki.«

»Ach ja, in den Filmen über Afrika haben die Weißen immer so was an, mit einem Tropenhelm dazu, wenn sie Expeditionen machen oder Elefanten jagen –«

»– und scheußliche Kolonialisten sind, ja.«

»Warum hast du dann so etwas getragen?«

»Weil es beim Filmen in heißen Ländern praktisch war, und weil ich nicht in dieser Weise darüber nachgedacht habe. Außerdem macht Khaki allein noch keinen zum Kolonialisten.«

»Du müßtest Stiefel dazu tragen.«

»Du meinst, weil ich barfuß bin? Fehlt dann nicht auch der Tropenhelm?«

Linda lachte. Dann stand sie auf.

»Komm jetzt, laß dir von mir zeigen, wie du am Computer schreiben und mailen kannst.«

»Okay«, sagte Henriette und erhob sich seufzend, »also hinein in eure digitale Welt!«

Liebster Maloud – was sagst du dazu? Ich kann Dir mailen, und Du wirst meinen Brief auf Deinem I-Phone lesen können. Eigentlich hast Du Dir das ja schon immer von mir gewünscht, jetzt – spät, aber doch! – bin ich endlich dazu in der Lage.

Vielleicht bist Du schon auf dem Weg nach Berlin? Oder vielleicht schon dort? Ich habe in den letzten Tagen kaum TV-Meldungen gesehen, überhaupt wenig ferngesehen, außerdem wird ja der Westsahara-Konflikt in den Medien nie zum Thema gemacht, also erfährt man sicher auch nur schwer Näheres zu dieser Konferenz in Berlin. Mein Lieber, ich hoffe, es geht Dir gut und wir sehen einander bald! Als Du mir am Telefon Deine Mail-Adresse gesagt hast, war unser Gespräch zu kurz für mich, um etwas aus Deiner Stimme herauszuhören, Du warst zwischen anderen Menschen, warst freundlich wie immer, aber irgendwie in Eile.

Wir hatten hier Hitze, dann Regen und Abkühlung, jetzt aber wird es langsam wieder heiß. Meine Nachbarin Linda hat mir den Computer entrissen, zu ihrem Mann gebracht, der hat ihn wieder zum Leben erweckt, sie ihn mir installiert, und jetzt sitze ich an dem Schreibtisch, den Du kennst und auf dem ich lange nichts mehr geschrieben habe, und habe dieses Gerät vor mir. Ich muß mich darum bemühen, es nicht als einen Eindringling zu sehen, der mir feindlich gesinnt ist, ich muß es mir zum Freund machen. Deshalb habe ich so rasch als nur möglich eine Gelegenheit Dir zu schreiben daraus werden lassen! Da ich ja nie willens war, mich mit einer SMS abzuplagen, finde ich es jetzt fein, daß Du diese Zeilen rasch zu lesen bekommst.

Sei innig gegrüßt und umarmt von Heni, Deiner Mum

Henriette überprüfte ihre Zeilen nochmals, dann fuhr sie mit dieser ominösen Maus zum Begriff ›Senden‹, und der Brief flog davon. Ja, sie hielt an dem Eindruck fest, einen Vogel loszuschicken, der jetzt ihre Nachricht in Windeseile zu Maloud tragen würde. Ich kann es technisch nicht erfassen, dachte Henriette, ich, die nahezu ein Leben lang technisch gearbeitet hat, mit Technik vertraut gewesen war, bin diesem Neuen, dieser anderen Welt, nicht mehr gewachsen. Ich bin aus der Zeit gefallen. Als meine Mutter Schwierigkeiten damit hatte, statt des Plattenspielers einen CD-Player zu bedienen, habe ich milde gelächelt und ›es ist eben das Alter‹ gedacht. Genauso jetzt bei mir. Es ist eben das Alter. Mein Alter.

Linda hatte ihr gestern eine Lehrstunde erteilt. Wie man Texte schreibt, wie man sie auf Papier ausdruckt, wie man Mails verfaßt und versendet, sie hatte ihr sogar vom eigenen Computer ein paar Zeilen geschickt, um ihr den Erhalt von Mail-Nachrichten und deren Beantwortung zu demonstrieren. ›Schreib doch jetzt irgend etwas, wir drucken es aus, damit du weißt, wie das geht, ja?‹ schlug Linda dann vor. ›Was denn soll ich schreiben?‹ hatte sie gefragt. ›Na ja, egal, vielleicht was von dieser Kaffeeschale oder so?‹ lautete Lindas Antwort. Vielleicht was von dieser Kaffeeschale! Wie das klang. Aber sie schrieb. Und heute hat sie ein Blatt Papier mit wenigen ausgedruckten Zeilen neben dem Computer liegen.

Die Kaffeeschale mit blauem Rand
(Exposé)
Groß: eine Kaffeeschale (wie ehemals in Frankreich oder Portugal üblich), weiß mit blauem Rand, bereits von Sprüngen durchzogen, wird von zwei Händen festgehalten.
Es sind sehr alte Frauenhände, braungebrannt, gefleckt, mit Adern überzogen.

›Es reicht‹, hatte sie dann gesagt. Linda bestürmte sie zwar, doch weiterzumachen, aber ihr war plötzlich übel geworden. ›Druck das jetzt aus und dann bitte Schluß‹, war ihr noch hervorzubringen möglich gewesen, dann mußte sie sich auf das Sofa legen und die Augen schließen. Linda jedoch fand heraus, daß sie tagsüber nichts gegessen hatte und es wohl schlicht Hunger war, woher Übelkeit und Schwäche rührten. Sie schaffte aus ihrer Wohnung Sandwiches und eine Flasche Wein herbei und sie saßen dann noch eine Weile beisammen.

Und nachts habe ich ungewöhnlich gut geschlafen, dachte Henriette. Obwohl ich Linda davon abhalten wollte, an diesem Samstagabend bei mir zu bleiben und ihn nicht mit ihrem Mann zu verbringen. ›Mach dir doch deswegen keinen Kopf, der schaut so gern Fußball, und ob du's glaubst oder nicht, er freut sich, daß wir die Sache mit dem Computer gut hingekriegt haben und jetzt miteinander noch einen heben‹, so hat sie mich beruhigt. Und ich habe zu ihren Broten nicht nur ein Glas Rotwein getrunken, während sie mich auszufragen begann, was genau ein ›Exposé‹ sei, und ich ins Erklären und Belehren hineingeraten bin, viel ausführlicher, als ich anfangs wollte. Heute möchte sie unbedingt dabei sein und zusehen, wie ich die Geschichte dieser Kaffeeschale mit blauem Rand weiterentwickle. Eigentlich ein Blödsinn, dieses Sujet! Aber ich habe mich überreden lassen. Weil ich müde war und beschwipst. Was jedoch dazu geführt hat, daß ich rasch eingeschlafen und erst aufgewacht bin, als über die Stadt hinweg Kirchenglocken hörbar wurden. Heute ist ja Sonntag. Und es ist wieder heiß, wie ich an Maloud schrieb. Nachdem ich ihn frühmorgens am Handy erreichen konnte und er mir seine Mail-Adresse gesagt hat. Mit einer eiligen, ein wenig überforderten Stimme, aber doch seinem herzlichen ›Prima, Mum! Prima, daß du mir mailen willst!‹. Ich setzte mich im Nachthemd vor den Computer, hatte davor gefrühstückt, dann aufgeregt wie ein kleines Kind versucht, ihn wieder anzudrehen – sagt man eigentlich andrehen? Das Radio dreht man auf, den Fernsehapparat an, was tut man mit einem Computer? Ihn anstellen? Oder einschalten? – Egal, es ist mir gelungen, er läuft.

Henriette stand vom Schreibtisch auf. Sie ging ins Bad und wollte gerade vor dem Duschen ihr Hemd abstreifen, als ein Signal des Computers sie aufhorchen ließ, ein feines, ganz kurzes Klingen, wie das Anschlagen eines Weihnachtsglöckchens. Eilig begab sie sich wieder zurück und erkannte sofort, daß eine Nachricht eingetroffen war. Und so, wie Linda es ihr tags davor gezeigt und mit ihr geübt hatte, vermochte Henriette diese auch zu öffnen. Sie war von Maloud.

Mum, meine Liebe, ich freue mich sehr über Deinen Entschluß, der Welt, so wie sie jetzt ist, doch wieder näherzutreten. Natürlich kann man ohne Computer und Internet leben und trotzdem klug und wissend sein, aber Du hast Dich bereits von zu vielem abgewandt und verabschiedet, und das mag ich gar nicht, wie Du weißt!

Ich bin noch in den Camps, meine Reise nach Berlin trete ich morgen an, wie lange es nach der Tagung noch dauern wird dort, ist unklar, aber das Visum gilt für länger und man ist darüber informiert, daß ich Dich besuche.

Alles hat sich, wie meist, ein wenig verschoben, aber sobald ich genau weiß, wann ich zu Dir kommen kann, melde ich mich per Handy. Oder jetzt (toll!) ja auch per Mail, Deiner Nachbarin Linda sei Dank. Ist das eigentlich die Plaudertasche?

Ich hoffe, die Hitze macht Dir in Deiner Stadtwohnung nicht wieder zu schaffen. Hier ist, wie

Du es ja auch von früher kennst, die Wüste eine heiße Herdplatte, man trinkt Tee und hält es aus. Das heißt – jetzt in der Früh geht es gerade noch, eigentlich kann ich Dir um diese Zeit ja noch einen guten Morgen wünschen, Sabah al-kheir, Mum – und bis bald, hoffe ich.

Ma'a Salama!

Dein Maloud

Henriette las das Mail einige Male, ließ es am Bildschirm immer wieder abrollen. Dann versuchte sie es auszudrucken. Und als ihr das gelang, die beschriebene Papierseite klaglos hervorglitt, und sie also gleichsam einen wirklichen Brief Malouds in Händen hielt, freute sie sich. Wie ein Kind, dachte sie, ich freue mich wie ein Kind über diese Spielerei. Wenn ich es als ein Spiel betrachten kann, sind mir diese unwillkommen gewesenen Geräte hier auf meinem Schreibtisch gleich irgendwie vertrauter. Erinnern sie mich ein wenig an die oft kindliche Freude vor meinen Schneidetischen ehemals. Auf denen wir ja auch gespielt haben, Mirco und ich. Was ist erfinden, andere Welten erschaffen, Bilder kreieren, in Geschichten eintauchen, sie erzählen denn anderes als Spiel! Jeder Film ist eine aus dem Spielen entstandene Wirklichkeit. So wie Kinder es machen. Ja, genau so.

Henriette ging nochmals in das Badezimmer hinüber, zog ihr Hemd aus, und begab sich unter die Dusche. Vorsichtig und langsam tat sie es, bemüht, unter dem Wasserstrahl nicht auf nassen Fliesen auszugleiten. Alte Menschen sind in ihren Badezimmern extrem gefährdet, das war ihr klar. Sich dort unachtsam zu bewegen, zu stürzen, und dann gegen Kacheln oder Waschbeckenränder zu knallen, würde Hinfälligkeit oder Tod bedeuten. Sowieso kommt das einmal auf einen zu, dachte Henriette, also bitte nicht auch noch blöde daran schuld sein.

Während sie sich einseifte, ließ sie ihren Blick über Haut und Muskulatur wandern. Auch wenn sie ein Leben lang mit Disziplin dagegen angekämpft hatte, der langsame Verlust von Elastizität, das Erschlaffen der Muskeln, war nicht aufzuhalten gewesen. Das kam mit dem Altern, unaufhaltsam. Anfangs noch zu überspielen, wurde es mehr und mehr eine sich intensivierende Lebensbegleitung. Sie mußte es sich gnadenlos bewußtmachen, daß auf die Knie gehen, wieder aufspringen, hohe Stufen erklimmen, ja oft nur vom Sofa aufstehen, Stiegen steigen, gleichmäßig einen Fuß vor den anderen setzen, daß all dies im Lauf der Zeit immer beschwerlicher wurde. Anfangs reagierte sie erstaunt, ungläubig, die Jugend saß ihr noch im Empfinden der eigenen Beweglichkeit. Auch jetzt, wenn sie die Seife über ihre nassen Arme und Schenkel gleiten ließ, dann den Schaum verteilte, war es sofort wieder da, dieses Gefühl, körperlich jung zu sein. Dabei hatte sie keinen gravierenden Einwand gegen diesen alten Körper. Gegen seine mürbe, zum Teil runzelige Haut und die weichen, zerfließenden Linien der Gliedmaßen. Nur würde sie gern noch etwas unbesorgter mit ihm umgehen können. Wäre sie gern immer noch fähig, ihn zu dehnen, anzuspannen, energisch zu bewegen, ohne sich dabei mit Seufzen oder Aufstöhnen Luft verschaffen zu müssen, oder gezwungen zu sein, beides krampfhaft zu unterdrücken.

Diese Gedanken hatten auch mit Malouds baldigem Kommen zu tun, das war ihr klar. Seine Besuche in der kleinen Wohnung hier hatten sie stets mehr beansprucht als ehemals seine Anwesenheit in ihrem weitläufigen Haus. Da hatte der kleine Bub und später der pubertierende Junge stets ein eigenes Zimmer, ein eigenes Bad, den Garten zur Verfügung gehabt, da wurde von ihrer jahrelangen Haushälterin, die ihn auch ins Herz geschlossen hatte, nach den Wünschen Malouds aufgekocht, da trafen sie beide einander in schönster Distanz und Freiheit, und konnten so Innigkeit und Zuneigung würdevoll ausleben. Seither aber, in all den Jahren hier, mußten sie Malouds Nachtlager an jedem Abend auf dem Sofa des Wohnzimmers neu herrichten, mußten sie ein kleines Badezimmer teilen, wurde es unerläßlich, ihre Nähe behutsam und diskret zu verwalten.

Aber als sie damals ihr großes Haus verließ und hierherzog, war es Maloud, der ihren ersten vorsichtigen Hinweis, sie könne ihn nicht mehr in der früheren großzügigen Weise bei sich aufnehmen, er müsse bei seinen Besuchen jetzt leider mit der Enge einer Wohnung vorliebnehmen, mit einem Auflachen beantwortete. »Aber Mum!« rief er ihr durch das Telefon zu, »wir müssen doch einfach nur so miteinander umgehen wie bei uns in den Zelten! Du kennst es doch! Da ist man einander nah, ob man will oder nicht, da lernt man, sich selbst und den anderen zu respektieren! Und so werden auch wir zwei es halten! Wir haben darin doch Übung, Mum!«

Henriette lächelte, als sie aus der Dusche kam, sich abtrocknete und eincremte. Und das Lächeln wollte sie nicht verlassen, als sie danach in den Schlafraum hinüberging, sich anzog und statt eines Sommerkleides wieder ihre weiße Darah überstreifte. Sie sah den damals noch ganz jungen Maloud vor sich, wie er zum ersten Mal ihre neue Wohnung betreten, sich umgesehen und vergnügt den Arm um sie gelegt hatte. »Also, gegen ein Zelt in der Sahara haben diese Zimmer doch palastartige Ausmaße, Mum! Ich kann auch auf dem Boden schlafen, wie du weißt. Und ich werde in deiner hübschen Küche jetzt Kännchen und Teegläser auspacken, die ich dir mitgebracht habe, und für uns zwei jetzt erst einmal unseren richtigen guten starken Tee zubereiten.« Bald duftete es nach frischer Minze, sie selbst lagerte auf dem Sofa, Maloud mit überkreuzten Beinen auf dem Boden, und beide tranken ein Glas Tee nach dem anderen. Das mehrmalige Aufgießen aus der kleinen Emailkanne mußte Maloud hier über der Flamme des Gasherdes in der Küche bewerkstelligen, aber er eilte hin und her und brachte frischen Tee, bis ihr Herz wie wild zu klopfen begann und Maloud sich Vorwürfe machte. Aber es war, als säßen sie in einem der Zelte beisammen, oder auf dem Wüstenboden, und gleichgültig wurde, ob ein großes Haus sie umgab oder eine kleine Wohnung. Maloud war bei ihr.

Ich freue mich so sehr auf seinen Besuch, dachte Henriette, ich muß aufpassen auf mich. Kein Schwindelanfall bitte, und kein Schlag soll mich treffen bis dahin.

Sie ging zurück an ihren Schreibtisch. Jetzt könnte ich diesen Raum eigentlich wieder ›mein Arbeitszimmer‹ nennen, dachte sie, Computer, bedruckte Papierseiten, ein Bildschirm in Betrieb, es sieht plötzlich ganz danach aus, als sei hier jemand an einer Arbeit. Aber wenn Maloud kommt, wird das natürlich wieder weitgehend sein Zimmer sein. Wenn Maloud kommt.

Henriette nahm plötzlich wahr, daß sie eine Wüstenlandschaft vor sich hatte, Dünen bis zum Horizont, seitlich eine Palme. Im Ruhezustand schmückte also dieses Foto ihren Bildschirm.

Daß Helmut Krutisch es ausgewählt hatte, unterlag mit Sicherheit Lindas Befehl. Sie erinnerte sich, es gab ja auch früher schon für Computer bildschirmschonende Motive in Hülle und Fülle. Vogelschwärme, Meeresstrände, Wolken, Blumenwiesen. Oder Fotos aus Filmen wie ›Casablanca‹. Oder Charly Chaplin in vielerlei Posen. Oder Postkartenbilder, Rom, Paris, Wien. Alles mögliche gab es da zur Auswahl. Und jetzt verloren sich also vor ihr rötliche Dünen in einem fernen Wüstenhorizont, sehr sinnig. Das hat Linda ausgewählt. Maloud wird lachen, wenn er es sieht!

Es läutete.

Da kommt sie, wie von meinen Gedanken herbeigerufen, dachte Henriette, ganz sicher ist das Linda, die jetzt vor meiner Tür steht. Sonntag ist, ein stiller, langweiliger Vormittag, das Frühstück mit dem Ehemann schon vorbei, also besuche ich Frau Lauber, die alte Dame, in ihrer Wohnung gegenüber.

Henriette öffnete.

»Schön wieder, dieses weiße Gewand«, sagte Linda, »wie heißt es noch?«

»Darah«, sagte Henriette, »guten Morgen.«

»Guten Morgen. Darf ich hereinkommen?«

»Sei nicht höflich, du tust es ja sowieso.«

»Als wäre ich je unhöflich, Henriette!«

»Keine Diskussion, komm herein.«

Linda lachte und betrat die Wohnung.

»Alles okay?« fragte sie.

»Ich habe vorhin einen Brief von Maloud bekommen.«

»Wirklich? Er hat dir gemailt?«

»Ja. Gleich nach meinem Mail kam seine Antwort.«

»Toll!« rief Linda, »alles alleine geschafft!«

Sie folgte Henriette zum Schreibtisch, beide standen vor der Wüstenlandschaft, die den Bildschirm des Computers jetzt schmückte.

»Habe ich ausgesucht!« sagte Linda stolz.

»Dachte ich mir«, sagte Henriette.

»Gefällt dir doch, dieses Motiv, oder?«

»Doch, ja.«

»Sieht es in der Wüste, wo du immer warst, nicht so ähnlich aus?«

»Nur dort, wo Sanddünen sind.«

»Sind in der Sahara nicht überall Sanddünen?«

»Die Sahara ist so groß, Linda. Und so vielfältig. Steinwüste, Felsgebirge, die unglaublichsten Formationen von Fels, und dann wieder Sand, endlose Wellen von Sand. Ich bin einmal an einem Nachmittag von Tindouf nach Algier geflogen, diesen Flug vergesse ich nie. Ich hatte einen Fensterplatz und betrachtete all die Stunden dieses Fluges die Sahara unter mir, oder blickte über sie hinweg ins Endlose, sie bot sich mir in dem immer tiefer stehenden Sonnenlicht so gewaltig schön dar, ich –«

Henriette brach ab.

»Du –?« fragte Linda leise.

»Ich liebte die Welt plötzlich so sehr.«

»Das verstehe ich gut.«

»So sehr, daß es weh tat.«

Beide starrten schweigend auf den Bildschirm.

»Hallo«, sagte Henriette schließlich, »wir stehen andächtig vor einem Computer, ist dir das klar? Schon ziemlich meschugge.«

»Meschugge –?«

»Meschugge kommt aus dem Jiddischen und heißt verrückt.«

»Aha«, sagte Linda. Sie schien zu überlegen und fuhr dann fort. »Aber so arg verrückt sind wir nicht, Henriette. Wir waren uns nur plötzlich einig, manchmal diese Welt so sehr zu lieben, daß es weh tut.«

»Liegt aber lange zurück, Linda, für mich ist auch das Erinnerung. Und gut so. Ich werde diese Welt ja bald verlassen müssen.«

»Hör auf«, sagte Linda.

Sie holte einen zweiten Sessel vom Eßtisch her, schob ihn dicht neben den anderen und setzte sich vor den Schreibtisch. Ihr Blick fiel auf das Blatt Papier mit Malouds Mail.

»Ha! Ich sehe, du konntest den Brief ausdrucken!« rief sie.

Er liegt zwar hier neben dem Computer, dachte Henriette, aber ihn deshalb einfach zu lesen ist indiskret.

»Verzeih, ich lese wirklich nie fremde Briefe«,

sagte Linda, »aber diese zweite bedruckte Seite über der einen von gestern konnte ich nicht übersehen!«

»Ja, stell dir vor, das Ausdrucken ist mir gelungen«, sagte Henriette. Dann setzte sie sich neben Linda, öffnete die oberste Schreibtischschublade, die, in der sie ihre letzten handschriftlichen Zeilen an Mirco gefunden hatte, legte Malouds Brief hinein, und schloß die Lade wieder.

»Ich kann das Geschriebene auf einem Bildschirm als Botschaft nicht wirklich ernst nehmen«, sagte sie dann, »es muß für mich zu einem Brief werden, der auf Papier geschrieben steht, zu einem, den man in die Hand nehmen kann.«

»Versteh ich. So geht es mir mit Büchern. Ich kann Bücher nur wirklich lesen, wenn ich in ihnen blättern kann.«

»An ein Buch, das kein Buch ist, mag ich gar nicht denken.«

»Viele lesen nur noch auf ihren Tablets.«

»So nennt man das?«

»Nun ja, kleinere, tragbare Bildschirme, auf die man Bücher herunterladen kann.«

»Herunterladen –«

»So sagt man. Aus dem Internet holen.«

Henriette schwieg und betrachtete die Sanddünen, den Druckapparat, die ganze Ausrüstung, die da plötzlich ihren Schreibtisch besetzt hatte.

»Erstaunlich«, sagte sie schließlich.

»Was ist erstaunlich?«

»Wie rasch das ging mit einer gänzlichen Um-
wälzung all unserer technischen Möglichkeiten.
Seit ich nicht mehr Filme schneide, ist die Welt
eine andere geworden.«

»Die Welt doch nicht!«

»Doch, Linda. Ich denke, daß ich diesen Wandel hier in meiner kleinen Wohnung verschlafen
habe. Obwohl vom Fernsehen ja in diese Richtung hin informiert und auch mit dem Begriff
›digitale Revolution‹ konfrontiert, habe ich mich
trotzdem nie damit auseinandergesetzt.«

»Ich doch eigentlich auch nicht! Man rutscht
in das alles einfach hinein, irgendwie. Plötzlich
haben alle Handys, plötzlich I-Phones, plötzlich
geschieht alles nur noch mit Facebook, YouTube,
Twitter, plötzlich geht jeder Fernsehapparat,
jedes Auto nur noch per Computer – ich weiß
auch nicht, Henriette, ob ich das alles bewußt
mitverfolgt habe und wirklich Bescheid weiß.
Irgendwie – ist es über uns gekommen.«

Henriette sah vor sich hin und nickte.

»Über uns gekommen«, wiederholte sie dann.

»Ja«, sagte Linda.

Beide saßen schweigend da. Henriette sprach
plötzlich weiter.

»Mir will scheinen, die Welt wurde zwar eine
andere, hat es aber weitgehend selbst noch nicht
begriffen«, sagte sie.

»Ich kenne mich zuwenig aus mit der Welt, um
das beurteilen zu können«, antwortete Linda.

»Schau doch nur, wie ich hier lebe, eine Frau, früher am Puls der Zeit, technisch versiert, gesellschaftspolitisch interessiert – und jetzt mit den Gewohnheiten und Ritualen früherer Jahre befaßt, unwillig, Neuerungen und Veränderungen zuzulassen. Ähnlich die Menschheit, denke ich. Diese vielen auf Erden, machtlos, mittellos, hilflos, aber auch gebildete Wohlstandsbürger allerorten, wir alle leben größtenteils noch in überkommenen Mustern. So wie ich.«

»Hast du schon oft über das alles nachgedacht?« fragte Linda, »es klingt so.«

»Ich habe jetzt darüber nachgedacht«, antwortete Henriette.

»Und woher nimmst du das alles plötzlich?«

»Ich schaue viel fern.«

»Aber du hast doch vorhin gesagt –«

»Ich weiß, ich hab gesagt, daß ich durch das Fernsehen Informationen erhalte, mich aber nie mit ihnen auseinandersetze. Gerade vorhin habe ich's aber getan. Habe ich über etwas nachgedacht, was ich eigentlich weiß.«

»Henriette! Muß man über etwas nachdenken, was man eigentlich weiß?«

»Nicht schlecht, wenn man's tut. Wissen kann in uns schlummern. Das Nachdenken läßt es wach werden.«

Was rede ich denn heute nur alles, dachte Henriette, ich gerate in das, was Mirco und ich ehemals als eine Art Sport betrieben haben. Nicht nur nachzudenken, jeder für sich, sondern unsere Gedanken einander auch möglichst detailliert mitzuteilen. Ja, wir taten das zeitweise mit sportiver Lust am Wort.

»Ich tu heute viel zu sehr auf gescheit«, sagte sie.

»Aber du hast ja recht!« rief Linda. »Sehr oft weiß man etwas sehr genau, aber will es einfach nicht wissen. Dann denkt man darüber nicht nach, aber tief in einem schläft es, dieses Wissen. Kenne ich!«

Sie stockte plötzlich, als hätte ihr eigener Ausruf sie erschreckt. Wie deutlich man doch in Menschengesichtern dunkle Gedanken wahrnimmt, dachte Henriette. Genau das hatte sie am Schneidetisch immer wieder bei Großaufnahmen guter Schauspieler fasziniert. Dieser Wandel des Ausdrucks ohne jedes Wort. Wie ein Schatten über ein Gesicht fallen kann, der einzig aus der Tiefe einer plötzlich verdunkelten Seele zu kommen scheint.

»Weißt du, Henriette«, Linda schien weitergedacht zu haben, »nicht so sehr, was da jetzt das Wissen um diese digitale Revolution und den Zustand unserer Welt betrifft – aber daß ich selbst erst nach einigem Nachdenken draufgekommen bin, wie sehr mir irgend etwas ohnehin schon längst völlig klar gewesen ist – das kenne ich gut.«

Sie verstummte und starrte auf die Dünenlandschaft am Bildschirm, als würde ihr dort etwas enthüllt. Dann seufzte sie auf, schwer, als gelte es eine Last abzuwerfen.

»Was ist denn, Linda?« fragte Henriette.

»Nichts Besonderes«, sagte Linda.

»Und was ist dieses nicht Besondere?«

»Ach nur – meine Eltern haben – Egal, lassen wir's.«

»Was haben deine Eltern?«

»Ich spreche nicht gern darüber.«

Henriette betrachtete Linda. Plötzlich dieser Ernst, dachte sie. Ein für mich ganz neues Gesicht dieser jungen Frau, ich sah sie noch nie so entschieden abgewandt, so in einen eigenen Schmerz vertieft.

»Was war dir denn völlig klar, und du hast trotzdem nie drüber nachgedacht?« fragte Henriette.

»Wir wollten doch an deinem Exposé weiterschreiben, an der Geschichte von dieser Kaffeeschale«, antwortete Linda.

»Ist nicht mein Exposé, eher deines, du wolltest ja wissen, wie so etwas entsteht. Aber ich glaube, du lenkst jetzt ab.«

»Ja, tu ich.«

»Okay«, sagte Henriette.

Sie blieben nebeneinander vor dem Schreibtisch sitzen. Es war warm geworden im Zimmer. Sicher herrscht draußen wieder Hitze, dachte Henriette, und kriecht jetzt langsam in die Räume, mir gar nicht recht, Hitze macht mir zu schaffen. Und im Moment auch diese junge Frau an meiner Seite, ich gebe es zu. Es ist das Unausgesprochene. Unausgesprochenes macht einem stets zu schaffen. Linda leidet offensichtlich gerade jetzt an einer Erinnerung, die wie eine dunkle, schwere Wolke über ihr zu liegen scheint. Bislang war sie es, die versucht hat, mich zu ermuntern. Jetzt wäre ich dazu aufgerufen, dringe aber nicht zu ihr vor.

»Soll ich das Exposé jetzt –?« fragte Linda schließlich.

»Wenn du unbedingt willst«, antwortete Henriette.

Sie sah zu, wie unter Lindas Händen die Dünenlandschaft verschwand und die wenigen Zeilen vom Vortag den Bildschirm erneut einnahmen.

Die Kaffeeschale mit blauem Rand
(Exposé)
Groß: eine Kaffeeschale (wie ehemals in Frankreich oder Portugal üblich), weiß mit blauem Rand, bereits von Sprüngen durchzogen, wird von zwei Händen festgehalten.
Es sind sehr alte Frauenhände, braungebrannt, gefleckt, mit Adern überzogen.

»Und? Wie weiter?« fragte Linda.
»Ach, Linda!«
»Bitte! Weiter!«

»Die Kamera zieht auf –«, sagte Henriette.

»Warte! Ich schreibe gleich, ja? – Diktiere es mir!«

Henriette seufzt. »Also gut«, sagt sie dann.

Die Kamera zieht auf.

»Absatz!«

»Okay.«

Groß die alte Frau. Sie sitzt auf einer Bank vor einem weißgekalkten Haus, dicht an der Mauer. Trägt ein schwarzes Kopftuch, ihre Augen sind geschlossen.

»Warum?« fragte Linda.

»Keine Ahnung«, sagte Henriette.

»Ist ihr schlecht?«

»Wie hättest du es denn gern?«

»Weiß ich doch nicht. Sag du es.«

»Vielleicht schläft sie. Oder ist sie vielleicht schon tot?«

»Dann könnte sie die Schale ja nicht mehr halten!«

»Eben. Laß du dir einfallen, was mit ihr los ist.«

»Ich?«

»Ja. Wir erfinden, Linda, da ist alles möglich.«

»Wo steht dieses weiße Haus?«

»Wo du willst, Linda.«

»In Portugal?«

»Von mir aus gern.«

»Und wie sieht es dort aus?«

»Ich denke – rundum sind flache Hügel – Weiden für Rinder und Schafe – Korkeichen und Olivenbäume –«

»Kein Dorf?«

»Könnte natürlich auch in einem kleinen Dorf stehen, dieses Haus.«

»Wäre vielleicht besser – da könnte bald jemand vorbeikommen.«

»Toll, Linda! Du erfindest ja schon!«

»Es darf aber wirklich nur ein ganz kleines Dorf sein!«

»Es gibt eine Landschaft südlich von Lissabon, unterhalb des Flusses Tejo, deshalb Alentejo genannt, die ich ganz besonders liebe –« Henriette unterbrach kurz, seufzte, und fuhr dann fort. »Besser – die ich ganz besonders geliebt habe – und dort gibt – gab – es kleine Dörfer, wo nur zwei kurze Häuserzeilen die schmale Landstraße säumen. Ebenerdige, gekalkte Häuser mit Holzläden vor den Fenstern, dicht aneinandergereiht, Blumentöpfe davor, ab und zu eine Holzbank, oder ein kleiner Akazienbaum. Wir mußten einmal bei Dreharbeiten öfter durch eines dieser Dörfer hindurchfahren, das hieß ›Áqua Derramada‹ – auf portugiesisch: ›verschüttetes Wasser‹. Dieser Name – in einer staubtrockenen Landschaft, zwischen Wiesen, Feldern, Hainen, die in der Hitze knistern. Es war mitten im Sommer, als wir dort drehten. Wir kicherten jedesmal, wenn wir das Dorf passierten.«

»Soll ich es so schreiben?«

»Wie meinst du?«

»Nun ja – das Haus steht an einer schmalen Landstraße –«

»Also gut – schreib!«

Das Haus steht an einer schmalen Landstraße, zwei Blumentöpfe flankieren die Haustür, ein kleiner Akazienbaum wirft ein wenig Schatten. Stille.

»Stille? Einfach so?«

»Um festzuhalten, daß über diese ersten Bilder keine Musik gelegt wird, daß der Zuseher das Schweigen einer Dorfstraße erfährt und nur das Akazienlaub flüstern hört.«

»Und was passiert jetzt?«

»Was würdest du denn wollen, daß passiert?«

»Ich weiß nicht – jemand sollte wohl kommen.«

»Wer?«

»Das fragst du mich?«

»Ja, klar. Du willst doch erzählen.«

»Aber ich kenne mich doch beim Film nicht aus.«

Ich doch auch nicht mehr, dachte Henriette, Film ist für mich fernste Vergangenheit geworden, sogar im Erinnern nur noch schlecht geborgen. Aber wie viele Drehbücher habe ich damals gelesen. Manche genau nach Vorschrift geschrieben, manche unorthodox einer Art künstlerischer Freiheit huldigend, aber spannend fand ich es jedesmal, aus einem Buch Bilder werden zu lassen, die erzählen. Mirco hatte einen sehr persönlichen Stil, Drehbücher zu verfassen. Als ich nur noch seine Filme schnitt, wurde es im Lauf der Zeit für mich ein leichtes, seine jeweilige filmische Absicht zu verstehen, obwohl er eigentlich auf literarische Weise Geschichten niederschrieb. Seine Filme waren das ja auch stets. Literarisch. Wenn man Literatur in einen Film einbringen kann, ohne das Filmische zu vernachlässigen, dann konnte er das.

»Henriette?« fragte Linda. »Ist etwas?«

»Wieso?«

»Du bist irgendwie verschwunden – dein Blick –«

»Was ist mit meinem Blick?«

»Er hat mir angst gemacht. Deine Augen waren weit weg. Als wär dir nicht gut.«

»Mir ist gut, Linda. Ich habe nur zurückgedacht.«

»An Filme, nicht wahr? Als du – Schneiderin für Filme warst?«

Henriette lachte auf.

»So kann man's auch nennen, ja.«

Sie schloß die Augen. Ihr war heiß. Da sitze ich an einem Computer und denke mir die Geschichte einer alten Frau an einer weißen Hauswand aus, dachte sie, nur um einer jungen Frau etwas zu erklären, das wir beide nicht brauchen. Ich nicht mehr und sie überhaupt nicht. Wir vertreiben Zeit. Mogeln uns durch einen langweiligen Sonntag.

»Wollen wir jetzt weiterschreiben?« fragte Linda.

Henriette unterdrückte ein Seufzen und öffnete ihre Augen wieder.

»Wo waren wir?« fragte sie dann.

»Bei der Stille.«

»Gut. Die sollte jetzt durchbrochen werden. Man hört plötzlich – was soll man plötzlich hören, Linda?«

»Ein Auto?«

Henriette lachte wieder auf.

»Klar, was sonst hört ein junger Mensch! Ein Auto! Ich hätte an Schritte gedacht, oder an einen Schubkarren.«

»Dann sag du! Ich schreibe.«

»Nein, es ist dein Film. Also. Das Geräusch eines sich nähernden Autos –«

»Warte!«

Das Geräusch eines sich nähernden Autos wird hörbar.

»Absatz«, sagte Henriette. »Die Totale –«

»Die was?« fragte Linda.

»Totale nennt man ein – ja, ein totales Bild. Also nicht nur die Hände, oder nur die alte Frau, sondern rundherum das Haus, die Straße, der

Baum, also alles um diese Frau herum, als sähe man es aus größerer Entfernung.«

Linda nickte, langsam und nachdenklich.

»Eigentlich ist das bei uns im Leben auch ähnlich«, sagte sie.

»Was meinst du?« fragte Henriette.

»Nun ja, manchmal sieht man alles ganz nah, also Details, ganz groß – was für ein Gesicht der Helmut grade macht, wie eine Wolke ausschaut, ob man plötzlich traurig ist, alle diese Kleinigkeiten an einem Tag, das sind lauter Großaufnahmen, findest du nicht? Und dann gelingt einem plötzlich so eine Totale. Wie du's gesagt hast, als sähe man aus größerer Entfernung auf sein Leben.«

»Schön gedacht«, sagte Henriette.

»Findest du?«

»Ja, Linda.«

Henriette sah vor sich hin, sah dann zum Bildschirm, sah die Zeilen: *ein kleiner Akazienbaum wirft ein wenig Schatten. Stille.* Und sie verstand es selbst nicht, daß ihre Augen sich plötzlich mit Tränen füllten.

»Was hast du?« fragte Linda.

»Genau weiß ich es nicht.«

Henriette bezwang die Unsicherheit in ihrer Stimme, bis sie ruhig weitersprechen konnte.

»Ich glaube, Linda«, sagte sie dann, »daß du zuvor mit deinen Gedanken meine lebenslange Liebe zum Film bekräftigt und dadurch etwas in mir aufgerührt hast. Meine ehemalige Zuversicht nämlich, daß Film fähig ist, tiefgreifender vom Leben zu erzählen, als das Leben selbst es tut. Natürlich nur in Meisterwerken, ich spreche nicht von der Unterhaltungsindustrie. Aber daß in großen Filmen eben keine künstlichen Geschichten ablaufen, sondern gerade all dies – der Schnitt, das Reduzieren, Raffen, der Wechsel von Detail und Totale, wie du's eben so fein entdeckt hast – daß technisch versiertes und zugleich kunstreiches Erschaffen zu Filmen führt, die ganz intensiv vom Leben berichten.«

Henriette lehnte sich mit einem heftigen Atemzug in ihren Sessel zurück. Ich habe mich aufgeregt, dachte sie.

»Was für eine Liebe«, sagte Linda leise und lächelte sie an. »Wie sehr du das Filmen geliebt hast, Henriette.«

»Es ist mehr.«

»Mehr?«

»Ich habe erdachtes, erzähltes, gezeigtes Leben, also Geschichten vom Leben, wohl immer mehr geliebt als das Leben selbst. Und Filme waren mir da ganz früh wegweisend. So will ich später leben, dachte ich als Kind, als meine Eltern mich die ersten Male ins Kino führten. Das war noch in London. Da sah ich zum Teil sicher auch kitschige Nachkriegsfilme, aber war davon überzeugt, daß Leben so aussehen müßte. In jedem Fall anders, als wir es in unserem Londoner Reihenhäuschen lebten. Vater und Mutter, die der

Umwelt nicht mehr trauten, nur noch Rückzug kannten, ich ein jüdisches Mädchen, das eine jüdische Schule besuchte. Nicht, daß dort etwa mehr und ausführlicher über das Grauen des Holocaust gesprochen worden wäre. Aber dieses Verschweigen wohnte als dunkles Wissen zwischen uns Schulkindern, genauso wie daheim zwischen meinen Eltern. Dem allen wollte ich entrinnen, verstehst du, in eine lebendige und helle Welt, wie das Kino sie mir bot. Dort, in den Filmen, war auch das Unglück zu ertragen, hatte jedes Leid sein Maß, und gab es vor allem Menschen, die einander so ganz anders liebten, als die Leute um mich herum es taten.«

»Ich verstehe das voll«, sagte Linda.

Wie sie mich wieder ansieht, dachte Henriette, mit so viel Anteilnahme und Aufmerksamkeit.

»Linda! Eigentlich solltest du aber nicht die Geschichten einer alten Frau voll verstehen«, sagte sie, »sondern du solltest an so einem Sonntag wie heute unter deinesgleichen sein.«

»Unter meinesgleichen?«

»Ja. Unter jungen Leuten.«

»Muß ich's dir schon wieder erklären, Henriette, daß mir unter meinesgleichen, wie du es nennst, meistens nur öde zumute ist?«

»Dann mußt du dich auf den Weg machen und interessante junge Menschen kennenlernen!«

»Auf den Weg machen? Wohin denn? Ich sitze hier doch fest!«

Nach diesem Ausruf verstummte Linda, sie sah erschrocken aus.

»Ist das dein Gefühl?« fragte Henriette.

»Du meinst –«

»Hier festzusitzen, meine ich.«

Linda zögerte.

»Irgendwie schon«, sagte sie dann, »du weißt es ja.«

»Ja, ich weiß es. Und gern würde ich dir dabei helfen können, dich frei zu machen, kann es aber nicht.«

»Aber du hilfst mir doch, Henriette. Wenn du mir von dir und deinen Erfahrungen erzählst, wenn du mir das Filmen ein bißchen erklärst, oder das Aufschreiben von Bildern, wenn ich spüre, wie dein langes Leben dich trotzdem nicht alt gemacht hat – nur manchmal vielleicht erschöpft – und wenn ich dann an meine Mutter denke –«

Linda brach ab und schwieg. Wieder dieser Ernst, der sie verändert, dachte Henriette, diese Dunkelheit in ihrem Blick.

»Was ist, wenn du an deine Mutter denkst?«

Linda antwortete nicht, senkte den Kopf und sah zu Boden.

»Sagst du mir, was mit deiner Mutter los war? Oder mit deinen Eltern?« fragte Henriette vorsichtig weiter. »Du wolltest vorhin nicht darüber sprechen. Vielleicht jetzt?«

Da hob Linda den Kopf und blickte Henriette an. Ihre Augen waren feucht.

»Meine Mutter hat Selbstmord begangen, nachdem sie meinen Vater getötet hat.«

»Nein.«

»Ja«, sagte Linda.

»Aber du hast mir doch von deinen Eltern erzählt – wie gescheit und vernünftig sie mit dir umgegangen sind – und mit der Großmutter zurechtgekommen sind – all das – ich dachte, deine Kindheit –«

»Meine Kindheit war ganz in Ordnung«, sagte Linda, »ich war schon aus dem Haus, als es geschah. Mein Vater wurde schwer krank. Er hatte Aids. Meine Mutter hat diese Erkenntnis, dieses Wissen wohl völlig aus der Bahn geworfen, ich kann mir ihre Fassungslosigkeit vorstellen. Mir, der einzigen Tochter, haben die Eltern alles verheimlicht, sie haben so getan, als ginge es um vorübergehende gesundheitliche Beschwerden. Aber ich habe ganz tief in mir all die Zeit gespürt, daß mit den beiden etwas Schreckliches los ist, etwas Unausgesprochenes, Bedrohliches. Es war mehr als ein plötzlich ständig kranker Vater und eine davon mitgenommene Mutter! Das war doch sichtbar und fühlbar! Nur ich ließ mich immer wieder beruhigen, und das quält mich nachträglich so!«

Linda wischte sich Tränen vom Gesicht, ehe sie weitersprechen konnte, sie tat es mit beiden Händen, wie ein Kind, dachte Henriette.

»Ich kam sonntags zum Mittagessen und

dachte, der ausgemergelte Vater sei eben sehr krank, er würde sich schon wieder erholen – die völlig verändert wirkende, abgemagerte Mutter dann sicher auch wieder, wenn es ihm besser ginge – ja, beide redeten mir ein, sie würden dann und dann Urlaub machen, ans Meer fahren, alles sei nicht so schlimm, sei nur eine Krise, die sie aber im Griff hätten und bewältigen würden – und ich blöde Kuh habe ihnen das geglaubt! Weil es mir lästig war, etwas anderes anzunehmen, genauer nachzufragen, mich um die beiden zu kümmern. Nachträglich weiß ich genau, daß ich's gewußt habe. Aber ich habe weggeschaut. Habe nicht darüber nachgedacht, so, wie du es mir vorhin gesagt hast. Daß man über das nachdenken sollte, was man eigentlich weiß.«

»Aber wie solltest du wissen, daß dein Vater an Aids erkrankt ist, Linda. Das lag doch außerhalb all dessen, was du dir vorstellen konntest, nehme ich an.«

»Ich hätte es herauskriegen und meiner Mutter helfen können. So aber habe ich eines Tages den Anruf erhalten – und wie ich in die Wohnung gekommen bin – da waren beide tot. Sie hat erst meinen Vater umgebracht und dann sich selbst. Hat es nicht mehr ertragen, das Ganze. Hat Medikamente gesammelt, bis es ausgereicht hat, sie beide zu töten. Mein Vater starb vor ihr, wurde später festgestellt. Er wußte wohl nicht, was sie im Sinn hatte, sie lagen auch nicht nebeneinander.

Ein jüngerer Mann tauchte ein paar Tage später auf und schrie herum, er wolle vor Gericht, sein Freund sei ermordet worden, aber wen hätte er verklagen können, die Mörderin war ja tot.«

Linda schwieg und starrte ins Leere.

»Henriette, ich frage dich«, sagte sie dann, »daß mein Vater homosexuell war – das hätte ich doch auch irgendwie mitbekommen müssen, oder?«

»Wie denn, Linda? Du hast dich doch ganz einfach nur als das geliebte Kind deiner Eltern gefühlt, jedenfalls hast du es mir so erzählt.«

»Ja. Sie waren die besten Eltern. Er ist mir immer ein vorbildlicher Vater gewesen, weißt du, ein Mann, an dem ich mich als Mädchen orientiert habe. Und meine Mutter und er waren wirklich ein glückliches Ehepaar, jedenfalls habe ich die beiden so erlebt, und sie liebte ihn auf sehr sinnliche Weise. Beide haben hart gearbeitet, wir haben bescheiden gelebt, aber ich habe immer ein Gefühl von zufriedener Gemeinsamkeit geschenkt bekommen. Wahrscheinlich ist, daß sie von seinem Doppelleben erst erfuhr, als er Aids bekam. Oder als Aids bei ihm ausbrach. Keine Ahnung, ob er auch sie angesteckt hat. Ich frage mich immer wieder, wie diese beiden Menschen sich verhalten haben, wenn ich nicht dabei war. Welche Hölle das gewesen ist. Und wie sie es fertiggebracht haben, vor mir ihre Eintracht aufrechtzuerhalten oder sie mir vorzuspielen. Es ist ihnen jedenfalls gelungen, mit letzter Kraft, nehme ich an. Deshalb aber frage ich mich immer wieder, wie meine Mutter – so gesehen – aus der Welt gehen und mich alleine lassen konnte? Zuletzt war für sie dieser Mann und seine Qual wohl nicht mehr zu ertragen – ich denke, es war unendlicher Haß und auch Liebe, beides, weswegen sie ihn tötete. Und ihre eigene tödliche Erschöpfung. Sie selbst sah so alt und müde aus, als ich sie tot auf dem Sofa liegen sah, ich –«

Linda begann heftig zu weinen und Henriette legte schweigend den Arm um sie.

Wie wir Menschen doch nie erahnen, was dem anderen widerfuhr, dachte sie. Wir verlassen uns auf Gesten und Mitteilungen, die den Alltag nicht aufbrechen, auf Zurückhaltung und Verschlossenheit, auf all das, was man uns anerzogen hat. Nur ja nichts herzeigen, was die Norm übersteigt. Deshalb reden ja alle immer vom Wetter und vom Essen. Linda und ich taten das ja nicht, wir offenbarten einander vieles, sie mir auch, denke ich. Aber nie hätte ich angenommen, daß sich hinter der Frische und Ungezwungenheit dieser jungen Frau eine Tragik solchen Ausmaßes verbirgt.

Lindas Schluchzen verebbte langsam. Sie hob den Kopf und trocknete mit dem Handrücken ihre nassen Wangen.

»War irgend jemand um dich in dieser Zeit?« fragte Henriette. »War ein befreundeter Mensch an deiner Seite?«

»Helmut«, antwortete Linda.

»Dein Mann Helmut?«

»Ja. Ich war damals schon ein paar Jahre lang verheiratet. Und er war um mich, wirklich. Er war ein guter Freund in dieser Zeit. Das hat mich sehr an ihn gebunden, bis heute.«

Henriette nickte. »Es gibt die Liebe nicht, nur den Liebesbeweis«, sagte sie.

»Ja, das stimmt! Helmut hat meine Eltern von Anfang an sehr geschätzt, und sie haben ihn gern gehabt. Aber zuletzt ist er nur selten mit mir gegangen, wenn ich sie besucht habe, er fand immer irgendwelche Ausreden. Später hat er mir gestanden, daß er bei diesem Krankheitsverlauf langsam Aids befürchtet hat und nicht wußte, wie er sich verhalten soll. Weder wollte er mich beunruhigen noch mir seinen Verdacht sagen. Weil ihm klar gewesen sei, wie sehr es mich bestürzt hätte. Aber als es dann zur Katastrophe gekommen ist, war der Helmut irgendwie – ja, gewappnet. Er hat mich wirklich auffangen können.«

»Schön«, sagte Henriette.

»Ja, das war schön«, sagte Linda.

»Ich glaube, ich muß ihm wieder einmal Abbitte leisten, deinem Mann.«

»Er ist in Ordnung.«

Linda richtete sich auf. Sie strich ihr Haar zurück und wandte sich Henriette zu.

»Hat mir gutgetan, dir das alles zu erzählen.«

Sie sahen einander ruhig an, ehe Linda weitersprach.

»Weißt du, Henriette – mit dem Helmut habe ich lange nicht mehr darüber geredet. Und mit wem anderen schon überhaupt nicht. Vor allem meine Schuldgefühle – über die habe ich mit niemandem jemals gesprochen, da bist du wirklich die erste. Daß ich so unwissend geblieben bin, obwohl ich wußte, daß da bei meinen Eltern etwas ganz gravierend nicht stimmt. Wieso hast du es denn geahnt, daß mein Vater Aids haben könnte? habe ich den Helmut damals gefragt, und er hat gesagt: Ich hab's ihm angesehen. Ja, aber was hast du gesehen? habe ich weitergefragt, und warum habe ich es denn nicht gesehen? Weil du es nicht sehen wolltest, hat der Helmut gesagt. Mit einem großen Punkt dahinter, er wollte das Thema gar nicht mehr erörtern. Daß er das nicht mehr wollte, hat mich dann leider so durcheinandergebracht, daß wir fast gestritten haben – wenn ich aufmerksamer gewesen wäre und weniger abwehrend – wenn ich wahrgenommen hätte, was meine Eltern zu verbergen versucht haben, um mich nicht zu verstören – dann hätte ich ihnen beistehen können. Und meine Mutter hätte sich nicht so verzweifelt aufgerieben. Dann würde sie vielleicht noch leben.«

»Linda, es gibt kein Wäre und Hätte und Würde, es ist wie es ist.«

»Aber ich werfe mir vor, daß ich Schuld auf mich geladen habe.«

»Du hast nicht Schuld auf dich geladen, Linda.

Deine Schuld, wenn wir es überhaupt so nennen wollen, bestand darin, daß du erwachsen geworden und aus dem Haus gegangen bist. Daß du das Leben deiner Eltern nicht mehr Tag für Tag aus nächster Nähe beobachten konntest. Weil es zum Menschenleben gehört, daß Kinder eines Tages die Eltern verlassen und ihrer Wege gehen. Weil auch Eltern ihr ureigenes Schicksal haben, das sich den Kindern entzieht. Du warst eine liebevolle Tochter, davon bin ich überzeugt. Aber du konntest nicht aufhalten, was deinen Eltern, was deiner Mutter geschah. Einander zu lieben und zu halten, ist das eine. Einander loszulassen, das andere. Versuche deinen Eltern ihr gewesenes, unverwechselbares Leben gänzlich zu gewähren. Dessen bedarf jede Form von Liebe.«

Linda lehnte ihren Kopf gegen Henriettes Schulter.

»Danke«, sagte sie.

Da sitzen wir, dachte Henriette, schweigend plötzlich, und immer noch vor den wenigen Zeilen auf dem Bildschirm vor uns. ›Stille‹ steht da. Und nach Stille sehne ich mich plötzlich. Nach dieser Stille des Herzens, der Sehnsucht, des Verlangens, der Seele, wie immer man es nennen will. Ich bin müde.

»Du, Linda – wäre es dir recht, unseren kurzen Ausflug in ein Film-Exposé jetzt zu beenden? Die Kaffeeschale mit ihrem blauen Rand kann noch warten, findest du nicht?«

»Klar«, sagte Linda. Sie hob ihren Kopf wieder von Henriettes Schulter und lächelte sie an. »Willst du vielleicht mit mir was essen gehen?«

»Wie bitte?«

»Ja, es ist Sonntag, Henriette! Wir könnten in das Restaurant unten an der Ecke gehen, ist gar nicht so schlecht, warst du dort noch nie?«

»Nein, ich war dort noch nie und ich möchte auch jetzt in kein Restaurant gehen, Linda.«

»Schade.«

»Was ist mit deinem Mann? Sicher will er den Sonntag nicht allein verbringen.«

»Er schaut Fußball.«

»Doch wohl nicht den ganzen Tag. Sicher geht er gern mit dir in das Restaurant unten an der Ecke.«

»Und du?«

»Ich möchte jetzt gern wieder alleine bleiben, Linda.«

Ich mußte ihr das so bestimmt sagen, dachte Henriette. Es geht nicht anders. Sie fühlt sich mittlerweile viel zu sehr verantwortlich, ob ich esse, ob ich schlafe, was ich tue und lasse. Nur hat sie vorhin ihr Herz geöffnet, hat mir Schmerzliches erzählt. Ich sollte sie jetzt auch nicht verletzen. Ich sollte freundlich sein.

»Du hast doch so reichlich für mich eingekauft, Linda, ich werde sicher nicht verhungern.« Henriette versuchte zu lächeln.

»Freilich, dann geh ich jetzt«, sagte Linda.

Sie stand auf und stellte den Sessel, den sie herbeigeschoben hatte, an seinen Platz zurück. Auch Henriette erhob sich. »Hab noch einen schönen Sonntag«, sagte sie. »Du auch«, antwortete Linda. Als sie sich zum Gehen wandte, fiel ihr Blick auf den Computer. »Soll ich nicht noch rasch speichern, was wir weitergeschrieben haben?« fragte sie, »die paar Zeilen bis zum Geräusch eines sich nähernden Autos? Oder nur bis hin zur Stille?«

»Bis hin zur Stille«, wiederholte Henriette, »wie hübsch das klingt. Ja, speichern wir. Meinetwegen auch dein sich näherndes Auto.«

Aus dem Computer drang plötzlich das kurze Signal einer eingetroffenen Nachricht.

»Du kriegst ein Mail!« rief Linda.

»Ja?! Wo?!« Henriette starrte alarmiert auf den Bildschirm. Linda beugte sich eilig über die Tasten.

»Warte – gleich hab ich's! – So – das Exposé ist gespeichert – jetzt auf Posteingang – da ist es!«

Henriette setzte sich.

Es war eine Nachricht von Maloud.

»Von deinem Sohn?« fragte Linda.

»Ja. Von Maloud.«

»Ich gehe jetzt«, sagte Linda, »melde mich später.«

Sie verließ mit schnellen Schritten das Zimmer. Henriette hörte, wie die Wohnungstür hinter ihr ins Schloß fiel. Erst dann begann sie zu lesen.

Liebe Mum,
ich hoffe, daß ich Dich jetzt nicht arg überrasche,
ich weiß, daß Du Dich lieber auf meine Besu-
che vorbereitest und verstehe das auch sehr gut.
Trotzdem hoffe ich, daß es Dich nicht allzusehr
durcheinanderbringt, wenn ich schon morgen bei
Dir auftauche? Ein Termin in eurem Außenmini-
sterium wurde ganz plötzlich möglich, und man
hat alles dafür getan, daß ich den wahrnehmen
kann, ehe ich nach Berlin muß. Also habe ich
jetzt einen Direktflug von Algier, komme 16.30
Uhr an, und wäre also gegen 18 Uhr bei Dir.
Ist es Dir recht, Mum?
Bitte antworte mir rasch.
Dein Maloud

Henriette fühlte, wie ihr Herz schlug, es dröhnte in den Ohren und schien ihre Brust zu erschüttern. Bleib ruhig! befahl sie sich, freue dich von Herzen, aber bitte kein Herzinfarkt deswegen! Sie richtete ihren Oberkörper auf und atmete mit geschlossenen Augen gleichmäßig aus und ein. Ich werde gleich zurückmailen, dachte sie, gleich, sobald mein Herz sich wieder beruhigt hat. Muß ja nur auf ›Antworten‹ drücken, später auf ›Senden‹, das werde ich schaffen.

Es war heiß geworden im Zimmer. Oder schwitzte sie vor Aufregung? Jedenfalls fühlte Henriette, daß ihr Körper unter der Darah feucht geworden war. Sie hob beide Hände und strich sich das Haar aus dem Gesicht, es war, als wolle sie einen Vorhang auftun und dahinter Klarheit finden. Dann schrieb sie.

Maloud, mein Lieber, es bringt mich zwar durcheinander, aber nur aus lauter Freude. Wie schön, daß Du morgen schon kommst! Ich erwarte Dich mit einem kleinen Abendessen und sehnsüchtig. Bis morgen also!
Mum

Sofort ging sie auf ›Senden‹ und ließ die wenigen Zeilen davonfliegen. Ein leichter Fingerdruck und sie waren auf und davon, nicht mehr zurückzuholen. Wie kurz meine Antwort ausfiel, dachte Henriette, vielleicht hätte ich meine Freude über seinen überraschenden Besuch ausführlicher und überzeugender äußern müssen. Aber Blödsinn, nicht bei Maloud! Ohnehin mag er keine Übertriebenheiten. Er besitzt die klare, ruhige Besonnenheit der Saharauis, es geht nur mit dieser Haltung, um ein Leben in der Wüste zu meistern. Und schließlich weiß er es ja, daß ich mich auf ihn freue.

Henriette ließ den Computer in Betrieb, ließ ihn weiter leise summen, um ja nichts falsch zu machen, um nicht etwa zu früh dieses ›gesendete Objekt‹ in seinem Abflug zu hemmen. So nennt man das also, dachte sie, ein ›gesendetes Objekt‹, nicht, wie ich es weiterhin nennen werde, einen

Brief. Sich vorzustellen, daß Milliarden solcher Objekte durch die Welt fliegen, hin und her geschickt werden, für jedes Auge unsichtbar, ein Dickicht aus Worten und Zeichen, das zwar den Erdball umgibt und dennoch unbesehen bleibt. Ob wir es fühlen? Es vielleicht irgendwie, in der Tiefe, tief unter unserem Bewußtsein, fühlen? Dieses Kreisen von Botschaften, Nachrichten, Gewäsch, Tratsch, Beschimpfungen? Unser Eingehülltsein in Mails, SMS und Telefonate, ob es nicht dennoch auf uns einwirkt? Uns die Luft, die wir atmen, nicht ebenso vergiftet, wie unsichtbare chemische Substanzen es tun?

Hör auf, dachte Henriette, jetzt nicht diese Überlegungen. Überlege lieber, was du für morgen, für Malouds Ankunft, vorbereiten solltest. Ja, denke nach. Heute ist Sonntag. Linda hat einiges für mich besorgt, eine kleine Mahlzeit, wenn er kommt, müßte sich für uns beide ausgehen. Auch das Bettzeug für sein Sofa ist frisch, ich denke, daß Milena unlängst alles gewaschen und gebügelt hat, ich müßte nochmals nachsehen, aber der Wäschestapel schien in Ordnung zu sein. Ich selbst bin nur nicht in Ordnung, war schon länger nicht bei Frau Irma, meine Haare sind zu lang, und die letzten Tage haben mich hergenommen, die Ohnmacht, der Drehschwindel, meine Kreislaufschwäche, außerdem ist es wieder heiß geworden, ich sollte die Zimmer abdunkeln und gleichzeitig für den Durchzug von Luft sorgen,

Maloud ist Hitze ja gewöhnt, aber ich möchte in seiner Anwesenheit nicht entkräftet wirken, eine verschwitzte, alte Frau, ich möchte mich gut fühlen in seiner Anwesenheit, so lange habe ich ihn nicht mehr gesehen, fast ein Jahr lang nicht, ob er sich verändert hat, die Teegläser sollte ich bereitstellen, und das Kännchen, die Küche ist ja in Ordnung, dank Linda, am besten, ich ruhe mich erst einmal ein wenig aus –

Henriette rückte mit dem Sessel ein wenig vom Computertisch ab, es fiel ihr seltsam schwer, als wäre ihr der eigene Körper plötzlich zu einer Zentnerlast geworden. Und als sie aufstehen wollte, bemerkte sie, daß ihr die Kraft dazu fehlte.

»Was soll das denn jetzt«, sagte Henriette laut vor sich hin, »nicht erschrecken, das wird schon wieder.« Aber ihre eigene Stimme machte ihr angst, schien zu dröhnen. Sie sah den Bildschirm vor sich, sah Malouds Zeilen, sie wurden immer undeutlicher und schwammen davon. Nebel herrschte. Durchatmen, befahl Henriette sich, ruhig durchatmen, die Augen schließen und atmen –

Daß sie aus dem Sessel glitt, nahm Henriette kaum wahr. Nur eine ferne Erleichterung erfaßte sie, als der Sturz getan war und das Liegen auf dem Boden ihren Körper entspannen ließ. Ihr tat nichts weh, sie wußte, daß sie in ihrem Arbeitszimmer lag, auf den Holzbohlen, auch hier kein Teppich, nur warme Bretter, wie gut, daß sie das in der ganzen Wohnung verändert hatte, kein spießiges Parkett, nur einfacher Bretterboden wie früher im Haus ihrer Eltern, ihre Mutter hatte darauf bestanden, sie ging gern barfuß, Teppiche sind Staubfänger, sagte sie, schon in London hatte sie in dem engen Reihenhaus Holzböden gescheuert und mit Wachs eingerieben, bis sie glänzten, Henriette erinnerte sich seit frühester Kindheit an diesen Geruch, an die Holzbohlen unter ihren kleinen Füßen, und jetzt lag sie da, hingestreckt auf so einem Boden. Eine alte Frau, die vom Sessel gefallen war.

Henriette versuchte, den Kopf zu heben, und es gelang. War das wieder eine Ohnmacht, dachte sie, oder wurde mir nur schwindlig, ich weiß es nicht. Warum denn fiel ich vom Sessel, ganz plötzlich, fast ohne es zu merken, so eine dumme Sache. Da ich meinen Kopf hochheben konnte, kann sich vielleicht auch mein ganzer Körper wieder hochrappeln. Komm, Henriette. Keine Müdigkeit vorschützen, versuche es bitte, nach der letzten Ohnmacht war es dir ja auch möglich. Also los, bewege dich.

Sie holte tief Atem. Es gelang ihr, sich mit beiden Armen hochzustemmen und aufzurichten. Es dauerte, aber gelang. Danach war sie erschöpft. Sie saß am Boden, die Beine von sich gestreckt wie ein Kleinkind, bemüht, die Augen offen zu halten und nicht wieder zurückzusinken. Gern hätte sie geweint.

Würde sie sterben? Jetzt? Einen Tag vor Malouds Besuch?

Es ging nicht um den Tod selbst, das Weggehen aus dieser Welt, ein gänzliches Verschwinden im Nichts, im Gegenteil. Wie oft schon hatte sie es ersehnt, nichts mehr denken, nichts mehr fühlen zu müssen. Aber könnte dieser Tod nicht einen Hauch länger auf sich warten lassen? Nur noch Malouds Besuch lang? Nur um ihn noch einmal wiederzusehen? Sie hatte sich so sehr auf morgen gefreut.

Henriette spürte Nässe auf ihren Wangen, also weinte sie jetzt wirklich, wagte aber nicht, eine Hand zu heben und die Tränen wegzuwischen, da die am Boden aufgestützten Arme sie aufrecht hielten.

Da meldete sich oben auf dem Schreibtisch der Computer, es war dieser zarte, kurze Klingelton, wenn eine neue Nachricht ihn ereilte. Sicher von Maloud, dachte Henriette, nur er mailt mir. Ich möchte sofort lesen, was er mir geschrieben hat. Also auf! Ich muß versuchen, aufzustehen. Ich muß das schaffen.

Henriette hob vorsichtig ihre Arme und umfaßte den Sessel, von dem sie gefallen war. Dann zog sie ihre Beine an. Ihr gelang, in eine kniende Haltung zu kommen. Sie bewegte sich langsam, wie in Zeitlupe, damit der Sessel, an den sie sich klammerte, nicht unter ihrer Belastung davonglitt. »Brav«, lobte sie sich, »du machst es gut – es geht ja – nur weiter so –« Ihr laut hervorgestoßener Ansporn wurde von heftigen Atemzügen unterbrochen, sie hörte es selbst, die Stille des Hinterhofzimmers schien ihre Stimme und das Keuchen zu verstärken. Als sie schließlich vor dem Sessel kniete, umspannte sie dessen Sitzfläche mit beiden Armen. Das gab dem Gewicht ihres Körpers die nötige Stütze, sie konnte auf die Beine kommen und sich allmählich aufrichten.

Henriette stand da, ohne sich zu rühren, bis sie wieder einigermaßen ruhig und gleichmäßig atmete. Dann tastete sie vorsichtig nach dem Sessel, brachte ihn in seine alte Position, und ließ sich wieder vor dem Computer nieder.

Wo muß ich denn jetzt draufdrücken, dachte sie. Ach ja, der Curser, diese Maus – den Pfeil auf die neue Nachricht –

Fein, Mum – also bis morgen. Bitte bereite nichts vor, sei lieber ausgeruht, wenn ich komme. Maloud

Als hätte er es gefühlt, daß ich am Boden lag, dachte Henriette. Wirklich am Boden. Ich war wohl tatsächlich von den Gedanken an mir notwendig erscheinende Vorbereitungen geschwächt. Bis hin zu einer kurzen Ohnmacht. Was konnte ich früher alles bewältigen. Mir fiel nicht schwer, mehrere Vorhaben gleichzeitig zu organisieren, die vielfältigsten Aktionen in einem Zwölfstundentag unterzubringen, um dann noch im Schneideraum oder am Set mit ganzer Konzentration vorhanden zu sein, so, als gäbe es für mich nichts anderes. Mir geht diese klapprige Frau auf die Nerven. Sie ist mir fremd, eigentlich habe ich mit ihr nichts zu tun. Mein Verstand scheint ja noch einigermaßen zu funktionieren, aber was soll er anfangen mit ihr, mit dieser kaputten Alten. Er kapituliert.

Henriette hob eine Hand und berührte ihr Gesicht. Die Tränen, die sie nicht weggewischt hatte, waren in der warmen Luft getrocknet, und die Haut spannte über ihren Wangen. Braucht ein bißchen Fettcreme, dachte Henriette, ich sollte ins Bad hinübergehen.

Dann ließ sie die Hand sinken. Was sollte denn jetzt diese lachhafte Überlegung, fragte sie sich, plötzlich taucht sie auf, in einer Situation, die wahrlich ganz andere Fragen enthält, immer wieder stelle ich das bei mir fest, daß ich lächerlichen Alltagskram denke, während ein Ausnahmezustand nach mir fragt, oder sogar, während das Schicksal mich gerade beutelt. Ob es allen Menschen so geht? Oder flüchte nur ich so bereitwillig ins Nebensächliche, wenn es im Leben zur Sache gehen soll? ›Ins Nebensächliche, wenn es zur Sache gehen soll‹ – Henriette, komm jetzt zur Sache. Also. Nichts weiter tun, nichts vorbereiten, mich auf das Sofa oder ins Bett legen und Ruhe geben? Ich weiß, daß Maloud sich das wünschen würde. Geht aber irgendwie nicht.

Henriette erhob sich langsam und vorsichtig.

Trotz ihrer Achtsamkeit, trotz der Scheu, sich mehr als nötig zu bewegen, war Unrast in ihr. Ein Flattern und Herzschlagen, das sich wohl aus Freude und Befürchtung zusammensetzte. Ihre Freude galt Maloud und seinem Kommen, ihre Befürchtung dem eigenen Zustand. Maloud sollte sie nicht reduziert und kränklich antreffen, das wäre fatal, es würde ihn beunruhigen. Seine Lebensbedingungen in den Camps, die aussichtslose Situation dort, und sein unermüdlicher persönlicher Einsatz, diese Situation trotzdem zu verbessern, all dies bedeutete ohnehin ständige Unruhe für ihn. Sie, Henriette, hier in ihrer kleinen, abgeschiedenen Wohnung, sie sollte ihm Beruhigung vermitteln. Ihm die ruhige Gewißheit schenken, auch aus der Ferne von ihr – von Heni, seiner Mum – geliebt und keine Sekunde vergessen zu sein, und das für alle Zeit.

Mit kleinen, bedächtigen Schritten bewegte Henriette sich vorwärts. So darf das aber nicht bleiben, dachte sie gleichzeitig. Auf Dauer dahinzutappen, als ginge ich auf Eiern, ist auch keine Lösung, aber vorläufig lieber so, als nochmals auf den Boden zu knallen. Ich will jetzt im Badezimmer einiges zur Seite räumen und für Malouds Sachen Platz schaffen.

Langsam, Schritt für Schritt, durchquerte Henriette den Korridor, als plötzlich am Gang ihr Name gerufen wurde. Es war Linda, sie stand vor der Wohnungstür.

»Henriette?!« rief sie.

Henriette blieb stehen.

»Ja?«

»Verzeih, aber mir war, als würde ich dich hören.«

»Hast du gelauscht?«

»Nein, ich wollte gerade mit dem Müll runtergehen.«

»Und?«

»Da hat der Fußboden in deinem Vorzimmer geknarrt.«

»Ja, und?«

»Er hat so geknarrt, als wären deine Schritte sehr langsam.«

»Muß ich denn schnell gehen?«

»Machst du mir bitte auf?«

Henriette lehnte sich gegen die Wand und schloß die Augen. Ihr war plötzlich völlig unklar, wie sie sich der jungen Frau gegenüber verhalten sollte, die körperliche Erschöpfung schien ihr jede Willenskraft zu rauben. Ihr wurde doch sonst immer schnell klar, was ihr gefiel und was nicht, was sie bejahte oder was sie ablehnte. Warum jetzt nicht? Warum war sie derart müde?

»Henriette!!«

Hatte Linda sich eben als heimliche Lauscherin erwiesen? Oder hatte sie durch Zufall tatsächlich

Beunruhigendes gehört? Hinter der Wohnungstür eine schwer atmende alte Frau gehört, die
durch ihr Vorzimmer schlurfte, als geschähe es
mit letzter Kraft? Hatte sie das gehört?

»Henriette, bitte mach auf!« rief Linda.

Henriette blieb schweigend gegen die Wand gelehnt.

»Henriette!« rief Linda nochmals. »Ich bin
sicher, es geht dir nicht gut! Ich habe dich gehört,
ohne es zu wollen, du stöhnst doch, merkst du das
nicht? Ich stehe wirklich mit meinem Mülleimer
und einem vollen Plastiksack vor deiner Tür, über-
zeuge dich! Ich wollte nur zu den Containern in
den Hof hinunter, glaube mir, ich bin keine Lauscherin an der Tür, aber mach mir jetzt bitte auf!«

Henriette löste ihren Rücken vorsichtig von
der Wand, die ihr Halt gegeben hatte. Ja, es ist
mein Rückhalt, den ich eben aufgebe, im wahr-
sten Sinn, dachte sie. Also vorwärtsgehen.

»Könntest du jetzt bitte an die Tür kommen!«
brüllte Linda.

»Schrei nicht so«, sagte Henriette, als sie öffnete.

Linda stand tatsächlich mit dem Mülleimer
und einem vollen Plastiksack vor ihr, in ihren
Augen helle Angst, das Gesicht war gerötet. Als
sie Henriette erblickte, ließ sie die Last aus beiden Händen neben sich zu Boden fallen.

»Da bist du ja«, sagte sie.

Henriette nickte bestätigend.

»Du siehst völlig kaputt aus!«

»Danke«, sagte Henriette.

»Nein, ohne Witz, was war mit dir?«

»Nicht viel.«

»Was heißt nicht viel?«

»Ich lag halt wieder einmal kurz am Boden.«

»So eine Ohnmacht wie unlängst?«

»Ich denke, ja. Aber wirklich nur kurz.«

»Du solltest unbedingt einen Arzt aufsuchen, Henriette, und zwar so rasch wie möglich.«

»Ich brauche keinen Arzt. Ich bin nur alt.«

»Was heißt das! Du bist achtzig, das ist heutzutage kein Alter!«

»Verschone mich bitte mit heutzutage!« Henriette wurde laut.

»Reg dich bitte nicht auf.«

»Ich rege mich aber auf. Dieses So-Tun, als gäbe es das Alter nicht mehr. Ich will eine alte Frau sein, die grade noch lebt, und damit basta!«

»Darf ich dich morgen wenigstens zu unserem Hausarzt bringen?«

»Morgen auf keinen Fall.«

»Was spricht gegen morgen?«

»Morgen geht gar nichts, Linda.«

»Warum denn?«

»Morgen kommt Maloud.«

»Was? Wirklich?«

Henriette nickte.

»Aber das ist doch prima!«

Henriette nickte wieder.

»Und warum so plötzlich?«

Henriette fühlte, daß in ihrem Körper wieder Schwäche entstand, es war ein Empfinden in beiden Beinen, als würden sie ihrem Gewicht nachgeben wollen und demnächst einknicken.

»Ich muß mich setzen«, sagte sie.

Linda trat schnell auf Henriette zu, umfaßte ihre Schultern, und geleitete sie so durch den Korridor bis an ihr Bett. Dort überwachte sie aufmerksam, wie Henriette ihr aus den Armen glitt und sich setzte. Dann nahm sie neben ihr Platz.

»Geht es wieder?«

Henriette nickte nochmals. Was soll ich darauf antworten, dachte sie, klar geht es, es muß gehen, aber mir geht es nicht gut.

»Danke«, sagte sie dann.

Linda sah Henriette an und schwieg. Durch das Fenster strich heiße Sommerluft in das Zimmer, die Häuser gegenüber leuchteten in der Nachmittagssonne.

»Ich sollte die Rouleaus herunterziehen«, murmelte Henriette, »ich wollte überall die Rouleaus –«

»Laß nur«, sagte Linda, »ich mach das schon.«

Wie besorgt sie mich ansieht, dachte Henriette. Kein Wunder. Warum nur gerade heute dieser Zustand. Möchte ich doch morgen fit sein.

»Willst du dich nicht eine Weile hinlegen?« fragte Linda.

»Geht jetzt nicht, ich muß –«

»Du mußt nichts, außer dich ausruhen.«

Wie gern würde ich das jetzt tun, dachte Henriette, mich auf mein Bett legen, schlafen, dann frisch wie ein neuer Tag erwachen und Maloud begrüßen. Aber einiges muß überlegt und vorbereitet werden, ich möchte ihn so empfangen können, daß wir es schön miteinander haben.

»Komm, leg dich hin«, sagte Linda.

»Trag du jetzt lieber wirklich den Müll hinunter«, sagte Henriette, »ich bin schon dabei, mich wieder zu erholen, danke dir.«

»Erst ziehe ich dir überall die Rouleaus herunter«, sagte Linda.

Sie erhob sich vom Bett, trat an das Fenster, ließ die grellbeleuchteten Häuser, die heiße Gasse verschwinden, Schatten zog ins Zimmer ein. Dann ging sie ins Wohnzimmer hinüber, um auch dort abzudunkeln. Ohne Eile kam sie zurück, setzte sich nochmals auf das Bett und schaute Henriette aufmerksam an.

»Es beunruhigt dich, daß dein Sohn morgen kommt, nicht wahr?« fragte sie schließlich.

»Es freut mich«, sagte Henriette, »du glaubst nicht, wie sehr es mich freut.«

»Doch, glaube ich«, sagte Linda schnell.

Henriette sah vor sich hin.

»Aber es freut mich vielleicht zu sehr«, fügte sie leise hinzu.

»Nichts kann einen zu sehr freuen, meistens freuen wir uns viel zu wenig im Leben«, Linda wurde lebhaft, »du darfst dich nur nicht drüber aufregen, Henriette. Ich bin überzeugt, daß du weniger an deine Freude denkst, sondern mehr an die Sorge, ob alles gut funktioniert, wenn dein Sohn da ist. Du willst immer, daß alles gut funktioniert, vor allem du selbst, das hab ich jetzt schon herausgefunden. Aber ich glaube auch, daß ihm – daß Maloud die Umstände ganz egal sind – daß er dich besuchen und alles so sehen will, wie es eben ist. Daß er nichts erwartet, außer endlich wieder einmal bei dir zu sein.«

Henriette hob den Blick und sah Linda an.

»Du sprichst, als würdest du ihn kennen«, sagte sie.

»Ja, irgendwie kenne ich ihn. Du hast mir so viel von ihm erzählt, daß ich ihn in gewisser Weise vor mir habe. Aber eines weiß ich mit Sicherheit: Er will ganz bestimmt nicht, daß du dich aufregst und abplagst, weil er morgen überraschend zu Besuch kommt. Er will nur, daß du daran Freude hast und wohlauf bist.«

»Wohlauf wäre ich morgen sehr gern«, sagte Henriette.

»Deshalb legst du dich jetzt ins Bett und schläfst ein bißchen. Ich trage meinen Müll hinunter und schaue später nochmals nach dir.«

»Das mußt du nicht.«

»Das tu ich aber.«

»Nein.«

»Doch.«

Ich gebe auf, dachte Henriette, sie steht vor mir wie der Engel mit dem Flammenschwert, wenn sie etwas will, komme ich gegen Linda nicht an. Eigentlich eine wunderbare Eigenschaft.

»Läßt du beim Ausruhen deine – deine Darah an?« fragte Linda.

»Ja«, sagte Henriette. Sie zog ihre Beine hoch und streckte sich auf dem Bett aus. »Ich bleibe sicher nicht lange liegen.«

»Versuche zu schlafen«, sagte Linda.

Henriette schloß die Augen. Sie hörte Lindas Schritte, hörte auch, wie sie den Schlüssel abzog und an sich nahm. Das sollte sie nicht wieder ungefragt tun, dachte Henriette, ich glaube, es ärgert mich, aber was soll's. Als sich die Wohnungstür hinter Linda schloß, zog Stille ein. Henriette nahm erleichtert wahr, daß auch ihre Atemzüge nicht mehr lärmten, nicht mehr einem Stöhnen glichen. Sie konnte ruhig atmend daliegen, die Arme locker neben sich ausgebreitet, und allmählich geschah das segensreiche Davongleiten all ihrer Gedanken, sie lösten sich in der Sommerwärme auf. Nichts Schöneres gibt es, dachte sie ganz zuletzt.

Warum hört man sie nicht? Weil diese Beton-wand sie umgibt? Rundum eine glatte graue Flä-che, vielleicht die Rückseite eines Hauses, und hoch oben eine Tür und dieser winzige Balkon davor. Da steht sie, die Frau im schwarzen Kleid, und spielt Geige. Kein Ton ist zu hören. Dabei sind ihr Gesicht und ihre Bewegungen dem Spiel hingegeben, es ist, als tanze dieser schmale schwarze Frauenkörper mit der Geige. Gefangen ist er zwischen der Gitterbrüstung des Balkons wie ein Vogel im Käfig. Und so weit oben ist sie, die Frau. So ausgesetzt wirkt sie. Eine Mauer aus Stein um sie, und ihr Spiel, der Klang ihrer Geige erreicht mich nicht. Ich stehe am Grunde der Dunkelheit und schaue zu ihr hoch. Auch wenn ich nach ihr rufe, lösen sich die Rufe aus meinem Mund, ohne hörbar zu werden. Bin ich stumm? Sind wir beide stumm? Die Geige und ich? Hört die Frau oben das Geigenspiel? Ertönt es vielleicht im Innern ihrer Seele, ihres Herzens, ihres Leibes? Wie auch immer wir benennen, was uns ausmacht. Was sind wir, wenn wir un-hörbar und stumm geworden sind? In Leblosig-keit gefangen, dem Grau, der Glätte ausgesetzt, spielen wir alle unsere Geige wie diese Frau da oben? Hallo! Hört sie mich? Es ist doch still um uns, diese Stille erdrückt mich, ich will die Frau hören! Hallo! Hören Sie doch auf, lautlos auf Ihrer Geige zu spielen, beugen Sie sich lieber über das Geländer und schauen Sie zu mir herab, da unten stehe ich, tief unten, aber Sie würden mich sehen, wenn Sie herunterschauen. Hallo! Ich schreie, hören Sie das nicht? Das muß doch hörbar sein! Aus der Tiefe schreie ich zu Ihnen empor, zu Ihrem blödsinnigen, winzigen Balkon empor –

Ein Schrei weckte Henriette auf. Es war ihr eigener, der Schrei kam aus ihrem Mund. Sie lag im Dunkeln und war in Schweiß gebadet. Ihr Atem ging schwer. Es ist Nacht geworden, dachte sie, ich habe wohl länger geschlafen als ich wollte. Wie spät mag es sein?

Als Henriette sich aufrichtete, erkannte sie, daß draußen, hinter dem geschlossenen Fensterrouleau, schwaches Tageslicht herrschte. Ist das noch die Abenddämmerung oder schon die des Morgens? fragte sie sich. Sie beugte sich zur Seite und knipste die Nachttischlampe an. Direkt unter dieser, hellbeschienen, lag ein Blatt Papier, mit schwarzem Filzstift in großen Buchstaben beschrieben. Da stand:

Liebe Henriette, Du schläfst wie ein Bär. Da es auch jetzt, am Abend, sehr warm ist, habe ich Dich nicht zugedeckt und Dich einfach so weiterschlafen lassen. Solltest Du mich brauchen, anbei meine Handynummer.

Henriette sah auf die Uhr. Es war halb sechs, also früher Morgen. Sie ließ sich nochmals auf das

Bett zurücksinken. Nicht zu glauben, wie lange sie geschlafen hatte, mehr als zwölf Stunden wohl. Abgesehen von diesem seltsamen Traum zuletzt, schien der Schlaf ihr nicht geschadet zu haben. Zwar hatte sie heftig geschwitzt, ihr Körper fühlte sich feucht an, aber kein Schwindelgefühl war ausgelöst worden, als sie sich aufsetzte, keine Mattigkeit, als fiele sie demnächst in Ohnmacht, immerhin etwas.

Henriette lag mit offenen Augen da und überlegte. Schlaf würde sie jetzt keinen mehr finden. Also konnte sie nur noch in dieser Weise auf ihrem Bett ruhend den Tag erwarten. Diesen heutigen Tag, an dem Maloud kommen würde. Nochmals zwölf Stunden bis zu seiner Ankunft hier in ihrer Wohnung. Wenn alles gutgeht. Wenn das Flugzeug keine Verspätung hat. Wenn.

Unten auf der Straße fuhren die ersten Autos vorbei. Plötzlich hörte Henriette auch das Hochrasseln von Herrn Watussils Rolladen, ach ja, es ist Montag, dachte sie, wieder Wochentag, er sperrt auf. Ich sollte heute noch Besorgungen machen, nicht in Watussils Gemüseladen natürlich, aber zum Essen fehlt Weißbrot, im Badezimmer Seife, vielleicht kaufe ich Blumen, ja, schön wäre ein Strauß Blumen, ich hätte einiges zu besorgen.

Am Fensterbrett war plötzlich leises Rascheln zu hören, das Trippeln kleiner Füßchen auf dem Außenblech, und dann sang sie, die Amsel.

Wie inbrünstig sie den frühen Morgen begrüßt, dachte Henriette, wie dieses kleine Geschöpf glückselig gegen das Dunkel der Welt ansingt, weil eben gerade jetzt die Sonne sich strahlend erhebt und der Himmel ohne Makel ist. Wer das auch so könnte.

Selten fand eine Amsel den Weg zu diesem Fenster herauf, eher war es der Baum im Innenhof, auf dem sich ab und zu Vögel niederließen. Henriette blieb reglos liegen und lauschte. Es griff ihr ans Herz. Ja, ihr Herz schlug heftiger und sie fühlte Tränen aufsteigen. Es war ihre Jugend, der diese Tränen galten. Diesem fernen, kaum noch erinnerten, ganz anderen Leben, getragen von einer Sehnsucht, die sich nie erfüllen sollte, weil ja menschliche Sehnsucht stets unerfüllt bleibt, und weil genau dies Jugend bedeutet, daß man ahnungslos ist und dennoch einer Ahnung von Erfüllung und Glück trauen will.

Als wir aus London wieder zurückkamen, dachte Henriette, war ich das. Jung. Ein junges Mädchen. Und als wir das große Haus bezogen, gab es in den vielen hohen Bäumen des umgebenden Gartens unzählige Vögel, ein ständiges Schwirren und Zwitschern, das Laub schien davon bewegt zu werden. Und in der Früh sangen die Amseln. Oder auch abends, wenn ein leuchtender Himmel versank. Sie sangen mir aus der Seele, schienen über etwas zu jubeln, das noch weit vor mir lag, ich jedoch auf mich zukommen fühlte. Ja, es würde kommen, es würde eines Tages um mich sein und alles verändern. Es würde die starre Verhaltenheit meiner Eltern, die uns zwanghaft umgebende Angst, den Mangel an zärtlicher Nähe wie eine Woge erfassen und auflösen. Dieses angestrengte, anstrengende Bewältigen eines unliebsamen, von Pflichten beherrschten Alltags, mein Gehorsam, meine Bravheit, all dies würde aufgehoben und von mir genommen werden, dann. Es gab mein unerschütterliches Vertrauen in dieses Dann.

Aus Henriettes Augenwinkeln flossen Tränen, sie rannen über die Schläfen ihr ins Haar. Um den Vogel durch das Heben ihrer Hand nicht zu verscheuchen, ließ sie es gewähren. Reglos lag sie da, bis die Amsel verstummte und wieder aufflog. Nur ein hauchzarter Flügelschlag, und weg war sie.

Schade, dachte Henriette.

Dieser frühe Besuch hatte ihr Erinnern wachgerufen. Ihr Erinnern an die Jugendjahre hier in dieser Stadt. An ihre Jungmädchenzeit mit all den Träumen und Sehnsüchten. Als jedoch die von ihr erwartete, alles erlösende und verändernde Woge nicht über den erdrückenden Verbund dieser verängstigten, sich isolierenden Familie gekommen war, fand sie einen anderen Weg, zu entrinnen. Nicht im räumlichen Sinn, blieb sie ja im Hause der Eltern wohnen, bis zu deren Tod, und auch danach. Es erfaßte sie der Film. Gleich nach dem Abitur die Filmschule. Das schnelle Erkennen ihrer besonderen Neigung zum Filmschnitt. Sehr bald die ersten professionellen Angebote, mit Aufgaben, die glücklicherweise Qualität hatten, und dadurch erstaunlich zügig ihr Weg zur anerkannten Cutterin. Das alles ging nahtlos. Und sie lebte und atmete von da an in den vielfältigen und erregenden Geschichten der Filme. Es war, als bräuchte ihr eigenes Leben gar nicht mehr sonderlich stattzufinden. Viel zu lange war das so.

Henriette strich mit beiden Händen über ihr immer noch tränennasses Gesicht, strich sich die feuchten Haare aus der Stirn, breitete die Arme neben sich aus und schloß die Augen. Es war bereits heiß, die Sonne hatte sich über der Stadt erhoben.

Ein wenig bleibe ich noch liegen, dachte Henriette. Obwohl ich die Darah endlich ausziehen sollte, mich waschen, etwas Frisches anziehen, meine Medikamente nehmen, Kaffee kochen, Besorgungen machen sollte. Vielleicht mit meinen verwilderten Haaren zu Frau Irma gehen. Und selbst die Wohnung ein wenig putzen, da Milena erst übermorgen angesagt ist. Ich sollte mich auf Malouds Kommen vorbereiten, so tatkräftig es mir möglich ist. Aber ein wenig bleibe ich noch liegen, es ist schließlich noch sehr früh am Tag. Und meine Gedanken wollen weiterziehen, sich weiter im Erinnern verlieren, also gestehe es ihnen zu, Henriette. Warum auch nicht. Ja, mir gelang, das Elternhaus, in dem ich zwar wohnen blieb, gewissermaßen abzuwerfen. Aber was mir nicht gelang, war, mich selbst zu bewohnen. Erst als Mirco in mein Leben trat, wurde es zu meinem Leben. Mirco. Wieder Mirco. Er haftet in meinem Erinnern, wird wohl in dieser Weise mit mir bleiben, so lange – oder so kurz – ich selbst noch am Leben bin. Die Eltern hatten Mirco ja noch kennengelernt. Da waren beide bereits sehr alt, aber immer noch rüstig. Erstaunlich, wie alt sie wurden. Der Vater starb mit fünfundneunzig, friedlich, im Schlaf. Die Mutter, immer schon leicht asthmatisch gewesen, erkrankte nach seinem Tod, und folgte ihm zwei Jahre später. Sie starb an einem Lungenemphysem, ebenfalls mit fünfundneunzig. Ihr Sterben war kein leichtes.

Henriette drehte den Kopf zur Seite, ihr war, als müsse sie sich vom Bild der sterbenden Mutter abwenden. Es stand plötzlich vor ihr, und sie wollte es jetzt nicht sehen. Nie mehr hatte sie es sehen wollen. War sie doch bei der Sterbenden gewesen, neben ihrem Bett in der Intensivstation des Krankenhauses. Sie hatte diesen Todeskampf, das verzweifelte Ringen nach Luft miterlebt. Sauerstoffzufuhr, künstliche Beatmung, Schmerzmittel, nichts half. Schließlich versagte das Herz. Mirco stand neben ihr, und sie beide schwiegen. Er hatte an diesem Tag trotz ihrer Abwehr darauf bestanden, sie in das Spital zu begleiten. Mußte er sie doch in letzter Zeit ›aus familiären Gründen‹ öfter im Schneideraum entbehren, er wollte wohl wissen, warum eigentlich. Dadurch geriet er mit ihr an das Krankenbett ihrer Mutter und sah sie sterben. War bei deren Tod also unverhofft an Henriettes Seite. Als er nach ihrer Hand faßte und sie festhielt, gab ihr das Halt. Diesen Halt, als wären sie tatsächlich ein Paar, eines, das nach Jahren getreulichen Zusammenlebens einander aufrecht hält und stützt, eben ein Paar wie aus dem Bilderbuch. Aber so eines waren sie wahrhaftig nicht, und das erwies sich auch bald danach. Sie begrub ihre Mutter allein. Es gab kaum Freunde, die sie hätte verständigen können, nur zwei alte Damen begleiteten an ihrer Seite die Zeremonie des Oberrabbiners. Und gleich nach dem Begräbnis fuhr sie zur Filmfirma. Mirco erwartete sie bereits ungeduldig im Schneideraum, und außer ›Hoffentlich war's nicht so schlimm?‹ und einer kurzen, flüchtigen Umarmung erwartete sie nichts an Anteilnahme, die Arbeit ging weiter. Immer ging die Arbeit weiter, und dazwischen fand das Leben statt. Oder der Tod.

Aber jetzt weg mit solchem Erinnern, dachte Henriette, heute zählt meine Erwartung. Der von mir so sehr erwartete Tag löst sich aus dem Morgen. Er fällt mittlerweile heiß und leuchtend in mein Zimmer. Heute wird das Leben mich besuchen, nicht irgendwo dazwischen, nein, mein

Sohn wird mich besuchen, ganz und gar mich, ohne daß anderes uns ablenkt, umgibt, aufsaugt. Ich besitze jetzt alles an Zeit und Aufmerksamkeit. Ich werde von den Ereignissen in der Wüste erfahren, von Ausdauer und Ungeduld, von Hoffnung und Resignation, Maloud wird Tee zubereiten, wird neben mir lagern, wird erzählen. Wie es wohl Nadjat Daihan und ihrem Mann Sidia geht, ob sie gesund und wohlauf sind. Und auch ihre anderen Kinder, gewissermaßen Malouds Geschwister und mittlerweile ebenfalls erwachsen. Ob die etwa geheiratet haben, ob es Enkelkinder gibt, ob auch sie noch in Smara leben? Ich habe Maloud in unseren Telefonaten kaum mehr nach ihnen allen gefragt.

Henriette setzte sich langsam auf. Sie erhob sich vom Bett und ging barfuß, mit vorsichtigen Schritten, ins Badezimmer. Dort erst streifte sie die Darah ab und stopfte sie gleich in den Wäschekorb. Dann trat sie unter die Dusche und ließ längere Zeit lauwarmes Wasser über ihren Körper fließen. Als sie sich danach kräftig abfrottiert hatte, ging sie barfuß und nackt, wie sie war, mit langsamen Schritten in das Schlafzimmer zurück und trat vor ihren Schrank. Nach einigem Überlegen wählte Henriette ein Sommerkleid aus geblümtem Kattun. Hat längere Ärmel, ist locker geschnitten, und die etwas verwaschenen Farben passen zu grauem Haar, dachte sie. Keiner soll glauben, daß man nicht auch als alter Mensch genau wissen kann, was einem steht und was nicht. Und heute denke ich klarerweise auch an Malouds Blick auf mich. Er soll Heni, seine Mum, so sehen, daß er sich weder um sie sorgen noch sich ihrer schämen muß. Eine alte Frau soll er sehen, die weder Greisin noch aufgetakelte Dame ist. So wie er in den Wüstencamps Frauen sieht, die alterslos zu sein scheinen, würdevoll von ihren Malhafas umhüllt, dabei stets Farben und Muster wählend, die ihnen entsprechen, und stets auch so etwas wie Schönheit vermitteln. Wie eben Malouma, seine Großmutter, es bis zu ihrem Tode tat.

Henriette ging ins Bad zurück, diesmal rascheren Schrittes. Ihr lag plötzlich daran, zur Feier dieses Tages etwas zu tun, was sie nahezu nie tat. Und sei es auch nur ganz zart, kaum merkbar, sie wollte heute Make-up auftragen und ein bißchen Wimperntusche benützen. Warum nicht, warum nicht heute dieses farblos gewordene Gesicht ein wenig aufmöbeln! Mutvoll trat sie vor den Badezimmerspiegel und schrak entmutigt zurück. Du liebe Güte, ihr Haar! Von langem Schlaf und Nachtschweiß wirr geworden, glich es einem grauen Gestrüpp. Henriette griff zum Kamm und bemühte sich vergeblich, daraus eine vertretbare Frisur werden zu lassen. Auch kräftiges Bürsten war nicht mehr in der Lage, die widerspenstige Haarkrause halbwegs in Form zu bringen, entmutigt ließ Henriette ihren Arm sinken und starrte sich im Spiegel an. So darf ich nicht aussehen, dachte sie, ich muß unbedingt heute noch zu Frau Irma, am besten, ich melde mich sofort telefonisch bei ihr an, meist ist sie schon früh am Morgen zu erreichen.

Die Nummer von Frau Irmas Salon war außer der von Maloud eine der wenigen auf ihrem Handy gespeicherten. Henriette ging wieder ins Schlafzimmer hinüber, wählte, hielt das Gerät längere Zeit an ihr Ohr gepreßt und lauschte. Niemand meldete sich.

Montag! fiel ihr plötzlich ein. Ja, heute war Montag! Der sogenannte ›Friseurtag‹, weil hier in der Stadt an diesem Tag stets alle Friseurläden geschlossen haben! Wie blöd!

Henriettes Blick fiel auf das Blatt Papier, das Linda ihr auf den Nachttisch gelegt hatte. Sah die mit überdeutlich großer Schrift hingeschriebenen Zeilen, und die zuletzt angefügte Handy-Nummer, ›solltest du mich brauchen‹.

Linda war doch Friseurin.

Ich bräuchte sie, dachte Henriette.

Oder ginge das zu weit?

Ginge es zu weit, Linda um eine hübsche Frisur zu bitten?

Sie deshalb anzurufen? Sie überhaupt anzurufen? Wir haben noch kein einziges Mal miteinander telefoniert. Wenn Linda bereits aufgestanden wäre, hätte sie sich schon längst bei mir gemeldet. Wie spät ist es denn eigentlich? Ach ja, kurz vor neun. Nicht einmal so arg früh, fast schon

Vormittag, seltsam, von Linda noch nichts gehört zu haben.

Henriette erschrak. Ihre Knie gaben nach. Sie mußte sich setzen.

Was heißt hier seltsam! Warum sollte ich heute schon von ihr gehört haben? Ich darf mich doch nicht daran gewöhnen! Darf es doch nicht als selbstverständlich ansehen, daß Linda an jedem Morgen nach mir schaut. Wie rasch das geht. Wie rasch man in eine Erwartungshaltung gerät. Nein, so nicht. Du gehst jetzt erst einmal hinaus, meine Gute, verläßt die Wohnung und machst deine Besorgungen, egal, wie die Haare aussehen, es wird niemanden stören, da dich ohnehin niemand anschaut. Du wirst jetzt irgendwelche Sandalen anziehen und aus dem Haus gehen, alle Läden haben bereits geöffnet, es ist auch noch nicht so heiß, ja, eine gute Idee, Henriette, das tust du jetzt. Linda vielleicht doch um eine hübschere Frisur zu bitten, hat immer noch Zeit. Los jetzt.

Trotz ihres eigenen Ansporns blieb Henriette auf dem Bett sitzen und schaute vor sich hin. Dieser Gedanke, sich ein wenig zu schminken, die Wimpern zu tuschen, ihrem Gesicht mehr Farbe zu geben, erschien ihr plötzlich lächerlich. Für Maloud ist doch nicht wichtig, wie ich aussehe, dachte sie, für ihn wäre wichtig, daß ich mich nicht so schlapp fühle, wie jetzt plötzlich wieder. Und alles nur wegen meiner Haare, die mich erschreckt haben.

Schließlich zwang Henriette sich, aufzustehen und tappte, immer noch barfuß, ins Wohnzimmer hinüber, um Geld für ihre Einkäufe zu holen. Seit je verwahrte sie in der Wohnung befindliches Bargeld in der linken, untersten Schreibtischschublade, in ihren Augen ein todsicheres Versteck, wer sieht dort schon nach!

Als sie sich dem Schreibtisch näherte, fiel Henriette auf, daß der Computer nach wie vor leise surrend in Betrieb war. Die ganze Nacht also ›lebte‹ dieses Gerät im Nebenzimmer, ihr ganz nah, etwas daran störte sie. Sie zog den Sessel näher, setzte sich, und starrte auf die Dünen samt Palme, das Wüsten-Motiv. So hatte es wohl vor sich hin geleuchtet, während sie nebenan schlief. Für die meisten Menschen unserer Tage mag die Nähe oder Gegenwart eines technischen Gerätes völlig üblich und in Ordnung sein, dachte Henriette, mir bleibt es unheimlich. Nie gehe ich zu Bett, ohne den Fernsehapparat zur Gänze auszuschalten, kein noch so kleines Signallämpchen, nichts soll weiterleuchten.

Henriette saß vor dem Computer und konnte sich nicht davon lösen, das Dünenbild anzustarren. Nachricht war klarerweise keine mehr eingelangt, Maloud befand sich ja auf seiner Reise, und sonst gab es niemanden, der ihr hätte mailen können.

Das Wort ›Kaffeeschale‹ stand auf dem Bildschirm hingeschrieben, mitten in die Wüstenlandschaft hinein. Linda hatte ja ihrer beider Versuch eines Film-Exposés gespeichert, ehe sie Malouds Mail öffnete, und es wohl in Eile so benannt. Henriette griff zögernd zu der ihr inzwischen wohlbekannten Maus, leitete den kleinen Pfeil zu dieser Kaffeeschale hin, ein leichter Fingerdruck – und da waren sie wieder, die wenigen Zeilen vom Tag davor.

Die Kaffeeschale mit blauem Rand
(Exposé)
Groß: eine Kaffeeschale (wie ehemals in Frankreich oder Portugal üblich), weiß mit blauem Rand, bereits von Sprüngen durchzogen, wird von zwei Händen festgehalten.
Es sind sehr alte Frauenhände, braungebrannt, gefleckt, mit Adern überzogen.
Die Kamera zieht auf.
Groß die alte Frau. Sie sitzt auf einer Bank vor einem weißgekalkten Haus, dicht an der Mauer. Trägt ein schwarzes Kopftuch, ihre Augen sind geschlossen.
Das Haus steht an einer schmalen Landstraße, zwei Blumentöpfe flankieren die Haustür, ein kleiner Akazienbaum wirft ein wenig Schatten. Stille.
Das Geräusch eines sich nähernden Autos wird hörbar.

Henriette begann weiterzuschreiben.

Die alte Frau hebt den Kopf und schaut diesem Auto entgegen. Ein Lächeln entsteht auf ihrem Gesicht, sie stellt die Kaffeeschale neben sich auf der Bank ab und steht mit leisem Ächzen auf.
Das Auto hält.
Ein junger Mann steigt aus und umarmt die alte Frau.
Sie nimmt sein Gesicht in beide Hände und schaut ihn an.

Es läutete an der Wohnungstür. Henriette hätte am liebsten wieder ausgelöscht, was sie da geschrieben hatte, aber sie wußte nicht, wie das zu machen war. Sicher stand jetzt Linda vor der Tür, und wenn sie nicht aufstehen und ihr öffnen würde, wäre die junge Frau sofort besorgt. Da hörte sie auch schon, wie aufgesperrt wurde. Ach ja, Linda hatte gestern den Schlüssel mitgenommen.

»Henriette?!« rief Linda.

»Ich bin hier«, antwortete Henriette.

Linda kam mit schnellen Schritten auf sie zu. Sie trug ein hellblaues Kleid mit dünnen Trägern, ihr Haar war locker zurückgebunden.

»Du siehst aus wie der Sommer selbst«, sagte Henriette.

»Guten Morgen!« Linda schob einen zweiten Sessel heran und setzte sich neben Henriette. »Und was tust du so früh schon beim Computer? Der scheint dich viel mehr zu interessieren, als du gedacht hast, hab ich recht?«

»Nur so«, sagte Henriette, »eigentlich wollte ich einkaufen gehen.«

»Sehe ich. Du hast ein hübsches Kleid angezogen, gefällt mir.«

»Danke.«

»Und du hast ja weitergeschrieben!«

»Nur so. Nur um was zu tun.«

Linda sah Henriette an.

»Bißchen viel nur so. Ist etwas?«

»Nein.«

»Darf ich es lesen?«

»Nein.«

Ein Schweigen entstand. Warum bin ich so, dachte Henriette.

»Lies ruhig«, sagte sie dann.

»Du freust dich auf deinen Sohn«, sagte Linda, nachdem sie die Zeilen gelesen hatte. »Bald ist es soweit.«

»Ja, bald ist es soweit«, sagte Henriette.

»Ein paar Stunden nur noch. Soll nicht ich dir besorgen, was du brauchst? Es wird wieder heiß draußen.«

»Eigentlich wollte ich gerade mein Geld hervorsuchen und hinausgehen. Der Computer hat mich aufgehalten.«

»Hast du bis zum Morgen schlafen können?« fragte Linda. »Das ist erstaunlich lang, als ich abends noch mal nach dir gesehen habe, wollte ich dich nicht aufwecken.«

»Ich weiß, dein Brief am Nachttisch.«

Linda sah Henriette wieder aufmerksam an.

»Fühlst du dich okay?« fragte sie.

»Einigermaßen«, sagte Henriette.

»Was wolltest du denn einkaufen?«

»Nur – ja, Sachen für das Bad – für das Abendessen –«

»Kann ich doch alles besorgen.«

»Aber eigentlich wollte ich jetzt losgehen.«

Henriette bückte sich, zog die unterste linke Schreibtischschublade auf und nahm das Kuvert heraus, in dem sich ihr Bargeld befand. Dann schob sie den Sessel zurück, stand auf, ging zum Vorzimmer und Richtung Wohnungstür.

»Henriette«, sagte Linda.

»Ja?«

»Du bist barfuß.«

Henriette blieb stehen und sah auf ihre Füße hinunter.

»Ach ja«, sagte sie.

Linda stand ebenfalls auf, kam zu Henriette und nahm sie um die Schultern.

»Hast du schon gefrühstückt?« fragte sie.

»Nein«, sagte Henriette.

Linda schob sie in die Küche, bewog sie mit sanftem Druck dazu, sich zu setzen, und ging zum Herd.

Als der Kaffee zubereitet war, goß Linda zwei Tassen voll, stellte Milch, Zucker und Toastbrot auf den Tisch und setzte sich Henriette gegenüber.

»Komm, trink jetzt«, sagte sie, »und iß ein Stück Brot dazu. Und bitte leg endlich das Kuvert weg.«

Henriette gehorchte wortlos. Sie nahm Milch und Zucker in den Kaffee und trank ihn in kleinen Schlucken.

»War irgend etwas los?« fragte Linda.

»Mir ist eingefallen, daß heute Montag ist.«

»Ja und?«

»Ich wollte –«

»Ja?«

»Ich wollte eigentlich zur Frau Irma gehen.«

»Zu wem?«

»Schau doch mal, wie ich aussehe.«

»Wie denn?«

»Meine Haare. Ein Gestrüpp ist das. Ich wollte zu meiner Friseurin gehen, aber dieser blöde Montag –«

Linda lachte hell auf.

»Aber ich bin doch Friseurin!« rief sie. »Willst du, daß ich dir die Haare mache? Ich kann dir deine Haare mindestens so schön in Ordnung bringen wie deine Frau Irma. Komm, wir fangen gleich damit an. Iß nur vorher noch einen Happen Brot und trink den Kaffee aus.«

Henriette nickte. Dann kaute sie gehorsam ein Stück trockenes Toastbrot und trank ihre Tasse leer. Linda beobachtete sie dabei.

»Warum hast du mir das denn nicht gleich gesagt, Henriette?«

Ja, warum habe ich das nicht gleich gesagt? dachte Henriette, ganz offen und direkt. Aber gern lasse ich mir jetzt von ihr die Haare richten.

»Ich wollte dich mit dieser Bitte wohl nicht belästigen, Linda, du hast genug Frauen frisiert in deinem Leben«, sagte sie.

»Aber doch nie wirklich ungern. Und deinen grauen Wuschelkopf in die Hände zu bekommen, macht mir richtig Spaß.«

»Das freut mich. Vor allem wegen Maloud.«

»Dem ist aber sicher am wichtigsten, daß du frisch und froh bist, wenn er kommt.«

»Findest du, daß ich –?«

»Du wirkst ein klein wenig niedergeschlagen. Aber das kommt vielleicht von zu viel Vor-freude.«

»Ja«, sagte Henriette. »Vor-Freude. Die kann anstrengen. Weil sie ins Ungewisse geht.«

»Also los. Sicher macht es dich strahlend schön und frisch und froh, wenn wir dir jetzt eine prima tolle Frisur verpassen.«

»Du übertreibst, aber laß uns das tun. Ja.«

»Ich hole von drüben alles, was ich brauche«, sagte Linda, während sie eilig und ohne zu fragen den Küchentisch wieder abräumte und die Tassen in die Spüle stellte, »sogar zum Haarewaschen habe ich eine Vorrichtung, weißt du, Henriette, so eine, daß du dich nicht mit dem Kopf voran tief ins Waschbecken hinunterbeugen und ge-bückt dastehen mußt, du wirst sehen, ich mache die Sache ganz professionell, wie in einem Frisiersalon, willst du auch einen Schnitt?«

»Einen was?«

»Soll ich dir die Haare auch kürzen?«

»Oh ja – das wäre sicher auch gut.«

»Okay. Gib du jetzt Ruhe, entspanne dich, ich suche bei mir das Notwendige zusammen und bringe dann gleich alles herüber, ja?«

»Ja.«

Linda eilte davon, ihr hellblaues Kleid flatterte, das Haar flog, die Tür knallte hinter ihr zu. Es scheint ihr wirklich Spaß zu machen, dachte Henriette.

Sie erhob sich ebenfalls und verließ die Küche. Jedoch mitten im Korridor blieb sie stehen, weil sie wieder einmal nicht recht wußte, wohin jetzt. Enge, heiße Räume schienen sie einzukreisen, einzufangen. Es gibt doch Pflichten, dachte sie, irgend etwas müßte ich doch jetzt sicher tun, erledigen, wie man so schön sagt, warum wieder diese Bewegungslosigkeit in mir, ich gerate in letzter Zeit in Zustände, die mich verwirren. Maloud kommt doch heute! Was würde er wollen, woran läge ihm, was alles habe ich noch nicht bedacht, worum mich noch nicht gekümmert. Ratlos ließ Henriette den Blick schweifen. Sie sah durch die offene Badezimmertür das Wandschränkchen oberhalb der Waschmuschel. Meine Medikamente! Heute noch nicht eingenommen! Diese Erkenntnis erfüllte Henriette mit einer so tiefen Erleichterung, als hätte ihr jemand einen Rettungsring zugeworfen. Sie eilte auf nackten Füßen in das Bad, füllte ein Zahnputzglas mit Wasser und schluckte, sorgfältig eine nach der anderen, die nötige Tagesration an Tabletten. Ebenso sorgfältig verschloß und verstaute sie anschließend die Packungen wieder und machte die Tür des Schränkchens zu. Da. Im Spiegel. Unversehens und neuerlich dieses bleiche, konturlose, zerknitterte Gesicht ihr vor Augen.

Jetzt aber los, dachte Henriette, jetzt ein wenig Puder über die Haut verteilen, ganz leicht Rouge auftragen, die Wimpern tuschen und die Brauen nachziehen, sei nicht feig, tu es! Du konntest dich doch immer in einer Weise schminken, daß Mirco fand, es sei perfekt. »Nicht zu viel des Guten, aber gut!« Genau. Ja, genau das hat er einmal zu dir gesagt, als du dich im riesigen, marmorverfliesten Badezimmer des damals noch ehrwürdig noblen Hotels ›Monaco‹ in Venedig zurechtgemacht hattest und er plötzlich hinter dir stand und dir dabei zusah. Nicht zu viel des Guten, aber gut. So würde ich es jetzt auch gern fertigbringen. Aber damals war ich jung. Nicht blutjung, aber noch jung. Die Gesichtshaut hatte noch Glätte, da gab es Flächen für das Auftragen von Farbe, die Lider konnte man bemalen, rund um die Augen gab es nicht diese vielen kleinen Fältchen.

Henriette wandte sich vom Spiegel ab und

holte den Schminkkoffer aus dem seitlichen Wandregal. Mit so einem Köfferchen konnte man ja ehemals noch in die Flugzeugkabine steigen, Kosmetika und alles fürs Make-up stets bei sich haben. Ihre letzten Flüge vor vielen Jahren mußte sie zwar bereits ohne diesen Komfort antreten, Flüssigkeiten und Cremes bei sich zu führen war nur noch in Kleinstmengen gestattet, aber diesen Lederkoffer mit seinen Messingbeschlägen, der sie lang begleitet hat, den besitzt sie heute noch, er enthält alle Schminkutensilien, die noch verwendbar sind.

Henriette stellte ihn neben dem Waschbekken ab. Ein feiner Duft stieg zu ihr hoch, als sie ihn öffnete. Sie griff nach einem Fläschchen mit flüssigem Make-up, nahm einen Klacks davon auf die Fingerspitze, bestrich damit vorsichtig Wangen und Stirn, dann, mutiger geworden, das übrige Gesicht und den Hals. Das helle Beige ließ ihre welke Haut frischer wirken. Henriette deckte sie zart mit Puder ab und pinselte feines Rosa auf die Wangenknochen. Alles sah ganz gut aus. Jetzt helles Grau auf die Augenlider, weiche, zu den Brauen hin gewölbte Schatten. Dann das Mascarabürstchen. Obwohl ihre Wimpern längst nicht mehr so dicht waren wie ehemals, schienen sie schwarz getuscht plötzlich den Blick einzurahmen, den Pupillen Glanz zu verleihen. Henriette verharrte erstaunt Auge in Auge mit sich selbst.

War nicht jünger geworden, das Gesicht, keineswegs. Aber lebendiger. Vorhandener. Ja, die Augen vor allem, sie waren plötzlich vorhanden. Jetzt erkannte man wieder ihre leicht ovale Form und ihre Farbe, das Graugrün, sogar der Blick selbst hatte an Eindringlichkeit gewonnen. Erstaunlich, dachte Henriette. Was aber jetzt mit diesem so schmal gewordenen Mund. Ihm sieht man all die Zurückhaltung und Beherrschung, dieses Zähnezusammenbeißen, das Entbehren von Zärtlichkeit, Sinnlichkeit, Küssen, all die Lebensdisziplin am deutlichsten an. Irgendwann hatte ich doch volle Lippen, nicht gerade schwellend, aber sie waren weich und hatten Fülle.

Henriette nahm einen Stift aus ihrem Köfferchen. Sah aus wie ein Bleistift, ›Dermatograph‹ hatten die Maskenbildnerinnen beim Film so einen Stift pompös benannt, es gab ihn in allen Farben, schwarz schlicht als Augenbrauenstift. Henriette hatte manchmal zugesehen, wenn Schauspielerinnen geschminkt wurden. Vor allem, wenn Mirco sie bei einer jungen und unerfahrenen Kleindarstellerin darum gebeten hatte. »Bitte paß auf, daß nicht zuviel gemacht wird, das Mädel soll nicht ausschauen wie ein Palmesel, sondern wie ein Mensch.« Dann begab sie sich wie zufällig in den Raum der Maskenbildnerei, stand diskret irgendwo im Hintergrund herum, und verfolgte genau das Hantieren auf dem Antlitz des jeweiligen ›Mädels‹. Tat so, als wolle sie in Gesellschaft der Frauen nur eine Zigarette rauchen und ein bißchen pausieren, konnte aber ganz nebenbei einiges regulieren. »Findet ihr den Lidschatten nicht auch zu blau?« oder »Ich würde keine künstlichen Wimpern dazukleben, deine sind doch so schön dicht, findest du nicht?« Mit solchen Vorschlägen, leicht hingesagt, hatte sie Mirco oftmals einiges an wütender Korrektur erspart, er konnte haltlos werden, wenn eine seiner Schauspielerinnen dick geschminkt vor die Kamera trat und er ihr Gesicht vor dem Dreh erst wieder ›abräumen‹ mußte, wie er es zu nennen pflegte.

Hoffentlich muß ich das nachher nicht auch bei mir tun, dachte Henriette, mein Gesicht wieder abräumen. Aber jetzt zum Mund.

Sie zog mit dem hellbraunen Stift eine dünne Linie am Rand der Lippen entlang, ohne deren Kontur zu vergrößern. Dann suchte Henriette einen Lippenstift aus, dessen Farbe ebenfalls ins Bräunliche ging, also ja kein leuchtendes Rot. Rotgeschminkte Lippen gehören in ein junges Gesicht, dachte Henriette, und auch da passen sie nicht immer hin. Dieser selbstverständliche Gebrauch eines knallroten Lippenstiftes, der in die Handtasche jeder jungen Frau zu gehören schien, hatte sie schon damals, in jungen Jahren, meist abgestoßen. Sogar in Restaurants, bei Einladungen, wenn man irgendwo bei Tisch saß, wurde von weiblichen Wesen so ein Lippenstift oft lässig hervorgeholt, auf fast obszöne Weise herausgerollt, und ohne Verwendung eines Spiegels sorglos schlampig das Rot aufgetragen, bis der Mund aussah wie eine offene Wunde. Jeder konnte zusehen, Zahnfleisch, Zähne, Speichel, alles sichtbar. Dieser Vorgang besaß für sie eine Intimität, vor der ihr ekelte, sie selbst verschwand immer, wenn sie ihr Make-up in Ordnung bringen wollte, haßte es, wenn Fremde ihr dabei zusahen.

Aber jetzt sieht mir ja keiner zu, dachte Henriette. Langsam und vorsichtig füllte sie die zart gezogene Kontur um ihre Lippen mit hellem Rotbraun aus. Wie als Kind im Zeichenunterricht, fand sie. Aber als sie sich anschließend im Spiegel betrachtete, sah sie einen Mund. Ja, plötzlich hatte sie einen Mund im Gesicht, nicht mehr nur diese schmale, zittrige, traurige Linie, die sich nur beim Lächeln vielleicht ein klein wenig abzeichnete. Henriette lächelte. Ha! Auch das Lächeln war sichtbarer geworden. Jemand lächelte sie aus dem Spiegel an, eine alte Frau, ja, aber eine wesentlich frischere, erfreulichere. Nützt doch etwas, diese Schminkerei. Sie hatte ja oft gestaunt, was bei Schauspielerinnen an Veränderung möglich war. Wie man oft Schönheit erreichen konnte, wo es nur eine Art Vorlage zu geben schien, ein Dutzendgesicht. Abgeschminkt, sah man dann wieder das blasse Gesicht einer müden Schauspielerin.

Die Hauptdarstellerin damals beim ›Malhafa‹-
Film, erinnerte sich Henriette, war ein exempla-
rischer Fall dieser Art gewesen. Und das nicht
nur durch die Kunst der Maskenbildner, sondern vor allem durch ihre eigene. Privat war ihr
Aussehen durchschnittlich, sie machte nichts aus
sich, kam am Beginn des Drehtags des Weges,
wie sie ihr Wohnzelt schläfrig und ohne jede op-
tische Vorbereitung verlassen hatte, sie sah am
Morgen aus wie irgendeine andere unscheinbare Mitarbeiterin im Team. Dann verschwand
sie in der ›Maske‹. So nannte man auch in der
Wüste den Raum mit Spiegeln, Schminkutensilien und Maskenbildnern, der dort in einer der
Lehmhütten untergebracht war. Und heraus kam
nach etwa einer Stunde eine wunderschöne Frau.
Keine schön geschminkte Frau – eine schöne
Frau. Nicht makellos, nicht schick, nicht sexy,
nicht umwerfend aussehend, nicht modisch,
nicht gestylt, kein Model-Typ, nein, schön.
Schön eben als Mensch. Mirco, der die ›Malhafa‹-
Schauspielerin ja mehr als nur beruflich mochte,
hatte einmal, als diese nach einem Drehtag abgeschminkt aus der Maske kam, neben Henriette
leise gemurmelt: »Nachher kann so eine Frau
ausschauen wie eine Kellerassel –« »Wie was?«
ihre entgeisterte Frage. »Klingt bös, ich weiß«,
hatte er hinzugefügt, »laß du jetzt diesen Blick!
Aber wenn so ein Gesicht wieder in sich selbst
zurücksinkt – man glaubt es kaum.«

Hat aber trotzdem weiter mit der Kellerassel geflirtet, dachte Henriette grimmig, ein ziemliches Techtelmechtel gab es da. Sie knallte den Deckel des Schminkkoffers zu. Dann warf sie nochmals einen prüfenden Blick in den Spiegel. Ist in Ordnung, dachte sie, wirkt trotzdem natürlich, die Farben dezent, sieht okay aus. Nein, ich muß es nicht abräumen, mein Gesicht, ich denke, es darf so bleiben.

»Henriette!«

Das war Lindas Ruf, draußen am Gang.

»Henriette! Kannst du mir bitte aufmachen?«

Henriette ging zur Wohnungstür und öffnete sie. Davor stand Linda, vollbepackt mit Plastikflaschen, Sprühdosen, Frottiertüchern, und vor allem den Einzelteilen eines aufstellbaren Haarwaschbeckens.

»Ich bringe das alles gleich ins Badezimmer«, keuchte sie und drängte an Henriette vorbei. Sie schleppte ihre Last bis ins Bad, wo sie sich polternd von ihr befreite. Dann wandte sie sich Henriette zu, ihre Wangen gerötet, die Augen leuchtend vor Unternehmungslust.

»Komm, wir fangen gleich an!« rief sie. »Hast du irgendwo einen Hocker? Sonst sei so gut und hol einen Sessel aus der Küche, ich versuche inzwischen, das Haarwaschbecken –«

Sie stockte und starrte Henriette an.

»Was ist denn mit dir geschehen? Wie siehst du aus –?«

Henriette erschrak.

»Fürchterlich?« fragte sie.

»Nein! Toll!«

»Ich habe ein bißchen –«

»Du hast dich geschminkt! Ganz toll!«

»Jubiliere nicht so, Linda. Ist es denn so auffällig?«

»Ich merke das natürlich sofort, aber wer anderer findet sicher, du siehst einfach besser aus so, viel frischer, und – wie soll ich sagen – sichtbarer.«

Das fand ich auch, dachte Henriette. Mein Gesicht wurde sichtbarer.

»Und du hast dich gekonnt geschminkt, Henriette, dezent, richtig gut, wo hast du das gelernt?«

»Ich habe oft zugesehen beim Film. In der Maske.«

»In der was?«

»Den Schminkraum nennt man meist so, Maske.«

»Aber du hast dir keine Maske verpaßt, Gott sei Dank.«

»Ein überkommener Begriff, wenn man an ein gut gemachtes Make-up denkt, natürlich – aber wenn Wunden, Blut, Sonnenbrand, Ausschlag, was auch immer, oder wenn Schauspieler auf alt oder auf todkrank geschminkt werden müssen, dann geht das schon in Richtung Maske. Es gibt Maskenbildner, die sind Künstler.«

»Machen diese Leute den Schauspielern auch die Haare? Ich meine, frisieren die auch?«

»Ja, das müssen sie auch können.«

»Schade.«

»Was ist schade?«

»Daß ich das alles nicht früher gewußt habe.«

»Was?«

»Die Sache mit dem Film, mit dieser Maske, mit Schauspielern. Ich meine –«

»Ja?«

»Ich hätte eine Maskenbildnerin werden können, oder?«

»Hättest du können, ja.«

»Das wäre sicher ein spannenderer Beruf gewesen.«

»Warum gewesen, Linda?«

»Na ja – so alt wie ich bin! «

»Dafür wärst du jung genug.«

»Meinst du?«

»Ja, meine ich. Jung genug, um irgendwo anzufangen, an einem Theater vielleicht, du bist ausgelernte Friseurin, da hättest du sicher Chancen. Aber du müßtest es natürlich wirklich wollen.«

Linda sah Henriette nachdenklich an.

»Du meinst, das ginge noch?«

»Liebst du Geschichten und Verwandlungen?« fragte Henriette.

»Und wie.«

»Dann los.«

Linda starrte Henriette verblüfft an, dann lachte sie auf. »Erstmal los hier! Ich mache dir jetzt die Haare, komm.«

Sie ging voraus, wandte sich jedoch auf halbem Weg nochmals um.

»Aber ich denke darüber nach«, sagte sie.

Henriette folgte Linda langsam in das Badezimmer.

»Hier im Bad gibt's ja einen Hocker!« rief Linda, »fein, der geht gut, wir brauchen keinen Sessel.« Sie installierte mit gekonnten Griffen das Plastikbecken für die Haarwäsche, stellte Shampoo, Haarfön und Handtücher in Reichweite auf, und schob dann den Hocker vor das Becken. »Komm, setz dich«, sagte sie, »mit dem Rücken zur Waschmuschel – ja, so –«

Henriette nahm also Platz. Sie neigte, von Linda behutsam dazu gedrängt, den Kopf zurück, bis er am Beckenrand auflag, und schloß die Augen. Bald hörte sie, wie der Hahn aufgedreht wurde und fühlte warmes Wasser in ihr Haar fließen. Shampoo wurde mit schmatzendem Geräusch aus einer Plastikflasche gepreßt und dann von Lindas Händen sanft, aber bestimmt auf Henriettes Kopf verteilt und mit massierenden Bewegungen zum Schäumen gebracht. Ich könnte einschlafen, so angenehm ist das, dachte Henriette. Der Schaum wurde ausgespült, dann die ganze Prozedur wiederholt, und ehe sie ein letztes Mal Wasser durch die Haare fließen ließ,

massierte Linda ihr noch mit beiden Händen gekonnt eine duftende, kühlende Substanz in die
Kopfhaut ein. Was für ein Genuß, dachte Henriette, gleich schwebe ich davon.

Als ein Frottiertuch über ihr Haar gewickelt
wurde und sie sich aufrichten mußte, fiel es Henriette schwer, die Augen wieder zu öffnen, sie
wirkte schlaftrunken. Linda lachte.

»Tja, ich kann das«, sagte sie, »die Damen im
Salon haben immer mich verlangt.«

»Ja, du kannst das«, sagte Henriette, »so hat
mir noch nie jemand den Kopf gewaschen.«

Beide kicherten, während Linda Henriettes
Haar trockenrieb.

»Aber eigentlich komisch, dieser Doppelsinn«,
sagte Linda dann. »Daß jemandem den Kopf
waschen bedeutet, daß man ihm ordentlich die
Meinung sagt, hab ich nie so recht verstanden.«

»Ist ja auch selten so eine Wohltat wie bei
dir.«

»Ach was, als Lehrlinge mußten wir das
schließlich alle lernen.«

»Aber nicht alle waren begabt. Für das, was
man tun will, Begabung zu besitzen, ist ein Geschenk.«

»Aber für eine Friseurin –«

»Gerade für eine Friseurin!«

Linda schob das tragbare Waschbecken zur
Seite.

»Dreh dich jetzt zum Spiegel«, sagte sie.

Henriette wechselte auf ihrem Hocker die Richtung und konnte jetzt zusehen, wie Linda das feuchte Haar durchkämmte, dann zu einer Schere griff und es kürzte. Sie tat es mit flinken Bewegungen, benutzte dazu einen anderen, dünnen Kamm, kniff die Augen zusammen, war völlig auf ihre Tätigkeit konzentriert.

Henriette schwieg, sie wollte nicht stören.

»Um eine Maskenbildnerin zu werden, sollte man sicher eine Begabung dafür haben«, sagte Linda nach einer Weile, ohne den Haarschnitt und ihren konzentrierten Blick darauf zu unterbrechen.

»Ja, sollte man«, antwortete Henriette

»Wir mußten ja in der Berufsschule auch ein bißchen das Schminken erlernen, wie man ein Make-up ordentlich macht, so was. Wir Mädels haben es aber alle nicht richtig ernstgenommen, immer nur uns selber geschminkt, für die Disco oder so. Alle haben nur an tolle Salons gedacht, an modische Super-Frisuren, möglichst bald eine Anstellung und Geldverdienen, kein Mensch hat uns etwas von dieser anderen Möglichkeit gesagt.«

»Trotzdem besitzt du die Grundvoraussetzung dafür, Linda, jetzt läge es an dir.«

»Bekäme ich dort, wo man Maskenbildner braucht, überhaupt einen Job?«

»Früher hätte ich dir beim Film dazu verhelfen können, das ist aber lang her, ich kenne niemanden mehr, und vor allem kennt mich niemand mehr. Aber ich denke, wenn du dich bewirbst, geht das sicher auch so. Man braucht gute Leute.«

»Und du glaubst – ich könnte gut sein?«

»Ich bin sogar ziemlich sicher, daß du gut wärst. Ich spüre es in meinen Haaren.«

»In deinen Haaren?«

»Ja, wie du im Moment mit ihnen umgehst. Man spürt Können. Bei allem.«

Linda legte die Schere beiseite und fuhr mit beiden Händen durch Henriettes gekürztes, noch leicht feuchtes Haar und formte es.

»Schön, deine Locken«, sagte sie, »muß man gar nicht mehr fönen, glaub ich.«

»Nein, nichts mehr muß man.« Henriette starrte sich im Spiegel an. »So gehören meine Haare mir. Danke.«

»Eine Seltenheit, deine Naturwelle, weißt du das? Meist vergeht sie bei älteren Frauen.«

»Ach ja?«

»Ja. Und daß du dein Gesicht heute ein bißchen zurechtgemacht hast – dann das hübsche Kleid – du siehst wirklich gut aus, dein Sohn wird staunen.«

Mein Sohn, dachte Henriette. Ja, Maloud kommt, und zwar bald. »Linda, nicht böse sein, aber ich habe noch zu tun«, sagte sie, »muß noch einiges vorbereiten. Was bin ich dir schuldig?«

»Mir schuldig?«

»Für die Frisur.«

Linda starrte Henriette an. Dann begann sie übergangslos und hastig ihre Shampoo-Tuben und Frottiertücher zusammenzusuchen, lärmte beim Zerlegen des Plastikwaschbeckens herum, wandte sich zum Gehen und ließ Henriette gruß-los auf ihrem Hocker sitzen.

»Was ist denn los, Linda?« fragte Henriette.

Linda blieb stehen. Dann wandte sie sich zu ihr um.

»Wie kannst du mich bezahlen wollen«, sagte sie, »ich dachte, wir beide sind befreundet.«

»Aber ist doch nicht bös gemeint!« Henriette erhob sich vom Hocker und trat auf Linda zu. »Die Macht der Gewohnheit ist das, Linda. Ich habe mein Leben lang immer alles bezahlt, ver-stehst du? Ich war eine selbständige Frau, kei-ner außer ich selbst war verantwortlich für mich, niemand ist je für mein Leben aufgekommen, in gewisser Weise wurde mir nie etwas geschenkt. Sei also bitte nicht beleidigt. Von Herzen gern nehme ich meine heutige Haarpracht als ein Ge-schenk aus deinen Händen entgegen.«

»Was für eine lange Rede.« Linda lächelte jetzt. »War auch dumm von mir, gleich so einge-schnappt zu sein.«

Sie standen einander gegenüber. Ja, das war eine lange Rede, dachte Henriette, vielleicht ein wenig zu lang, mein Herz klopft.

Sie sah das Gesicht der jungen Frau nahe vor sich. Ihr war, als käme es näher, schwebe auf sie zu. Sie sah Lindas Lächeln. Sah eine einzelne blonde Haarsträhne, die sich löste und in die Stirn herabwehte, wie in Zeitlupe tat sie es. Und plötzlich verlor dieses Gesicht seine Konturen, jemand schien darüberzuwischen, es zu verwischen. Alles zerfloß und löste sich auf.

Henriette?

Ja …

Die Stimme der Mutter klang eindringlicher als sonst. Gab es doch stets diese Sanftmut in ihrer Stimme, die nicht wirklich einem sanften Gemüt entsprach, es klang nur so. Nichts sollte laut werden, nahe kommen, Nähe erzeugen, das war es. Darum ging es. Nichts sollte die Mutter anrühren, berühren, etwas aufrühren in ihr, nur das Notwendige sollte gesagt werden. Diese zurückhaltende, ihr Leben lang erschrockene Frau, was will sie denn jetzt plötzlich von mir. Und mit dieser überaus eindringlichen Stimme ruft sie mich, nie war sie je so laut gewesen, ist das überhaupt die Stimme der Mutter, die jetzt nach mir ruft – wer ist es –

»Henriette?«

Sehr nah, dicht über meinem Gesicht diese Frage, die wie ein Schrei klingt.

»Henriette! Mach bitte die Augen auf!«

Ich versuche es ja. Geht aber nicht. Ich bekomme die Augen nicht auf, Mutter. Über den geschlossenen Lidern liegt eine Last, kaum von ihnen hochzustemmen. Als sollten sie sich nie wieder öffnen, als wäre bereits Sand, Geröll, Gestein auf sie getürmt – lebe ich noch oder liege ich unter der Erde –

»Was sagst du da?«

Habe ich etwas gesagt?

»Henriette! Du lebst und liegst auf deinem Sofa!«

Sie schreit so laut. Das ist nicht die Stimme der Mutter.

»Komm, schau mich an!«

Linda schreit. Das ist Linda Krutisch, meine junge Nachbarin. Ich erinnere mich an sie. Großgewachsen und hübsch. Sehr schönes Haar. Sicher habe ich ihr Gesicht ganz nah über mir und sie schaut auf mich herab, wenn ich jetzt die Augen öffne.

»Na endlich«, sagte Linda.

Sie saß am Rand des Sofas, über Henriette gebeugt.

»Ja genau«, sagte Henriette.

»Was?«

»Dein Gesicht über mir, ganz nah. Aber es sieht seltsam aus.«

»Wieso?«

»Wie nach einem Bad. So feucht. Und deine Haare auch.«

Linda richtete sich auf.

»Ach, Henriette – – Es ist unglaublich heiß, ich habe dich vom Badezimmer hierhergeschleppt und außerdem furchtbare Angst um dich gehabt, da kommt man ins Schwitzen, glaube mir.«

Wo war ich, dachte Henriette. Was war wieder los mit mir. Warum mußte wieder etwas Ähnliches passieren, etwas, wie in den letzten Tagen immer wieder. Daß ich jetzt hier auf dem Sofa liege und eine erschöpfte Linda völlig aufgelöst neben mir sitzt. Die Arme. Jetzt fährt sie sich mit beiden Handflächen über das feuchte Gesicht und streicht das Haar zurück. Und wieder ihr besorgter Blick auf mich.

»Ich war wieder ohnmächtig, oder?«

»Ja, ganz plötzlich im Bad bist du umgefallen. Ich konnte dich auffangen und dann gleich hierherziehen. Das Sofa war näher als dein Bett.«

»Was ich dir antue. Hättest du mich liegenlassen.«

»Wie stellst du dir das denn vor! Dich einfach liegenlassen! Ich habe vorhin schon überlegt, einen Arzt zu rufen, aber da hast du gottlob die Augen wieder aufgemacht. Wie fühlst du dich jetzt?«

»Ich glaube, normal.«

»Ist dir übel oder so was?«

»Nein, ich liege eigentlich ganz gut hier.«

»Dann bleib auch liegen. Ich werde mich jetzt kurz davonmachen.«

Eigentlich hätte ich Linda lieber noch eine Weile bei mir, dachte Henriette, nur bis ich wieder völlig anwesend bin.

»Wohin gehst du?« fragte sie.

»Ich dachte, daß ich dir die Sachen besorge, die du noch brauchst.«

Heiß durchfuhr es Henriette. Mit einem Ruck hob sie ihren Kopf, aber ein Drehen und Flimmern vor ihren Augen zwang sie, ihn rasch auf das Sofakissen zurückfallen zu lassen.

»Ach Gott ja«, stöhnte sie, »Maloud! Wieviel Zeit ist vergangen?«

»Nur die Ruhe, alle Geschäfte haben noch offen.«

Linda erhob sich, strich das Kleid über Henriettes Beinen zurecht, und blickte dann wieder, diesmal aus größerer Höhe, auf sie herab.

»Morgen bringe ich dich zu einem Arzt«, sagte sie, »da gibt es keine Widerrede mehr, verlaß dich drauf.«

»Daß ich fast vergessen konnte, daß Maloud mich heute besucht,« sagte Henriette und spürte Tränen hochsteigen. »Hoffentlich ist das nicht wieder ein Drehschwindel. Ich habe Angst.«

Linda beugte sich herab und berührte Henriettes Wange.

»Bleib jetzt einfach ruhig hier auf dem Sofa liegen«, sagte sie, »ich verschwinde ganz kurz. Sag mir jetzt nur, was ich dir bringen soll. Ich besorge die Sachen, und wenn ich zurück bin, versuchen wir gemeinsam ohne Panik festzustellen, wie es dir geht, okay?«

»Okay.«

Henriette hatte vermieden zu nicken, sie lag regungslos da. Dieser Überfall, als sie vorhin den Kopf gehoben hatte, war wie eine Lähmung in ihren Körper gefahren, sie wagte nicht mehr, sich zu rühren.

»Also, was soll ich holen?« fragte Linda.

»Nun ja –«, Henriette bemühte sich, klar zu denken, komm, sei jetzt nicht töricht, nimm dich bitte zusammen, was wolltest du denn noch alles besorgen, »ja – Seife – und ich glaube, Brot fehlt – frisches Brot – vielleicht ein, zwei Dosen Bier – bei mir trinkt Maloud gern ab und zu Bier – in der Sahara tut er das natürlich nie – er will seine Leute nicht brüskieren – aber er selbst ist nicht religiös, weißt du – er ist Laizist –«

»Henriette, ich glaube, es ist besser, wenn ich jetzt schnell gehe, ja? Vorher sehe ich in deiner Küche nach, da merke ich schon, was vielleicht noch fehlt. Bleib du bitte schön brav liegen und hab keine Angst, ich bin gleich wieder da.«

Linda lächelte nochmals auf sie herab, wandte sich dann rasch um und verließ das Zimmer.

Sie muß mit mir reden wie mit einem Kind, dachte Henriette, schön brav liegen soll ich bleiben, weit ist es mit mir gekommen. Aber ich fürchte mich wirklich vor einem Schwindelanfall, gerade jetzt, so kurz vor Malouds Kommen.

Sie hörte, wie Linda in der Küche im Kühlschrank kramte, dessen Tür dann wieder zuschlug, wie sie Laden öffnete und schloß, sie schien alles zu inspizieren. Dann ihre Schritte Richtung Wohnungstür. Mitten im Vorzimmer plötzlich lautes Rumoren. »Ich suche nur meine Sachen zusammen!« rief Linda. »Als du umgekippt bist, habe ich alles fallen lassen, um dich aufzufangen, das tragbare Waschbecken ist in sämtliche Teile zerfallen, ich bringe das Zeug wieder zu mir hinüber, ja?!«

»Ja gut«, murmelte Henriette, aber Linda schien ihre schwache Antwort vernommen zu haben.

»Okay, dann bis gleich!« rief sie, »den Schlüssel habe ich dabei!«

Henriette hörte, wie Linda ihre Last durch die Eingangstür zwängte, dann fiel diese ins Schloß.

Es war still in der Wohnung. Nur ganz fern Straßengeräusche, vom Schlafzimmer herüber. Im Innenhof kein Laut. Es war heiß, die Luft stand reglos und drückend im Raum. Ich bin jetzt allein, dachte Henriette. Könnte mich ja aufrichten und überprüfen, wie es um mich steht. Aber ich trau mich nicht.

Plötzlich nahm sie in der sie umgebenden Stille das leise Summen des Computers wahr. Sie wandte ihren Blick in seine Richtung, und sah den flimmernden Bildschirm. Da treibt wohl immer noch die Kaffeeschale mit dem blauen

Rand ihr Unwesen, dachte Henriette, wir haben den Computer noch immer nicht – was jetzt? Abgedreht? Nein. Ah, ich weiß schon, heruntergefahren! Ich glaube, so nennt man das. Ob ich zum Computer hingehen und das tun soll? Und weiß ich eigentlich, wie man so ein Gerät fachgerecht herunterfährt? Ich weiß es nicht. Und ich müßte dazu aufstehen, mich bewegen, und genau das wage ich im Augenblick noch nicht. Lieber liegenbleiben, mich nicht rühren, abwarten. Wann etwa wollte Maloud bei mir sein? Gegen achtzehn Uhr, glaube ich. Hoffentlich schafft Linda die Einkäufe. Ich brauche Linda heute.

Henriette sah an sich selbst herab. Sie sah, wie sie dalag, im sommerlichen Kleid, barfuß, die Beine ausgestreckt, die Hände auf dem Bauch übereinandergelegt wie aufgebahrt. Gern hätte sie über sich selbst den Kopf geschüttelt, wenn sie sich nicht gezwungen fühlen würde, ihn angstvoll still zu halten.

Wollte sie doch gerade heute Maloud als seine unerschütterliche, gesunde und fröhliche Mum empfangen, seine Heni, liebevoll und verläßlich. So lange haben sie einander nicht gesehen. Und sie weiß, wie sein Leben dort in den Camps verläuft. Kräfteraubend, die Seele beschwerend, unendliche Geduld fordernd. Er will die Hoffnung nicht aufgeben, kämpft um sie, weil er seinen Landsleuten immer wieder Hoffnung vermitteln will. Sie sieht ihn vor sich. Unterwegs mit seinem

alten Jeep, die einzelnen Wilajas immer wieder
aufsuchend, bei Versammlungen sprechend und
Ausdauer beschwörend, die Ausgabe der Essens-
vorräte überprüfend, zeitweise auch als Soldat bei
militärischen Übungen. Sie sieht ihn in seinem
Zelt, vielleicht mit einer Frau, sie weiß gar nicht,
ob Maloud bei einer Frau lebt, fällt ihr plötzlich
ein, aber gut wäre, wenn jemand ihm Tee zubereitet, während er ausruht und durch den Zelt-
eingang in einen Abendhimmel hinausblickt.
Sie sieht Malouds Gesicht vor sich. Sieht es im
Widerschein eines Sonnenunterganges, der den
endlosen Horizont der Sahara aufglühen läßt,
als brenne er. Sie kennt diese Sonnenuntergänge.
Dieser Himmel, dieses wilde Rot, diese Endlosig-
keit, sie fahren darauf zu, in so ein Licht hinein,
direkt hinein, der ganze Konvoi, Mirco schimpft,
ich sehe nichts mehr, trotz der Brille, bitte klappe
auch bei dir die Sonnenblende herunter, der Fahrer vor uns scheint keinerlei Schwierigkeiten zu
haben, er ist es eben gewöhnt, unglaublich, wie
der Kerl über die Piste dahinsaust, ich hätte lieber nicht selbst unseren Jeep fahren sollen, sie
legt den Arm auf seine Rückenlehne, beugt sich
zu ihm, das geht schon, Mirco, du fährst prima,
gleich ist sie verschwunden, die Sonne, schnell
wird es dunkel in der Sahara, schau, schon ändert
sie ihre Farbe, das Violett blüht auf, die Dämmerung fällt ein, wir durchqueren die Nacht, Mirco,
schon oft haben wir zwei eine Nacht durchquert

und den Morgen wiedergefunden, das wird uns auch diesmal gelingen, du wirst sehen –

Es war Linda, die leicht an ihrer Schulter rüttelte.

»Ja?« murmelte Henriette.

»Ich bin zurück, hab dir alles besorgt, hier aufgeräumt, die Küche, dein Bett, das Bad, alles picobello. Du hast fein geschlafen, das war gut, aber ich glaube, du solltest jetzt versuchen, aufzustehen.«

Schade, dachte Henriette, es war schön dort, wo ich war.

»Komm, steh langsam auf«, sagte Linda.

»Ja«, sagte Henriette. Ich fürchte mich davor, dachte sie.

»Hab keine Angst«, sagte Linda.

Henriette hob vorerst den Kopf. Nichts geschah, sie hatte nicht wieder dieses Drehen und Flirren vor Augen. Dann stützte sie ihren Oberkörper an beiden Unterarmen hoch. So, zur Hälfte aufgerichtet, wandte sie sich Linda zu, die ihr gebannt zugesehen hatte.

»Geht«, sagte sie. »Ich glaube, es geht ohne Drehschwindel.«

»Fein! Soll ich dir jetzt helfen?«

»Nein.«

Henriette richtete sich, die Arme weiterhin als Stütze nutzend, langsam zur Gänze auf, schob ihre Beine vom Sofa, und blickte dann zu Linda hoch.

»Schau, jetzt sitze ich ganz normal da, was sagst du dazu.«

»Perfekt«, sagte Linda.

Wie sie mich anschaut, dachte Henriette. So, als hätte sie ihre helle Freude daran, daß ich wieder normal auf einem Sofa sitzen kann, ohne umzufallen. Und vielleicht hat sie sogar ihre helle Freude daran, sie könnte doch sonst auch nicht so schauen.

»Ich danke dir, Linda«, sagte Henriette.

»Ach was.«

»Nicht ach was. Heute hätte ich ohne dich wirklich nicht weitergewußt.«

»So soll es ja auch sein zwischen Menschen.«

»Ist es aber selten.«

»Denke jetzt nicht über die Menschheit nach, Henriette, steh jetzt lieber auf.«

»Ist es schon so spät? Wird Maloud bald kommen?«

»Lange wird es wohl nicht mehr dauern, bis er klingelt, besser, du bist darauf vorbereitet.«

Henriette fühlte Panik in sich hochsteigen.

»Wie sehe ich aus? Die Schminkerei? Meine Frisur?«

»Du bist ja nicht auf dein Gesicht gefallen, da ist alles geblieben wie vorher.« Linda fuhr mit beiden Händen durch Henriettes Haar und lokkerte es auf. »Die Frisur ist auch wieder wie gehabt. Ein schöner grauer Wuschelkopf.«

»Mir ist heiß«, sagte Henriette.

»Steh jetzt trotzdem auf, ich möchte es sehen«.

»Was?«

»Wie du auf beiden Beinen stehst.«

Linda reichte ihr die Hand, Henriette ergriff sie, und ihr gelang ohne viel Mühe, sich zu erheben. Aufrecht stand sie da, mitten im Raum, mitten im Universum, nichts drehte sich, nichts wankte, die Welt schien sie wieder empfangen zu haben.

»Gut so?« fragte Linda.

Henriette nickte.

»Was hältst du davon, etwas zu trinken, während du wartest«, sagte Linda, »eine Limonade oder so, du solltest trinken, auch wegen der Hitze. Ich mach dir was.«

»Wartest du nicht mit mir?«

Linda blickte sie an.

»Ich dachte, ich geh dann lieber. Du möchtest sicher allein sein, wenn ihr beide euch nach so langer Zeit wiederseht.«

Ich weiß es nicht, dachte Henriette, ich weiß plötzlich nicht, was ich möchte. Weil ich nicht weiß, ob ich wieder ganz in Ordnung bin, ganz die Frau, die ihren Sohn begrüßen kann, wie sie es immer getan hat, voll Liebe und Freude, ich fühle mich heute seltsam aus mir selbst entfernt.

»Du wirst Maloud gern kennenlernen, Linda«, sagte Henriette, »und er dich auch. Ihr zwei werdet euch gut verstehen, das weiß ich. Aber natürlich – wenn du besser bei euch drüben sein solltest –«

»Ich kann gern hier mit dir warten«, sagte Linda.

»Danke«, sagte Henriette, »wirklich, ich danke dir.«

»Ich tu es echt gern. Auch weil ich, ehrlich gesagt, neugierig bin auf deinen Maloud.«

»Oh, ich auch«, sagte Henriette.

Vorsichtig setzte sie einen Schritt vor den anderen, ging durch den Korridor, schaute in den Schlafraum, auf ihr ordentlich gemachtes Bett, schaute in das Badezimmer, auch hier schönste Ordnung, alles frisch. In der Küche hantierte jetzt Linda.

»Ich presse ein paar Zitronen aus und mache Limonade«, sagte sie, »sicher ist Maloud nach der langen Reise auch durstig.«

»Danke«, sagte Henriette, »ich danke dir für alles, die Wohnung ist so prima in Ordnung, ich würde dir gern –«

»Komm, laß gut sein«, unterbrach Linda sie, »geh lieber rüber, setze dich aufs Sofa, ich komme gleich nach.«

Henriette nickte und ging langsam zurück in das Wohnzimmer. Sie fühlte, wie ihr Herzschlag heftiger wurde. Wie bei Flut begann es in ihr hochzusteigen, sie selbst ein Meer der Erwartung. Bald würde es klingeln, das Haus hatte keine Gegensprechanlage, Maloud würde bei seiner Ankunft also direkt vor der Wohnungstür stehen.

Der Bildschirm des Computers flimmerte zu ihr her. Wie beherrschend so ein Gerät ein ganzes Zimmer an sich reißen kann, dachte Henriette, ging zum Schreibtisch und setzte sich davor. Sofort gelang es ihr, mit einem leichten Fingerdruck durch die Wüstenlandschaft mit Palme in den kleinen Text vorzustoßen. Da, immer noch die Kaffeeschale mit blauem Rand, und da, die Zeilen, die sie heute dazugeschrieben hatte.

Die alte Frau hebt den Kopf und schaut diesem Auto entgegen. Ein Lächeln entsteht auf ihrem Gesicht, sie stellt die Kaffeeschale neben sich auf der Bank ab und steht mit leisem Ächzen auf.
Das Auto hält.
Ein junger Mann steigt aus und umarmt die alte Frau.
Sie nimmt sein Gesicht in beide Hände und schaut ihn an.

»Schreibst du weiter?« fragte Linda.

Sie hatte ein Tablett aus der Küche gebracht und auf dem Tisch abgestellt.

»Nein«, sagte Henriette, »ich schreibe nicht weiter, ich warte. Wie die von uns erschaffene alte Frau vor ihrem alten Haus es getan hat.«

Linda trat hinter sie.

»Wie wäre es mit einem Glas Limonade?«

»Später, Linda. Wenn Maloud pünktlich gelandet ist, müßte er jetzt gleich hier sein.«

»Er hat dich weder angerufen noch dir ein Mail geschickt, also hat es auf seiner Reise sicher keine Verspätungen gegeben.«

»Du hast recht, er würde mich nie hängenlassen. Wie spät ist es?«

»Kurz vor sechs, glaube ich.«

Linda ging zum Tisch zurück, hob den Krug und begann ein Glas vollzugießen.

Da läutete es an der Tür.

Sofort ließ Linda den Krug wieder sinken und wandte sich um.

Henriette saß reglos da.

»Öffnest du?« fragte Linda.

»Ja«, sagte Henriette.

Sie stützte sich am Schreibtisch ab, als sie aufstand. Ich bin immer noch barfuß, dachte sie, also gehe ich Maloud auf bloßen Füßen entgegen. Das ist eigentlich gut so. Er ist es, der jetzt vor der Tür steht. Ich nehme sein Gesicht in beide Hände und schaue ihn an.

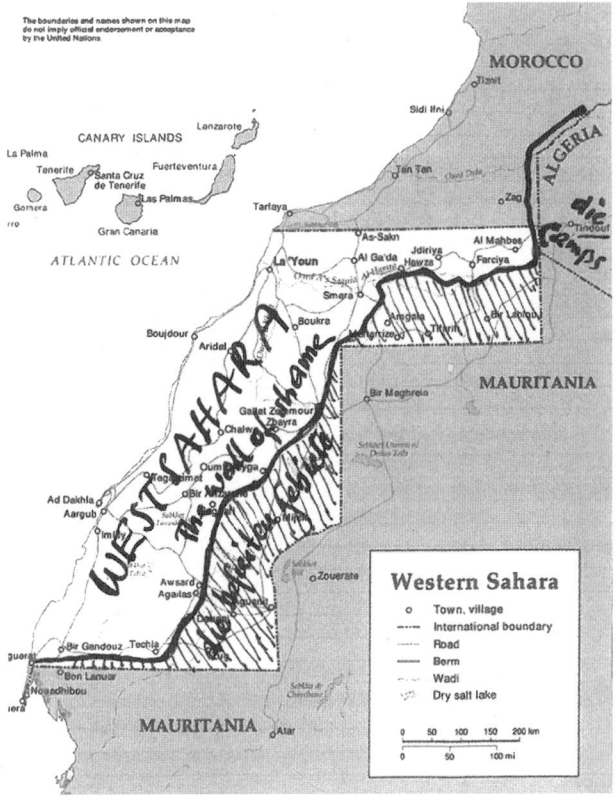

Das von Marokko besetzte Land Westsahara, die
»befreiten Gebiete« und die Flüchtlingscamps der
Saharauis. Stand 2016.

»Frau, sei Frau.«

»Früh – eigentlich sobald ich es in der Schule erlernt hatte – gehörte das Schreiben zu mir und in mein Leben. In meiner elterlichen Wohnung besaß ich kein eigenes Zimmer. Jedoch gab es eine kleine Veranda, in die ich in den sommerlichen Monaten ausweichen konnte. Ein Bett, ein Tisch und ein Stuhl hatten darin Platz. Und hier schrieb ich kleine Geschichten, Gedichte – und bereits Lieder.

Dieses Buch nun enthält eine Auswahl meiner in den vergangenen Jahrzehnten entstandenen Lieder. Es sind solche, die für mich selbst, für eine Zeit, für ein Erleben Bedeutung erlangt haben – und die sich andererseits auch niedergeschrieben sehen lassen können.« *Erika Pluhar*

Erika Pluhar, Meine Lieder. insel taschenbuch 4688. 180 Seiten.

ERIKA PLUHAR
Spätes Tagebuch
Roman

»Poetisch und witzig!« *Woman*

Paulina Neblo war gefeierte Tänzerin und erfolgreiche Choreographin, die Männer lagen ihr zu Füßen, sie hatte eine wundervolle Tochter und eine erfüllte Ehe. Als ihr Mann bei einem Autounfall ums Leben kommt und kurz darauf ihre Tochter stirbt, zieht sie sich aus dem Leben zurück – bis sie mit 70 Jahren beschließt, der scheinbaren Zukunftslosigkeit des Alters trotzig die Stirn zu bieten: Auf einem Laptop beginnt sie, Tagebuch zu schreiben und dabei über ihr Leben zu sinnieren …

Erika Pluhar hat ein berührendes Portrait einer kompromisslosen Frau geschrieben, die im Alter die Liebe und das Leben wiederfindet.

Erika Pluhar, Spätes Tagebuch. Roman. insel taschenbuch 4091. 219 Seiten

Erika Pluhar
Die öffentliche Frau

**»Ein Frauenleben mit allen
Irrungen und Wirrungen«**

Ein Journalist bittet die prominente Künstlerin, ihm ihre Lebens-
geschichte zu erzählen, die er als Serie in seiner Zeitschrift publi-
zieren will. Aus anfänglichem Misstrauen und einer beiderseiti-
gen Befangenheit erwächst bei seinen täglichen Besuchen
allmählich eine Vertrautheit; und die Frau beginnt zu erzählen:
von ihren zwei Ehen, von ihren Theatererfahrungen, von ihrem
Leben als Sängerin, von ihrer Zeit als politische Aktivistin und
ihrem Weg zur Schriftstellerin. Sie berichtet von den Menschen,
die ihr Leben maßgeblich beeinflussten.

Bald wird sie intimer, erzählt Dinge, die bisher in der Presse so
nicht zu lesen waren: Geschichten aus der Kindheit, von der
Überwindung ihrer Magersucht als Jugendliche, vom Tod der
Tochter …

Erika Pluhar, Die öffentliche Frau. Eine Rückschau. insel
taschenbuch 4354. 280 Seiten

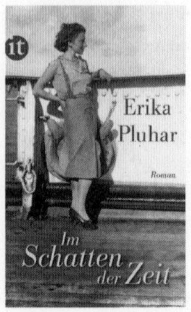

**Von der Bestsellerautorin
Erika Pluhar**

Wien zu Beginn des 20. Jahrhunderts. Anna studiert an der Kunstakademie und träumt von einem Leben als Malerin – bis sie sich Hals über Kopf in den attraktiven Studenten Seff verliebt. Vor seiner deutschnationalen Gesinnung verschließt sie die Augen, nicht ahnend, welche Konsequenzen diese auch für ihr Leben haben wird ...

Einfühlsam beschreibt Erika Pluhar die Hoffnungen und Sehnsüchte einer jungen Frau, deren Leben einen unerwarteten Lauf nimmt. Ein lebendiger, eindringlicher und bildreicher Roman.

Erika Pluhar, Im Schatten der Zeit. Roman. insel taschenbuch 4247. 254 Seiten

NF 234/1/11.14

**Die berührende Geschichte zweier
eindrucksvoller Frauen**

Es beginnt mit einer Postkarte: Sie habe in ihrer Wohnung
versehentlich ein Fenster offen gelassen, schreibt Magda an
ihre Hausmeistersfrau Maria in der Stadt. Magda schreibt es
von einer Mittelmeerinsel, auf die sie sich nach diversen
Schicksalsschlägen zurückgezogen hat. Das Fenster wird geschlossen – ein Briefwechsel beginnt, in dem sich die beiden
so unterschiedlichen Frauen einander immer mehr annähern
und schließlich Freundinnen werden. Sie erzählen ihre Lebensgeschichten. Kränkungen, Lebensleiden oder Liebesver-
luste werden noch einmal durchlebt, lang unterdrückte Tränen endlich geweint. Die schlichte, warmherzige Maria
entdeckt die Macht der Wörter und das Vergnügen, sich
schreibend mitzuteilen. Mit neuem Selbstbewusstsein nimmt
sie ihr Schicksal in die Hand, während Magda neuen Mut
schöpft und zurück ins Leben kehrt.

Ein gefühlvolles, lebendiges, mitreißendes Buch voller Hoffnung und Sehnsucht.

Erika Pluhar, Reich der Verluste. Roman. insel taschenbuch 4282. 282 Seiten

**Von der Bestsellerautorin und
Schauspielerin Erika Pluhar**

Erika Pluhar

PAAR WEISE

Geschichten von allerlei Paaren: von liebenden und getrennten,
von Zufallsbekannten und Leidensgenossen, von einem kleinen
Mädchen und seinem erfundenen Vater, einer werdenden Mutter
und ihrem ungeborenen Kind – Paare, verkuppelt vom Zufall,
von der Sehnsucht oder vom hinterlistigen Leben …
Einfühlsam und augenzwinkernd spürt Erika Pluhar dem dritten
Wesen »Paar« nach und erzählt, was Menschen auf der Suche
nach dem anderen widerfährt.

**Erika Pluhar, PaarWeise. Geschichten und Betrachtungen
zur Zweisamkeit.** insel taschenbuch 4183. 223 Seiten

NF 308/1/1.16

Erika Pluhar
Matildas
Erfindungen
Roman

»**Eine turbulente Groteske
über weibliche und männliche
Abhängigkeit.**« *Gala*

Matilda ist anders – die junge Frau hat eine ausgeprägte Phanta-
sie, und damit kann ihr vernunftorientierter und realitätsgläubi-
ger Mann so gar nicht umgehen. Ihre Tagträume und Visionen
sind für ihn Zeichen geistiger Verwirrung, und er schickt sie kur-
zerhand zu Schrobacher, dem Psychotherapeuten, in den sich
Matilda jedoch schon bald verliebt. Mit ihrer Offenheit und un-
verblümten Art bringt sie seine festgefügte Welt gehörig durcheinander.
Zur selben Zeit lernt Matilda Pauline kennen. Sie ist Schriftstellerin, und Matilda ist vom ersten Augenblick an fasziniert von
ihr. Aber wie es der Zufall so will: Pauline ist die Geliebte Schro-
bachers. Diese Ménage à quatre entwickelt eine dramatische Dy-
namik …

Erika Pluhar, Matildas Erfindungen. Roman. insel taschenbuch 4432. 302 Seiten

Die Geschichte einer Freundschaft

Einfühlsam zeichnet Erika Pluhar das schillernde und zugleich tragische Leben ihrer Freundin Marisa Mell nach. Sie erzählt von einer faszinierenden Frau und ihrem Traum von Ruhm und Anerkennung, von ihren Selbsttäuschungen und ihrer Einsamkeit.

Wien, 1960er Jahre: zwei Schauspielschülerinnen in einem Schlosspark, die eine bewundernswert schön und begabt, die andere pflichtbewusst und scharf beobachtend. Eine wird bald als glamouröse Filmdiva Erfolge feiern. Der anderen steht eine Karriere am Wiener Burgtheater bevor. Hier die abenteuerbereite Marisa mit den Illusionen, den Träumen, den Liebhabern und dem jähen Lebensknick, dort die Theaterschauspielerin, Sängerin und Autorin Erika, die sesshaft wird und eine Tochter großzieht. Mehr als dreißig Jahre, bis zu Marisas frühem Tod, bleiben die beiden gegensätzlichen Frauen – trotz räumlicher Trennung, trotz nicht enden wollender Verwunderung übereinander – Freundinnen.

Erika Pluhar, Marisa. insel taschenbuch 4586. 250 Seiten.

NF 410/1/10.18